Annelie Küthe
Wenn Träume wahr werden

Was bisher geschah...

Die junge Miranda, Mutter des dreijährigen Johannes, ist unter unhaltbaren seelischen und körperlichen Bedingungen an ihren brutalen Partner Oliver gekettet. Auf einer Gartenparty lernt sie den Bruder der Gastgeberin Sabine kennen. Frank, von seinem Charakter her, das ganze Gegenteil ihres Lebensgefährten, ist von der attraktiven, schwermütigen Frau fasziniert. Für beide ist es Liebe auf den ersten Blick. Die erste Nacht verbringen sie in einem Hotel miteinander, während Oliver im alkoholischen Koma liegt. Frank gibt seiner Angebeteten beim Abschied seine Telefonnummer, die jedoch auf geheimnisvolle Weise verschwindet. Nach dem Wochenende telefoniert Miranda mit Sabine, um sich nach Frank zu erkundigen und erfährt, dass sie wohl auf dieser Fcier war, es dort aber keinen Frank gegeben haben kann, da dieser bereits vor drei Jahren Opfer eines Mordanschlages wurde.

Miranda bricht unter der Wucht dieser unglaublichen Nachricht zusammen und gerät immer tiefer in einen Sumpf aus alkoholischer Verwirrtheit und physischer Gewalt hinein. Bald bewältigt sie ihren eigentlich einfachen Alltag nur unter schwierigsten Bedingungen. Johannes hilft ihr, am Leben festzuhalten.

Welche Rolle spielt der unheimliche Kaspar in diesem Spiel, der es auf mysteriöse Weise geschafft hat, Menschen dauerhaft zu manipulieren und Oliver von sich abhängig zu machen?

Annelie Küthe

Wenn Träume wahr werden

Fluch der Vergangenheit

Bibliografische Information der Deutschen Nationalbibliothek:
Die Deutsche Nationalbibliothek verzeichnet diese Publikation in der Deutschen Nationalbibliografie; detaillierte bibliografische Daten sind im Internet über http://dnb.dnb.de abrufbar.

© 2016 Annelie Küthe

Herstellung und Verlag: BoD – Books on Demand, Norderstedt

*ISBN: 978-3-7431-**9073-3***

Inhaltsverzeichnis

Etwas ändert sich
    Verkapselt...8
    Hoffnung..21
    Nacht..33

Herr Schrot
    Er geht mit dem Wind (1)....................................48

Kaspar
    Magentafarben...57

Miranda
    Ein Herz..62
    Traumland..74
    Gewitterfronten..104
    Sonnenhell..108
    Freiheit..123
    Wege zur Heilung..137

Linette
    Grausam / Lebendig..139

Ludger Rosenau / Das Mysterium
    Traumwelt...144
    Ein reines Herz...172
    Wanderer der Nacht...176

Buchdrucker Artus Buchmann
    Unglaublich...188

Ludger, einige Jahre vorher
    Verdammnis...204

Linette
    Qual..207

Miranda
    Trügerisch...217

Kommissar Kräutner
    Die Wolkengazelle..220

Ludger / Linette

Vergangene Zeiten..226
Ludger / Amadeus / Die Rosenaus
   Knecht des Windes..234
   Regenschauer...244
Karl-Ludwig
   Skrupellos..250
Friedrich
   Er geht mit dem Wind (2).....................................258

Etwas ändert sich

Verkapselt

Ganz zaghaft tröstet sich ein weinendes Herz.
Und sanft verkümmern Starre und Schmerz.
Doch die so tief verwurzelte Traurigkeit,
findet noch kein Ende in der Seligkeit.

Etwas weniger tun leidvolle Gedanken nun weh,
das Seeleneis taut in den kosmischen See.
Doch so glanzvoll das Blau des Himmels auch strahlt,
noch ist es dämmrig im Herzen, einsam und kalt.

An einem wunderschönen Sommertag, elf Monate nach den dubiosen Ereignissen um Frank und Miranda, rief eine aufgeregte Sabine bei der Freundin an: „Hallo, mein Liebes, kann ich dich heute Morgen abholen? Ich muss dir unbedingt was Wichtiges erzählen."

„Von mir aus", antwortete Miranda schroff, die erst einmal mit ihrem morgendlichen Entzug zu kämpfen hatte.

Wie immer geduldig schwieg Sabine zu der offenbar schlechten Laune ihrer Freundin, machte mit ihr eine Uhrzeit aus und legte den Hörer auf die Gabel. Nervös erledigte sie ihre vormittäglichen Hausarbeiten und stand wie verabredet pünktlich um 11.30 Uhr vor dem alten, ungepflegten Gebäude, in dem Miranda seit Jahren mit ihrem Partner Oliver und ihrem Sohn Johannes wohnte. Mit grenzwertig erhöhter Geschwindigkeit rasten sie zum Haus der Familie Schreiber zurück. Miranda, deren morgendlich empfindlicher, übersäuerter Magen diese spektakuläre Fahrweise überhaupt nicht zu schätzen wusste und die Sabine in dieser Hinsicht eher als ruhige, vorausschauende Fahrerin kannte, wunderte sich. Was mochte denn in sie gefahren sein, ein solch rasantes Tempo hinzulegen? Aber Sabine gewährte ihr keine Zeit für Überlegungen.

Rasch schloss sie die Haustür auf, verschwand sofort in der Küche und fuhrwerkte am Kühlschrank herum. Sekunden später hörte Miranda, die nicht einmal genügend Zeit fand, sich und den beiden Kleinen die Strickwesten auszuziehen, einen Sektkorken knallen. Ihr konnte es nur recht sein, jetzt schon mit Stoff versorgt zu werden. Normalerweise trank sie tagsüber keinen Tropfen, denn sie war inzwischen bereits in den Sphären angelangt, wo sie weitertrinken musste, wenn sie erst einmal damit begonnen hatte, aber das wusste Sabine nicht. Bei ihr war sie auf jeden Fall in guten Händen, falls ihr Konsum ausufern würde.

Sie hatten verabredet, die Kinder an diesem Morgen

nicht in den Kindergarten zu schicken, sondern ihnen einen Faulpelztag zuhause einzuräumen. Johannes und Sindra sprangen geschwind die Treppe hinauf und verschwanden im Kinderzimmer. Dort begannen sie, fröhlich vor sich hin plappernd zu spielen. Sabine setzte sich neben Miranda in einen Sessel, stellte die Gläser ab und befüllte diese. Dann endlich erzählte sie der immer noch verwundert und neugierig dreinblickenden Freundin, welches Ereignis sie in diese enorme Hektik und Unruhe getrieben hatte.

„Also, pass mal auf! Heute Morgen rief Peter wieder einmal auf dem Kommissariat an, um nachzufragen, ob sich in Franks Fall eine neue Erkenntnis ergeben haben könnte", sprudelte es aus Sabine hervor. „Weißt du, keinem von uns geht aus dem Kopf, was dir und damit auch uns, im letzten Sommer hier in unserem Hause widerfahren ist und wir suchen immer noch krampfhaft nach Erklärungen für diesen Vorfall. Peter informierte mich gerade darüber, nachdem er den entsprechenden Beamten befragt hatte, dass die Polizei diesen Vorgang bisher noch nicht ad acta gelegt habe. Sie betreiben tatsächlich weiterhin intensive Recherchen, um den Mordfall doch noch erfolgreich zu den Akten legen zu können. Aber das ist für uns erst mal nicht so wichtig.

Was ich dir jetzt sagen muss, ist der Hammer! Während unseres Telefonats fiel ein um das andere Mal der Name meines Bruders. Sindra tobte die ganze Zeit um mich herum und schnappte wohl einige Wortfetzen auf. Kaum hatte ich den Hörer aufgelegt, hüpfte sie auf mich zu und lachte: „Mama, Mama, das war ja so lustig. Voriges Jahr, als Onkel Frank hier war und als Johannes auch bei uns war und mit mir spielte, konnten wir Onkel Franks Namen nicht aussprechen. Weißte das noch?" Ich starrte meine Tochter entgeistert an und fragte sie, wie sie denn darauf komme?"

Miranda umfasste ihr Sektglas so fest mit der Hand, dass ihre Fingerknöchel weiß hervortraten. Sämtliche Farbe entwich ihrem Gesicht und ihre Haut wurde aschfahl. So weit es ihr möglich war, rutschte sie in ihrem Sessel nach vorne und stierte Sabine gespannt und über alle Maßen aufmerksam an.

„Alles in Ordnung mit dir?", Sabine blickte besorgt zu ihr herüber. „Geht es dir gut?"

„Ja, ja!", beeilte sich Miranda zu versichern. „Mir würde es allerdings sehr viel besser gehen, wenn du endlich weitererzählen könntest. Rede um Himmels Willen weiter!", Miranda schrie es beinahe, so ungeduldig war sie.

„Schon gut, Liebes. Ich bin genauso aufgeregt wie du! Ich erkläre es dir am Besten mit meinen Worten. Sindra drückte sich etwas anders aus. Also, die Kleine behauptet: Onkel Frank habe voriges Jahr, in der Woche vor diesem Fest, auf dem wir uns kennenlernen durften, ein paar Tage mit uns verbracht. Doch zu diesem Zeitpunkt war Frank bereits drei Jahre tot. Sindra hat ihn niemals lebend zu Gesicht bekommen, außer auf den Fotos, die du damals im Wintergarten inspiziert hast. Sie war ja noch ein Baby, als er starb. Sindra wurde richtig sauer, als ich meine Einwände anbrachte und gab weiterhin vor, du habest dich doch auch so toll mit ihm verstanden. Ich solle dich gefälligst fragen, ob das stimmt oder nicht. Dann argumentierte sie, beim Abschied hätte Johannes statt Frank immer „Farank" gesagt und sie hätte ihn falsch verbessert und das Wort „Fank" ausgesprochen, woraufhin ich sie lachend auf ihren Fehler aufmerksam gemacht hätte und „Frank, Frank, Frank heißt der," immer wieder vorgesagt hätte. Wie man das eben als Mutter so macht, wenn das Kind ein Wort richtig lernen soll. Was meinst du dazu?" Erwartungsvoll blickte Sabine Miranda an.

Diese saß völlig erstarrt, in verkrampfter Haltung auf ihrem Platz und sagte erst einmal gar nichts. Dann bemerkte sie betroffen: „Und Sindra hat nie zuvor über Frank gesprochen?"

„Nein, nie!"

Miranda stellte ihr Sektglas ab. Zum ersten Mal seit sehr langer Zeit wollte sie nüchtern sein, wollte jedes Wort in sich aufsaugen, was sie soeben von Sabine vernommen hatte. Offensichtlich war sie doch nicht so durchgeknallt, wie sie in dem letzten Jahr geglaubt hatte. Scheinbar hatte sie die wundervollen Stunden mit Frank nicht nur geträumt. In ihrem Inneren vollführten die unterschiedlichsten Empfindungen einen nicht zu unterbindenden Tanz. Ihr Herz, das im Gegensatz zu ihren Augen ständig weinte und Trauer trug, stoppte den Fluss. Es gab sich dem einzigen Gefühl hin, welches in diesem Moment Sinn machte: Hoffnung! Hoffnung keimte wie ein winzig kleines Pflänzchen in den Tiefen ihres Bewusstseins auf. Welche Bedeutung Sindras Ausführungen auf ihr zukünftiges Leben haben würde, war ungewiss. Versteckte sich hinter dem, was Sabine ihr eben erzählt hatte, möglicherweise die Erklärung, dass Frank noch lebte? Aber wo mochte er sich aufhalten? Warum meldete er sich nicht wenigstens bei seiner Schwester, die er sehr liebte? Miranda konnte sich in dieser frühen Phase, neuer, alles verändernder Erkenntnisse nicht vorstellen, was diese Behauptung Sabines für ihr weiteres Leben bedeuten würde. In ihrem Kopf herrschte ein totales Durcheinander.

„Sabine, was sollen wir denn jetzt machen?", fragte sie verwirrt und irritiert. „Was fangen wir mit Sindras Aussage bloß an? Beinahe zwölf Monate sind vergangen und wir sitzen wieder hier beim Sekt und erneut stellen wir uns Fragen zu diesem Thema. Wir haben dauernd über deinen Bruder gesprochen. Gott sei Dank, denn dadurch blieb er mir immer nahe. Aber nun will ich endlich wissen: Wie finde ich diesen Frank wieder, den die Kinder auch gesehen haben wollen? Ich war sogar mit ihm zusammen. Alle anderen, außer Johannes, Sindra und mir, erklären mit absoluter Bestimmtheit, dass er tot ist?"

„Liebes," sanft sprach Sabine auf die entgeisterte und

niedergeschlagene Freundin ein. „Ich weiß es doch nicht! Ich möchte dich auch nicht noch mehr verunsichern. Ich spüre ganz genau, was du durchgemacht haben musst und glaube mir, ich möchte alles andere, als in dir unberechtigte Hoffnungen wecken. Trotzdem dachte ich, du solltest es erfahren. Mich hat diese Tatsache jedenfalls total aus der Ruhe gebracht. Ich habe so sehr an meinem Bruder gehangen und ich frage mich, wie es sein kann, dass meine Familie auf solch üble Weise in diese undurchdringlichen Sachverhalte hineingedrängt werden konnten? Ich bin im Augenblick vollkommen konfus. Ich hoffe so sehr, er möge noch leben. Genau wie du! Ich hoffe, hoffe und hoffe! Ich will ihn in meine Arme schließen, will hören, wie er wieder meinen Namen ausspricht, mich liebevoll mit ihm zanken. All die Dinge mit ihm praktizieren, die ihn mir so wertvoll machten. Am meisten fürchte ich mich davor, dass sich die Aussprüche der Kinder nicht bewahrheiten und er wirklich umgebracht wurde. Es ist alles ein Albtraum!"

„Aber Sabine, es ist doch wenigstens ein Anfang, denkst du nicht auch? Ich weiß nun, ich habe mir die Liebe, die mich mit ihm verband, nicht nur eingebildet. Sie war real! Wir müssen jetzt auf weitere Zeichen achten! Und wir sollten herausfinden, wer eigentlich ein Interesse daran hat, uns so ein grausames, tückisches Spielchen vorzugaukeln?" Den Kopf in den Nacken gelegt, grübelte Miranda gerade einmal zwei Sekunden über das Problem, dann sagte sie: „Wenn ich es mir recht überlege, fällt mir in diesem Zusammenhang nur unser lieber Freund Kaspar ein. Könnte er nicht den passenden Schlüssel zu dem fatalen Geheimnis in der Hand halten?"

„Denkst du, Kaspar Leimas könnte uns alle mit irgendwelchen Mitteln und Aktionen manipulieren?", fragte Sabine, ihre Augen erstaunt, jedoch gleichzeitig auch glaubend aufgerissen.

„Ja, das könnte ich mir sehr gut vorstellen!", sprach

Miranda langsam und betont. „Ich wünschte mir dann nur, Peter, du und Leon wären beeinflusst worden und Johannes, Sindra und ich existierten in der Welt, in der Frank wirklich noch lebt. Dann müssen wir nur beide Welten wieder zu einem Ganzen zusammenfügen und alles wäre gut. Wenn es doch bloß so einfach wäre", stöhnte sie unglücklich.

„Ehrlich! Das wünschte ich mir auch! Nichts wäre mir lieber. Ich hätte nämlich meinen Bruder und auch gerne die Miranda zurück, die ich im letzten Sommer kennengelernt habe. Du hast dich sehr verändert. Ich liebe dich wirklich sehr und du wirst immer meine beste Freundin bleiben, aber ich habe ganz oft Angst um dich gehabt, mich vor deiner Härte, vor deinem Argwohn beinahe gefürchtet. Heute habe ich zum ersten Mal seit langer Zeit das Gefühl, in dir ist etwas Wunderbares wieder zum Leben erwacht.Natürlich sind mir die vielen Wunden, Prellungen und blaue Flecke nicht entgangen, die du ständig zu verstecken suchst. Doch nun sollte das der Vergangenheit angehören. Wir müssen nach vorne schauen! Dabei helfe ich dir! Auch ich habe im letzten Jahr Bitteres durchgemacht. Aber ich hatte Peter, der mich immer auffing, wenn die Trauer zu groß wurde oder meine Angst. Oliver hingegen hat dich eher tiefer in die Krise gestürzt. Du solltest zukünftig ernsthaft überlegen, ihn zu verlassen!"

Voller Mitgefühl betrachtete Sabine das vom regelmäßigen Alkoholgenuss leicht aufgedunsene Gesicht Mirandas. Spontan, von einer plötzlichen Rührung ergriffen, stand sie auf, nahm die traurige Frau in ihre Arme. Nach einer kurzen Auszeit, in der sie sich die Tränen wegwischte, wandte sich Miranda an die Freundin: „Ich bin dir über alle Maßen dankbar, dass du mich nicht im Stich gelassen hast. Nachdem Frank verschwunden war, habe ich viel Blödsinn gemacht. Das Leben als solches hat mich wahnsinnig enttäuscht und..." Sie stockte, als fehlten ihr die Worte: „Doch jetzt habe ich wieder die Zuversicht, es könne endlich eine positive Veränderung eintreten. Lass uns gleich mit Johannes über das sprechen, was Sindra dir gesagt hat. Vielleicht weiß er ja gar nichts von Frank!"

Sabine kochte Kaffee für sich und Miranda und Kakao für die Kinder. Miranda legte Kekse auf einen bunten Teller und drapierte einige kleine Schaumküsse daneben. Dann brachten sie alles in den Wintergarten und riefen die beiden. Diese stürzten sich sofort auf die angebotenen Leckereien. Den Müttern war es ganz wichtig, ihren Kindern eine lockere Atmosphäre zu bieten, in der sie nicht das Gefühl haben mussten, ausgefragt und bedrängt zu werden. Und obwohl sie ihre Ungeduld, endlich mit den Kleinen zu reden, knapp an den Rand eines Nervenzusammenbruchs lenkte, gönnten sie Johannes und Sindra diese wichtigen, besonderen Augenblicke, bevor sie zur Sache kamen.

Wie sie ihre Fragen formulieren sollten, wussten sie nicht. Die Aktion erschien Sabine ein wenig heikel, da sie fürchtete, die beiden könnten denken, man bezichtige sie der Lüge. Deshalb wollten sie vorsichtig zu Werke gehen. Nervös schauten sie sich an.

Ehe noch eine der Mütter das Gespräch beginnen konnte, um den Kindern auf den Zahn zu fühlen, lachte Sindra Johannes plötzlich an: „Weißt du noch?", fragte sie ihn mit ihrer kindlich niedlichen Stimme. „Onkel Frank war bei uns, wir waren damals zu blöd und zu dumm. Wir konnten seinen Namen nicht richtig aussprechen. So schwer ist das gar nicht!", fügte sie mit wichtiger Miene hinzu. Dann fuhr sie fort: „Mama, warum kommt Onkel Frank eigentlich nicht mehr?"

„Farank, Farank", prustete Johannes los.

Miranda und Sabine schauten sich entgeistert an und erschauderten. Also doch! Tatsächlich hatten beide Kinder den verschollenen, angeblich ermordeten Frank an diesem Wochenende getroffen.

„Tja, meine Süße, das werden Miranda und ich in Kürze

herausfinden, warum sich Onkel Frank in letzter Zeit so rar gemacht hat", äußerte sie sich, plötzlich froh gelaunt. „Das müssen wir ganz unbedingt herausfinden, nicht wahr, Miranda?"

Diese nickte und lächelte Sabine dankbar an. Rasch trank sie einen Schluck Kaffee und zog dann ihren Sohn auf den Schoß. Ihr Herz pochte, drohte zu zerspringen und sie musste sich zusammenreißen, um das Wort an ihn richten zu können: „Du kannst dich auch noch an Frank erinnern, stimmt das?"

„Ja sicher, Onkel Frank war doch hier, als ich und Sindra Freunde wurden. Du mochtest ihn ganz doll gern."

„Warum hast du denn nicht schon früher mal von ihm gesprochen?", wollte Sabine von ihrer Tochter wissen.

„Ja, weil Mama, du warst auf einmal so traurig, wenn du mit Miranda über Onkel Frank geredet hast. Ich dachte, ihr hättet euch gestritten und euch nicht mehr lieb oder so. Er kommt ja auch wirklich nicht mehr zu uns. Und da...!"

Dem Kind fehlten nun eindeutig die Worte. Sabine nahm die Kleine behutsam in den Arm und wiegte sie einen Augenblick sanft und tröstend hin und her. Dann aber erhob sie sich energisch: „Wir müssen sehen, ob wir in dieser Angelegenheit etwas erreichen können. Hier ist ganz auf jeden Fall eine Menge oberfaul. Das ist mir klar! Ich rufe Peter an und erzähle ihm das alles. Bin mal gespannt, was er dazu zu sagen hat."

Sie verließ das Wohnzimmer und verschwand im Flur, wo das Telefon angeschlossen war. Kurz darauf hörten die drei, wie Sabine ein Gespräch begann. Miranda holte Sindras Memory-Spiel aus deren Spielzeugecke, um den Kindern die Zeit sinnvoll zu überbrücken, bis Sabine zurückkam. Sie spielten wie die Weltmeister. Zweimal musste sich Miranda dem guten Gedächtnis der Freunde geschlagen geben. Während sie pro Runde gerade mal vier oder fünf Pärchen sammelte, stapelten Johannes und Sindra ganze Haufen von doppelten Karten an. Sie bedachte die Kinder mit stolzem Blick. Ihr gefiel die enorme Pfiffigkeit und der Ehrgeiz, kein Paar verloren geben zu wollen. *Erstaunlich*, dachte sie, *wie sich diese kleinen Gehirne so viele Bilder an den unterschiedlichsten Plätzen merken können.*

„Mama, was ist mit dir?", erschrocken schaute Sindra ihre Mutter mit großen Augen an. Langsam drehte sich Miranda zur Tür herum. Dort stand Sabine, starr und steif, merkwürdig weiß, beinahe maskenhaft wirkte ihr Gesicht. Unbeweglich lehnte sie sich an den Türpfosten und stierte vor sich hin.

„Was ist denn los? Ist etwas passiert?", stammelte Miranda. Wenn sie jetzt doch wieder mit schlechten Nachrichten gefüttert würde, das hielte sie nicht aus! Nur allmählich erwachte Sabine aus ihrer Lethargie. Behutsam streichelte sie ihrer Tochter über das Haar, die sich sorgenvoll an ihre Mama lehnte.

„Ich habe gerade mit Peter gesprochen. Er wollte mich im gleichen Moment anrufen wie ich ihn. Stell dir vor! Er hatte ja schon heute Morgen mit Herrn Kräutner, dem besagten Kommissar, du weißt schon, telefoniert. Das Ergebnis dieses Gesprächs führte uns ja hier zusammen. Nun ging vor einigen Minuten bei Peter wieder das Telefon und der Ermittler war am Apparat und erzählte ihm eine besonders eigentümliche Geschichte."

„Johannes, Sindra, wollt ihr so lieb sein und noch ein wenig im Kinderzimmer toben?", bat Miranda.

„Mama bist du in Ordnung?", erkundigte sich Sindra besorgt.

„Klar, mein Schatz, alles bestens. Du kannst ruhig mit Johannes gehen. Miranda und ich müssen uns unterhalten", beruhigte Sabine das Kind.

Miranda nahm Sindra und Johannes an die Hand und führte sie aus dem Wohnraum hin zur Treppe, über die man in das obere Stockwerk gelangte. Die beiden Kleinen murrten zwar, wollten sie doch viel lieber hören, worüber Sabine und Miranda jetzt wieder zu reden hatten. Allerdings wussten sie, es würde ziemlich sinnlos sein aufzumucken. Gegen geballte Mamakraft kam man mit Ungehorsam sowieso nicht an.

„Komm, wir hören ein bisschen „Biene Maja!", sagte Sindra bestimmt und marschierte vor Johannes die Treppe hinauf.

Miranda kehrte rasch zu ihrer Freundin zurück, die erschöpft auf dem Sofa hockte. Sie setzte sich zu ihr und sah sie aus großen, fragenden Augen an.

„Was ist geschehen?", ungeduldig zappelte sie auf ihrem Platz herum.

„Nun, also das ist wirklich komisch. Kommissar Kräutner behauptete, kurz nachdem er am Morgen sein Telefonat mit Peter beendet habe, sei ein Typ bei ihm erschienen, der sich als Oberkommissar Milesa ausweisen konnte. Dieser Kerl hatte eine Vollmacht dabei, die es ihm erlaubte, die Akte von Frank und damit alle Unterlagen und Gegenstände, die mit dem Mord zu tun haben, mitzunehmen."

„Zu welchem Zweck?"

„Tja, sag du mir das! Ich habe keine Ahnung. Herr Kräutner meinte wohl nur, er sei vollkommen machtlos gewesen. Der reguläre Weg, den Aktenüberstellungen nehmen müssten, sei von seinem Präsidium boykottiert worden. Was immer das auch heißt? Nach Rücksprache mit seinem Chef hatte er die strikte Anweisung erhalten, Milesa alles auszuhändigen, was dieser verlangte.

Jetzt kommt aber erst einmal das andere dicke Ding! Miranda, sei mir nicht böse! Ich will dich nicht unbedingt länger als nötig auf die Folter spannen, aber ich brauche erst mal einen Sekt, bevor ich weiterreden kann. Ich muss mich runterfahren, sonst bekomme ich einen Schlaganfall."

Ehe sich Sabine erheben konnte, war Miranda schon auf den Beinen, holte schnellstens aus dem Kühlschrank die bereits offene Flasche, griff die beiden Gläser, die noch auf der Spüle standen und betrat bereits Sekunden später das Zimmer. Sie ließ sich im Sofa nieder, stellte die mitgebrachten Utensilien auf dem Tisch ab und schüttete Sabines Sektglas ganz voll. Diese nahm erleichtert einen riesigen Schluck und fuhr danach fort, eine haarsträubende Geschichte zu erzählen. „Also, der absolute Wahnsinn ist", begann sie, „Kommissar Kräutner schien von dem extravaganten und außergewöhnlichen Äußeren des fremden Oberkommissars tief beeindruckt, denn er beschrieb ihn Peter mit den Worten: „Es handelt sich bei dem Kerl um einen extrem bizarren Sonderling." Pass gut auf, Miranda! Merkwürdige Art, irgendwie aalglatt, schwarze, lange Haare, schwarzes Hemd, schwarzer Anzug, schwarze Schuhe, glattes, ebenmäßiges, sehr attraktives Gesicht, mit einem so unangenehmen, aufgesetzten Lächeln, das einem das Blut in den Adern gefrieren lässt. Kommt dir das bekannt vor? Was sagst du dazu?" Gespannt beugte sich Sabine zu ihrer Freundin hinüber.

Nun brauchte Miranda Zeit, sich herunterzufahren. Sie blickte sich mit pochendem Herzen in dem gemütlichen Wohnzimmer um, sah aus dem Fenster in den blühenden, gepflegten Garten hinaus und hatte mal wieder den Eindruck, die Sonne habe sich verdunkelt. Gräulich gelb blickte der eben noch vielversprechende Nachmittag durch das Fenster hinein.

„Denkst du, was ich gerade denke?"

„Kaspar Leimas? Ja, anders kann es gar nicht sein. Es kann nicht zwei Typen gleichen Kalibers geben. Was für ein Zufall wäre das denn? Ich habe vor Kaspar niemanden gekannt, der auch nur annähernd einen solchen Eindruck auf mich gemacht hätte und mir ist nach ihm niemand begegnet, vor dem ich mich so sehr gefürchtet habe. Und außerdem hat Peter Kaspar heute erneut in der Firma vermisst. Herr Bäumler behauptete, ihn auf eine Tour geschickt zu haben. Morgen sei er wieder zurück. Was steckt hinter dem ganzen Chaos? Also Peter denkt, der stets korrekt handelnde Herr Bäumler, der immer meint, von seinen Mitarbeitern absolutes Engagement erwarten zu müssen, lässt sich von Leimas einwickeln. Wirklich bemerkenswerte Geschichte, was? Wie gehen wir denn jetzt vor?"

„Ich würde mal sagen, wir halten den Ball erst mal ganz flach. Kaspar ist inzwischen ein Dauergast bei Oliver und mir. Mittlerweile gehört er schon fast zur Familie." Bei diesen Worten rollte Miranda genervt mit den Augen. „Wenn ich nachher nach Hause komme, werde ich mich verhalten wie immer. Jetzt ist wichtig, eine vernünftige Strategie zu entwickeln!"

Miranda trank zwar ihren Sekt mit der besten Freundin, die sie je hatte. Doch genau in diesem kurzen Moment verließ sie das selbstzerstörerische Gleis der Alkoholikerin und machte sich auf den beschwerlichen Weg in unbekannte, heilende Dimensionen.

Hoffnung

Es ging ihr besser mit jedem Tag,
der ein wenig Frieden und Hoffnung in sich barg.
Ich werde ihn finden, dachte sie still.
Es wird mir gelingen, weil ich ihn finden will.

Sie wusste, dass dieser Weg nicht einfach würde,
sah schon von Weitem so manche Hürde.
Doch neu entbrannte im Herzen die alte Kraft,
die sie einst hatte verloren und doch Frohsinn schafft.

Sie wartete auf Glück und Liebe zugleich,
drängte sich wärmend ins zärtliche Reich.
Es könnte noch dauern, bis die Seligkeit naht,
aber sie hat sich Vertrauen im Innern bewahrt.

Es hatte ohne Vorwarnung zu regnen begonnen. Ein traumhafter Frühsommertag wie aus dem Bilderbuch drohte regelrecht ins Wasser zu fallen. Peter, der gerade Feierabend gemacht hatte, hätte gern sein Abendessen mit der Familie, Miranda und Johannes auf der Terrasse eingenommen. Davon musste er wohl oder übel Abstand nehmen. Prasselnder Starkregen, der zeitweilig sogar kleine Hagelkörner enthielt, knallte von oben auf die ausgetrocknete Erde hernieder.

Die Autofahrt von der Firma aus stellte wahrhaftig eine echte Herausforderung dar. Der eben noch blaue Himmel hatte in kürzester Zeit eine schwarzgelbe, ungesunde, beängstigende Färbung angenommen. Bedrohlich verdichteten sich die Wolken am Horizont. Gleichfarbene Nebelschwaden legten sich gallertartig auf die Windschutzscheibe und Peter schaltete die Scheibenwischer auf Hochbetrieb. Ohne tatsächlichen Erfolg. Trotz der intensiven Kraft der Scheinwerfer wurde die Sicht grottenschlecht. Der Regen tat sein Übriges. Es schien, als habe der Himmel sämtliche Schleusen geöffnet. Böiger Wind drückte die Tropfen in Intervallen wie Geschosse gegen den Wagen. Viele Autofahrer lenkten ihre PKW auf den Randstreifen, da sie sich bei diesen üblen Sichtverhältnissen nicht zutrauten, weiterzufahren. Peter allerdings hängte sich hinter einen Laster, der langsam, aber gleichmäßig vor ihm herzuckelte. Dessen Rücklichter dienten Peter für fast die gesamte Heimfahrt als Wegweiser. So kam er Gott sei Dank wohlbehalten zu Hause an.

Er schloss gerade die Haustür auf, als ein gewaltiger Blitz die zu früh eingesetzte Dunkelheit durchschnitt. Sogleich folgte ein gigantischer Donnerschlag, der ihn erschreckt zusammenfahren und flink in den Flur hineinstolpern ließ. Der kurze Augenblick, vom Ausstieg aus dem Auto bis zum Eintritt in die trockene Wärme des Hauses hatte vollkommen ausgereicht, Peter bis auf die

Knochen zu durchnässen. Das Regenwasser lief ihm in feinen Rinnsalen in den Nacken, wo es ein ekelhaftes, feuchtkaltes Gefühl auslöste und ihn frösteln ließ. Er schüttelte sich. Sofort bedeckte eine Gänsehaut seinen frierenden Körper.

„So ein Mistwetter!", fluchte er.

„Hallo, Schatz!", rief Sabine ihrem Mann zu und warf sich ihm in die Arme. „Warte, ich hole dir ein Handtuch! Uiih, ziehe bloß deine Schuhe aus, die sind so durchweicht, sie hinterlassen richtige Pfützen auf unserem Parkett! Außerdem erkältest du dich, wenn du mit nassen Füßen herumläufst!"

Sie rannte schnell die Treppe herauf ins Bad, um ein Tuch zum Abtrocknen und Peters Hausschuhe aus dem Schlafzimmer zu holen. In der Zwischenzeit hatte Sindra ihren Papa gehört, kam rasch die Stufen hinunter, die ihre Mutter soeben erklomm und umarmte seine Beine. Peter hob sie hoch und drückte sie an sich.

„Papa, du siehst ja so blöd aus mit deinen Haaren", lachte sie und zerwühlte diese noch mehr. Johannes, der hinzugekommen war, lachte mit.

„Passt nur auf ihr kleinen Racker, dass ich euch nicht draußen im Regen abstelle. Mister Blitz wird sich freuen, in euch hineinfahren zu können. So nette Kinder hat er am liebsten."

Sindra zappelte, um sich zu befreien und preschte davon, kaum dass sie den Boden berührt hatte.

„Du kriegst mich nicht, du kriegst mich nicht!", rief sie und jagte in das Nebenzimmer, dicht gefolgt von Johannes, der freudig hinter ihr hersprang.

Miranda beobachtete vom Wohnzimmer aus mit gemischten Gefühlen das lustige Treiben. Wie immer, wenn sie Peter in liebevollem Umgang mit seiner Familie zu Gesicht bekam, wurde es ihr schwer ums Herz. Ein solch inniges Miteinander innerhalb einer Partnerschaft wäre ihr

Traum gewesen. In was für einer kalten, unmenschlichen Beziehung hing sie seit so vielen Jahren fest? Tränen schwammen in ihren Augen. Sabine legte gerade ihrem Mann ein Handtuch um die Schultern. Ihre Fürsorge dankend, küsste er sie zärtlich, stupste dann seine Schuhe von den Füßen und hastete verspätet den Kindern hinterher.

Nachdem er sie ordentlich ausgekitzelt hatte, entschloss er sich, nicht allein mit Handtuch und Pantoffeln vorliebzunehmen, sondern seinem vom Unwetter gebeutelten, ausgekühlten Körper eine angenehme, wärmende Dusche zu gönnen. Sein Arbeitsanzug war nass und zerknittert und schrie nach einem Bügeleisen.

Inzwischen deckten Sabine und Miranda den Tisch im Wintergarten, trugen die zubereiteten Speisen und Getränke auf und riefen die anderen zum Essen. Peter hatte sich legere Kleidung übergezogen und sein Haar gekämmt. Er wollte nicht länger die Lachnummer der Kinder sein, die immer noch kichernd an die Hetzjagd mit ihm dachten.

Es lag eine sowohl gemütliche, als auch irgendwie bedrohliche Atmosphäre über den fünf Personen. Lauschig insofern, weil sie sicher im Trockenen saßen, während draußen noch immer das Unwetter tobte. Aber durch das viele Glas, das für diesen Raum verbaut worden war und welches das Prasseln des Regens verstärkte, hatten sie gleichzeitig den Eindruck, sich mitten im Auge des Gewitters zu befinden. Die Stimmung, die dadurch erzeugt wurde, spiegelte etwas ganz besonderes wider und fantastische Bilder drängten sich in die Bewusstseinsebenen der Anwesenden. Während der gesamten Mahlzeit beobachteten sie das Geschehen vor ihren Augen, welches sie in mystische Gedanken hineinzwängte. Die grellen Blitze zuckten weiterhin unkontrolliert über den Himmel, dicht gefolgt von ohrenbetäubenden Donnerschlägen.

Die Kinder glaubten hinter den Regenvorhängen Gespenster zu erblicken, die sie so gruselig beschrieben, dass Miranda und Sabine in komischer Verzweiflung aufschrien: „Uhh, wir können ja gar nicht weiter essen, so sehr fürchten wir uns."

Das Gewitter verzog sich offenbar. Das Krachen, das den Entladungen folgte, setzte immer später ein. Bald hörten sie nur noch ein fernes Grummeln in der Luft. Erleichtert atmeten alle auf, als das Unwetter unverhofft zurückkehrte. Viel heftiger und lauter als zuvor. Die Bäume, die, durch die Helligkeit der zuckenden Pfeile aus der Schwärze der Wolkenwände hervortraten, sahen bizarr und verwegen aus. Peter murmelte mit eintöniger, dunkler Grabesstimme, er habe gesehen, wie sich der Apfelbaum bewegt habe.

„Schaut nur genau hin, er kommt direkt auf uns zu!" Seine Worte, sein Minenspiel zeigten das ganze Grauen, das er zu empfinden schien und welches er den erschreckt dreinblickenden Kindern vermittelte. „Er will bestimmt das leckere Essen von unseren vollen Tellern stibitzen, weil wir ihm im Herbst immer seine Äpfel klauen", meinte Peter, nun wieder mit normaler Stimme redend und lachte.

„Das soll er nur versuchen. Dann säge ich ihm im Frühjahr seine Äste ab!", drohte Sabine. „Das mache ich natürlich nicht wirklich! Das schwätze ich bloß so daher", schwächte sie unter dem Gekicher der Anwesenden das Gesagte ab.

Eine Sturmböe ergriff die Kronen der Bäume und ließ sie kräftig hin und her wanken. Auf einmal gellte ein lauter Schrei durch den Raum: „Papa schau, dort drüben am Apfelbaum, da bewegt sich tatsächlich etwas. Ich habe Angst!"

„Das kommt alles nur von dem ganzen Gespensterhokuspokus!", schimpfte Sabine und warf einen ärgerlichen Seitenblick in Richtung ihres Mannes. „Da ist nichts, Kleines! Das macht nur der Wind!"

„Ich habe aber was gesehen", beharrte Sindra. „Guckt doch mal hin!"

Wahrhaftig schien sich eine Gestalt von dem Baumstamm zu lösen. Wie in Zeitlupe bewegten sich Gliedmaße eines Körper, der nicht genau zu erkennen war. Mittlerweile war es total finster geworden, der Regen peitschte weiterhin heftig hernieder und gewährte den Beobachtern keine klare Sicht. Bewegungen waren nicht mehr auszumachen, deshalb beruhigten sich die Freunde wieder und aßen weiter, allerdings merkbar stiller geworden. Keinem war mehr nach Gespenstern und Fleisch und Gemüse fressenden Apfelbäumen zumute. Der Galgenhumor, der ihnen allen ein wenig Fröhlichkeit beschert hatte, war verflogen. Etwas stimmte dort draußen nicht und die Ungewissheit darüber, worum es sich bei diesem Etwas handeln könnte, legte sich bedrückend auf ihre Gemüter.

Sabine zog sich ganz in sich zurück. Sie hatte das Geschöpf an seiner Statur und Haltung erkannt, das sich offensichtlich wieder einmal ungefragt in ihren Garten gewagt hatte. Im Moment äußerte sie sich aber nicht dazu, denn die Kinder zeigten sich aufgeregt genug. Später, wenn Sindra im Bett war, würde sie mit Peter allein über ihren Verdacht reden. Innerlich erzürnte sie die Dreistigkeit des Eindringlings und sie überlegte ernsthaft, ob sie die Polizei verständigen sollte. Dies war eindeutig Kaspars Werk. Fast erschien es ihr sinnvoll, ihr Heim aufzugeben und irgendwo mit der Familie neu anzufangen, Miranda und Johannes im Schlepp, egal wo. Aber den Spanner würde das nicht wahrscheinlich aufhalten. Wenn es sich wirklich um diesen tückischen Kaspar handelte, fände der bestimmt sofort heraus, wohin Peter mit ihnen umgezogen war. Sollte er weiterhin in seiner penetranten Stalkerposition verharren und danach sah es aus, würde sich ein weiteres Bespitzeln kaum verhindern lassen. In diesem Augenblick konnte sie schmerzlich die Ohnmacht und die Hilflosigkeit nachvollziehen, in der sich Miranda täglich befand. Kaspar verfolgte sie auf Schritt und Tritt, um sie zu verunsichern. Er ging bei ihr ein und aus. Und dieses belastende Gefühl mutete der Geck inzwischen auch ihrer Familie zu. Der dringende Wunsch wuchs, die unhaltbare Situation zu beenden. Aber sie wusste nicht, wie! Peter und sie hatten sich gemeinsam dieses Heim aufgebaut, um sich und ihrem geliebten Kind in ansprechender Atmosphäre, Geborgenheit und Sicherheit zu schenken. Nein, schwor sie sich entrüstet, sie würden sich einem Kaspar Leimas nicht beugen!

All diesen Überlegungen zum Trotz hielt sie zuerst einmal den Mund. Es machte keinen Sinn, Miranda noch mehr durcheinander zu bringen. Außerdem lebte sie ihre Wut, verknüpft mit den Anschuldigen gegen Kaspar, nur ungern vor ihrer Tochter aus. Innerlich jedoch glaubte sie, vor Zorn und Frust wegen der Unverfrorenheit dieses abstoßenden Typen platzen zu müssen. Ihr ging das langsam auf den Keks, sich in ihren eigenen vier Wänden und in ihrem geliebten Garten dauernd unwohl fühlen zu müssen.

Das Wetter beruhigte sich ein wenig. Peter brachte Miranda und Johannes nach dem Essen nach Hause. Der Regen hielt zwar an, hatte aber an Stärke eingebüßt.An Mirandas Wohnung angekommen, wartete er solange, bis die beiden im Hauseingang verschwunden waren. Kein Kaspar schälte sich aus der Finsternis, um ihnen zu drohen. Beruhigt lenkte er den Wagen zurück. Plötzlich sehnte er sich nach seiner Frau. Sie hatte auf die vermeintliche Gestalt in ihrem Garten höchst merkwürdig reagiert und er machte sich Sorgen.

Dieses letzte Jahr war für Sabine nicht einfach gewesen. Durch die häufige Anwesenheit von Miranda wurde sie immer wieder an ihren verstorbenen Bruder erinnert. Das oftmals launische Verhalten der Freundin machte ihr schwer zu schaffen. Sabine liebte Miranda von der ersten Sekunde ihres Kennenlernens an wie eine Schwester und nichts in der Welt würde sie davon abbringen, der jungen Frau zu helfen. Auch, wenn ihm diese Tatsache nicht sonderlich gefiel. *Manchmal glaube ich,* dachte Peter, *Miranda trinkt vielleicht.* Einen Beweis dafür hatte er nicht. Jedoch würde es ihre eigenartigen Veränderungen in den letzten Monaten am besten erklären. Ihre Bewegungen wirkten oft fahrig, unkoordiniert und zittrig. Ihr Gesicht war aufgedunsen, ihre dunkel umrandeten Augen deuteten auf Schlafmangel hin. Manchmal wirkte sie unnahbar und oft schien sie sich von den Menschen ihres Umfeldes genervt zu fühlen. Nur Johannes zollte sie ihre ganze ungeteilte und liebevolle Aufmerksamkeit. Sprach er Sabine auf seinen Verdacht an, wollte diese davon nichts wissen.

„Und selbst, wenn es so ist", pflegte sie zu sagen, sobald er das Thema vorsichtig anschnitt, „umso mehr müssen wir zu ihr stehen und ihr helfen, da wieder herauszukommen."

Mit einem „Du hast ja recht!", beendete er meistens lange, fruchtlose Diskussionen. Tief in seinem Inneren bewunderte und liebte Peter seine Frau dafür, dass sie einem so gespaltenen Menschen wie Miranda immerzu die Treue hielt. An manchen Tagen war diese nämlich unberechenbar. Peter wurde durch ihre Verhaltensweise nur allzu oft an Olivers Macken erinnert. Olli, der Alki! Etliche gute Freunde hatte Miranda bereits verloren. Diese und viele andere aus ihrem gemeinsamen Bekanntenkreis versicherten Peter stets glaubhaft, der Miranda ja erst seit einem Jahr kannte, sie sei früher ein liebenswerter, feiner Mensch gewesen. Den existenten, dauerhaften Kummer, den sie mit Oliver erlebte, leugnete niemand, jedoch habe das ihrer Freundlichkeit und Hilfsbereitschaft in der damaligen Zeit keinen Abbruch getan. Nun aber wolle man sich seine Freizeit nicht von einer derart verschrobenen Person verderben lassen. Man wandte sich von ihr ab. Und Peter konnte es niemandem verdenken.

Sabine interessierte das Gequatsche anderer Leute nicht.

Sie ließ sich auch nicht auf Debatten ein, wenn sie bei Freunden eingeladen waren und die Gerüchteküche um Miranda und Oliver nur so brodelte. Allem oberflächlichen Getratsche ging sie gewandt aus dem Weg, indem sie geschickt das Thema wechselte. Das alles bedeutete allerdings nicht, dass sie sich keine Sorgen um die Kameradin machte, deren Geschichten und Verhaltensweisen ihr so manche unruhige, schlaflose Nächte bescherten. Dass sich Mirandas Zustand mit den eigentümlichen Ereignissen, ihren Bruder Frank betreffend, miteinander verknüpfen ließen, tat sein Übriges, um seiner Frau entsetzlich zuzusetzen. Und niemand konnte sich die abstrusen Zusammenhänge generell erklären.

Selbst die Kinder behaupteten mit einem Mal, Frank auf der Fete gesehen zu haben und Sindra versicherte ihnen glaubhaft, ihr Onkel habe die Familie in den letzten Jahren regelmäßig besucht und sei für ein paar Tage bereits vor dem Fest bei ihnen gewesen. Dabei konnte Sindra den Onkel Frank gar nicht kennen. Sie war schließlich noch ein Baby, als er ermordet wurde.

Klar, Sindra und Johannes waren zum jetzigen Zeitpunkt auch erst vier Jahre alt. Es handelte sich allerdings um ganz besonders aufgeweckte Kinder. Trotzdem, niemand hatte nach Mirandas Behauptung, Frank zu kennen und zu lieben, obwohl der gar nicht mehr lebte, mit ihnen über den Verstorbenen gesprochen. Alle waren sich einig, sie besser aus den Ereignissen herauszuhalten. Also, warum sollten sich die beiden eine solch dumme Geschichte ausdenken? Peter fuhr den Wagen in die Garage.

Sabine erwartete ihren Mann bereits an der Haustür: „Komm rein, Schatz und setze dich! Sindra schläft und ich muss mit dir reden!"

Peter zog seine Schuhe aus und stellte sie auf der dafür vorgesehenen Matte im Eingangsbereich ab. Eigentlich war auch er entsetzlich müde und wollte nur noch schlafen.

Aber ihn interessierte sehr, was seiner Frau auf dem Herzen lag.

„Ich habe mich heute zum ersten Mal seit langer Zeit mit Miranda wieder ganz vernünftig unterhalten. Das hat gut getan. Was sagst du denn zu der Story, die uns Kommissar Kräutner aufgetischt hat?"

„Es ist sehr schwer einzuschätzen, welche Bedeutung der Verlust der Akte speziell für uns hat. Herr Kräutner konnte sich gar nicht erklären, wieso sein Chef die Mappe einfach in fremde Hände gegeben hat. In solchen Dingen hätte der Oberkommissar, also sein Boss, immer ganz besonders vorsichtig und bedacht gehandelt, meinte Kräutner und hätte normalerweise erst einmal eine Kopie für ihre Dienststelle machen lassen, bevor das Original das Gebäude verlassen hätte. Dies ist jedoch nicht geschehen. Das heißt im Klartext, die Akte ist mit dem Herrn, namens Milesa, unwiederbringlich und spurlos verschwunden. Der Kommissar behauptet, er habe das Gefühl gehabt, die ganze Abteilung sei in eine Art Trance verfallen, als der Typ aufgetaucht wäre. Anders ist dieser Schlamassel nicht zu erklären", fügte Peter geheimnisvoll hinzu. Bei der wiederholten Nennung des Namens runzelte Sabine die Stirn.

„Wie heißt der? Milesa? Irgendetwas löst dieser Name in meinem Gehirn aus. Ich kann aber nicht sagen, was?", grübelte sie, dabei ihren Mann fixierend. Der zuckte mit den Schultern.

„Wollen wir genau herausfinden, was sich hinter den ominösen, extrem seltsamen Geschehnissen verbirgt, die unsere Familie das letzte Jahr, eigentlich die letzten vier Jahre so geplagt haben, sollten wir uns eine Liste machen, in die wir eintragen, welche Ereignisse uns und welche auch Miranda widerfahren sind", äußerte der logische, gut organisierte Peter. „Rufe sie gleich Morgen früh an, sobald Oliver aus dem Haus ist und rede mit ihr! Auch sie soll sich alles notieren, jeden Gedanken, jedes noch so unbedeutende Geschehen. Sie muss noch einmal mit Johannes über Frank reden! Vielleicht können uns winzige Details weiterhelfen, die dem Burschen aufgefallen sind, Licht in diese bizarre Angelegenheit zu bringen. Du kümmerst dich entsprechend um Sindra! Schatz, es wird alles wieder gut! Das versichere ich dir!" Peter nahm seine Frau in den Arm und koste zärtlich mit seinen Lippen ihre Stirn.

„Wenn ich doch nur wüsste, was mit Frank geschehen ist!"

„Eben das, mein Engel, das kriegen wir raus!"

„Ich hoffe so sehr, du hättest recht und alles käme wieder in Ordnung. Miranda hat endlich ein erfülltes, freies und glückliches Leben verdient. Ich weiß gar nicht, wieso sie Oliver nicht längst verlassen hat? Er war mir von Anfang an unsympathisch. Bei mir will das schon was heißen."

„Tja, ich glaube, wir sollten diesen mysteriösen Kaspar im Zusammenhang mit allen ungewöhnlichen Widrigkeiten im Auge behalten. Manchmal denke ich, Oliver ist geradezu von diesem Typen besessen."

Sabine nickte, tief beeindruckt, wie ähnlich sich ihrer beider Gedanken zeigten. *Besessen, das ist es*, dachte Sabine und der blanke Horror bemächtigte sich ihrer und ließ ihr Herz krampfartig zusammenzucken. Dicht drängte sie sich an Peter, dankbar mit einem solch verständnisvollen Mann gesegnet zu sein und schlief alsbald ein, von ihm in Liebe gehalten. Peter trug sie in das gemeinsame Ehebett, entkleidete sie vorsichtig, damit sie nicht aufwachte und deckte sie behutsam zu. Dann machte auch er sich zur Nacht zurecht, müde wie er war. Er schaute aber noch bei Sindra vorbei, die friedlich schlummerte und kontrollierte, bevor er unter die Laken zu seiner Frau kroch, sämtliche Türen und Fenster. Ein schwarzer Schatten umlagerte das Haus! *Ich werde ein für alle Mal dafür sorgen, dass dieser Geck unsere Grenzen nicht mehr überschreitet,* schwor er sich.

Und wie sich ein erschöpfter Peter all das durch den Kopf gehen ließ, konnte er nicht verhindern, von dem Grauen heimgesucht zu werden, vor dem er seine Familie so vehement zu schützen suchte.

Nacht

Sie liegt lauschend in mondheller Nacht,
ist von irgendetwas aufgewacht.
Die zitternde Hand ins Leere gleitet,
hatte sich auf Hilfe vorbereitet.

Sie liegt wartend vor wolkenverhangenem Mond,
weiß nicht, ob die Angst sich lohnt.
Die Einsamkeit hat sie berührt,
hat sie dem Alleinsein zugeführt.

Sie liegt weinend in der Dunkelheit,
hört die Geräusche der Ewigkeit.
Es war nur der Wind, den sie vernommen.
Er ist mal wieder nicht heimgekommen.

Die Wolken verziehen sich, die Dämmerung bricht an,
sie hebt ihren Kopf und bemerkt sodann,
schreiten dort nicht Schritte auf sie zu?
Es war nur der Wind, sie findet keine Ruh.

Dann endlich ist die Nacht vorbei,
der Wind schläft ein und sie ist frei.
Geräusche der Finsternis gibt es nicht mehr,
ihre Seele ist müde, traurig und leer.

Miranda hatte die halbe Nacht um den Schlaf gekämpft, der sich einfach nicht einstellen wollte. Sie konnte nicht abschalten. Erst gegen drei Uhr in der Frühe griff die Hand der Ruhe nach ihrem erschöpften Gehirn. Sanft und getragen glitt sie hinab in die Welt des Schlummers, die ihr den Traum bescherte, den sie sich stets herbeisehnte.

Frank steht lachend neben ihr und sieht sie zärtlich an. Sie erwidert seinen Blick. Die Liebe, die sich in seinen Augen widerspiegelt, öffnet ihr Herz und lässt ihre Seele freudig erzittern. Vorsichtig streicht sie mit ihrer Hand über sein Gesicht, möchte jede noch so kleine Falte, die Erhebung der Nase, seine Lider, einfach alles in sich aufnehmen. Weiß sie doch, wie jedes Mal, wenn sie ihn in ihren Träumen anschaut: Gleich wird er wieder verschwinden. Noch während sie seine anziehenden Gesichtszüge erforscht, verblasst plötzlich sein Bild. Sie fürchtet sich immer vor diesem Moment des Erwachens, will diesen Mann unbedingt festhalten. Hier bei ihr muss er sein! Mit ihr und ihrem süßen Sohn soll er glücklich werden und sie glücklich machen! So wie eine Seifenblase zerplatzt, zerspringt seine Gestalt, sein Lächeln - ein heller Nebelhauch in dunkler Nacht. Ganz schwach nimmt sie eine Stimme wahr.

Die Schwärze hatte sie wieder erreicht. Doch diesmal hatte sich das Ende des Traumgeschehens verändert.
„Miranda", hatte Frank ganz sanft geflüstert, bevor sich sein Wesen in der Luft des traumvollen Universums auflöste. Sie hatte den Luftstrom ihres gehauchten Namens deutlich an ihrem Ohr gespürt. Niemals zuvor sprach Frank in ihren gemeinsamen Visionen zu ihr. In dem gesamten letzten Jahr war seine Stimme für sie nur eine schmerzliche, von vielfältigen Emotionen geprägte und von Liebe erfüllte Erinnerung gewesen. Jetzt konnte sie sie erneut in sich

aufnehmen, den Klang auffrischen, den sie so lange vermissen musste. Diese herzliche, liebevolle Stimme, die ihr unendliche Hoffnung gab, eines Tages ein freudvolleres Dasein zu führen als bisher. Sie lag noch einen Augenblick verträumt auf ihrem Bett und lauschte dem seelentröstenden Nachhall des soeben Gehörten. Dann erhob sie sich und verließ ihr Zimmer. Johannes saß im Schlafanzug auf dem Boden seines Kinderzimmers und spielte völlig vertieft mit Legosteinen, der Realität entronnen. Als sie ihn rief, kehrte er aus einer für sie unerreichbaren Ebene seiner Phantasie zurück.

„Hallo Mama!", grinste er erfreut.

Sie lachte ihn an. Zum ersten Mal, seit dem Zwischenfall mit Frank, fühlte Miranda eine Kraft in sich, auf die sie lange hatte verzichten müssen. Gestern, als sie von Sabine heimgekommen war, ging sie, wie an jedem Abend, in der Küche an den Kühlschrank. Oliver hatte sich im Wohnzimmer ausgebreitet, schnapsselig säuselte er vor sich hin. Sein Wasserglas stand bereits leer neben ihm. Welche Mengen er im Laufe des Tages getrunken hatte, konnte Miranda nur ahnen. Offensichtlich nicht unbedingt wenig. Wenn sie an ihre eigenen realitätsvernichtenden Zustände dachte, sobald sie ihre Räusche tranceähnlich und körperlich geschwächt mit sich herumschleppte, wunderte sie sich schon, wie er das exzessive Saufen so prima mit seinem beruflichen Werdegang vereinbarte.

Sie selbst war schlichtweg in letzter Zeit nur noch schlapp und unendlich kraftlos gewesen, geplagt von Schweißausbrüchen, Schüttelfrösten, Angstzuständen und nervösen Attacken. Ein Schatten ihrer selbst. Manchmal waren ihre Hände, Beine und Füße so kalt, dass sie sich fragte, ob sie überhaupt noch lebte. Die Kälte umschloss dann ihre Knochen und die Muskeln gaben keine Energie ab, um sie zu wärmen. All diese Symptome, ihre ganze körperliche Verfassung, schrieb sie, sich dieser Tatsache bewusst, einzig und allein ihrem vermehrten Alkoholkonsum zu.

Aber nach den heutigen Gesprächen, die sie mit Sabine über Frank führte, hatte es in ihr „Klick" gemacht. Auch die Äußerungen der Kinder erzeugten neuen Mut. Mehr und mehr keimte Hoffnung in ihr auf. Ein Schalter begründeter Hoffnung wurde umgelegt und eine heilende Veränderung in ihrem krankenden System ausgelöst.

So aufgeladen mit positiver Energie stand sie an der geöffneten Tür ihres Kühlschrankes, doch statt die Schnapsflasche herauszunehmen, griff sie zu einer Flasche mit stillem Mineralwasser und füllte ihr Glas. Oliver, der im Wohnzimmer schweigsam vor sich hin dümpelte, merkte nichts von dem Betrug. Er sah nur die klare Flüssigkeit und war zufrieden. Er schrie derweil nach mehr Alkohol. Sie gab ihm widerstandslos, was er brauchte. Heute würde sie sich ihm gegenüber nicht zur Wehr setzen, soweit war sie beileibe noch nicht. Aber ab jetzt würde sie intensiv an einem eigenen effektiven Abwehrsystem arbeiten und zwar nicht zu knapp. An einer machbaren Möglichkeit, ihn mit ihrem Kind verlassen zu können. Ihre eingeschlafene, teilweise zerstörte Psyche, war nun aufgewacht und begann, sich selbst zu heilen.

Wie angenehm und wohltuend konnte ein Tagesbeginn sein, ohne den vermaledeiten Kater, ohne stechende Kopfschmerzen und Übelkeit. Frank sprach in ihrem Traum ihren Namen aus. „Miranda!" Sie hoffte jetzt wieder und war nicht mehr vernebelt, fühlte sich nicht so alleine.

Ich kann ihn hören. Vielleicht hat er schon öfter versucht, mich zu erreichen, während ich mir die Birne zugeknallt habe, dachte Miranda zerknirscht. Sie hatte ihn in unkontrollierten Momenten nicht in ihr Bewusstsein gelassen, weil es vom dunklen, Vergessen spendenden Äther versperrt war. Sie begann diesen Tag nicht als glückliche Frau, dazu fehlte ihr der Mann ihres Herzens.

Aber sie glaubte endlich wieder an eine lebenswertere Zukunft. Plötzlich regte sich in ihr erneut die Frage, warum sie nicht schon längst von dem ungeliebten Partner weggegangen war? In ihrem Elternhaus war sie zu einer mutigen Kämpferin erzogen worden, hatte sich nie verbiegen lassen. Was hatte sie nur veranlasst, so weit von ihrem Weg abzukommen? Fragen, die sie nicht so einfach beantworten konnte. Es schien, als habe sie die letzten Jahre in einem Kokon verbracht, der ihr eine getrübte Sicht auf ihr eigentliches Leben bescherte. Erst Frank hatte an den Spinnenfäden des verhängnisvollen Netzes gerissen, hatte sie aus dem Dunkel der Gefangenschaft befreit. Doch leider nur für kurze, nicht zu haltende Momente. Am nächsten Tag war er, ihre belebende Kraftquelle verschwunden, versiegt. Verstorben? Mit ihm war all ihre neu entfachte Macht untergegangen, hatte sich in der Welt des geistigen Getränkes verflüchtigt und entsprach somit nicht mehr der Realität.

In aller Seelenruhe machte Miranda sich für den Tag zurecht, half Johannes beim Anziehen, schmierte ihm ein Brot für den Kindergarten und frühstückte mit ihm zusammen einen kleinen Happen. Oliver war schon längst fort.

Draußen präsentierte sich immer noch trübes, regnerisches Wetter. Die Gewitterfront des gestrigen Abends war zwar weitergezogen, hatte aber die dichten, grauen Regenwolken nicht mit sich genommen. Mutter und Sohn zogen sich den entsprechenden, äußeren Verhältnissen angepasst, ihre Kapuzenmäntel an und machten sich auf den Weg in den nahegelegenen Hort, in dem Johannes seit circa einem Jahr für die Morgenstunden untergebracht war. Er fühlte sich dort sehr wohl und hatte einige nette Freunde gefunden, die jedoch nicht gern zu ihm nach Hause kamen. Die Kinder schienen die gewalttätige Atmosphäre zu spüren, die in ihrer Wohnung herrschte. Also luden deren

Familien Johannes nachmittags zu sich ein, oder sie trafen sich im leicht zu erreichenden Park, wobei immer ein, zwei Mütter die Aufsicht über die Kids führten.

Am allerliebsten aber war Johannes mit Sindra zusammen. Sie wollte allerdings auch nicht bei ihm daheim spielen, nachdem sie ihn einmal besucht hatte „Mama, ich glaube, bei Johannes wohnt ein böser Mann, den wir aber nicht sehen können", erklärte sie ihrer Mutter.

„Wie meinst du das denn?", fragte Sabine verwundert.

„Na eben so, wie ich es sage!", antwortete die Kleine und schaute dabei ganz ängstlich drein. „Ich will da nicht mehr hin!"

Irgendeine Energie oder Präsenz fürchtete das Mädchen eindeutig. Sabine musste die Meinung ihrer Tochter respektieren. Zukünftig holte sie also Johannes und Miranda lieber ab, damit die Kinder bei ihnen toben konnten. Der Junge packte dann sein Köfferchen mit seinem Lieblingsspielzeug und nahm es einfach mit. Sindra freute sich immer total, wenn er ihr wieder etwas präsentierte, das sie noch nicht kannte. Außerdem hatten die beiden bei den Schreibers viel mehr Platz. Bei Sindra wartete ein schöner, großer Garten, in dem sie ihrem natürlichen Bewegungsdrang folgen konnten. Doch an einen Tag im Freien war heute bei den plätschernden Regengüssen nicht zu denken.

Tief in ihre Jacken vergraben, dicht gedrängt unter einem Regenschirm, marschierten Johannes und Miranda an diesem Morgen zum Kindergarten. Der Junge wurde mit freundschaftlichem „Hallo" begrüßt. Miranda freute sich immer, ihn so fröhlich mit den anderen davonlaufen zu sehen, natürlich nicht ohne ihr vorher einen kräftigen Schmatzer auf den Mund gedrückt zu haben. Wie dankbar konnte sie für diesen lieben Kerl sein. So viel Schweres machte er ihr durch seine Existenz leichter. Lächelnd verabschiedete sie sich von den Kindergärtnerinnen und machte sich auf den Rückweg.

Daheim angekommen würde sie zuerst einmal Sabine anrufen, nahm sie sich vor. Sie musste unbedingt mit ihr sprechen. Der Regen prasselte so laut auf den geblümten, wasserdichten Nylonstoff ihres Schirmes, dass sie nichts hören konnte. Plötzlich kam der Wind ganz stark von vorn und sie hielt den Regenschutz weit vor ihr Gesicht, damit er nicht umschlug. Eilig hastete sie weiter. Bei solchem Wetter jagte man nicht mal einen Hund vor die Tür. *Ich hätte mit Johannes einen weiteren Faulpelztag machen sollen,* dachte sie, während ihr das Regenwasser bereits in den Nacken lief.

Jäh wurde ihr schneller Marsch gestoppt. Sie war mit jemandem zusammengeprallt. Erschrocken hob sie den Kopf. Innerlich stellte sie sich darauf ein, sich für ihre begangene Unachtsamkeit zu entschuldigen.

Vor ihr baute sich eine schwarze Gestalt auf. Kaspar! Warum in Gottes Namen war er nicht bei der Arbeit? Was machte er hier? Es schien mal wieder kein Zufall zu sein, ausgerechnet hier mit ihm zusammenzukrachen. Bei allem, was Kaspar anstellte, steckte verdammt noch mal immer Methode dahinter. Das wusste sie genau!

„Hi, Miranda, so eilig?", säuselte er in liebevoll, gefährlichem Tonfall, die Oberlippe wie ein knurrender Wolf leicht hochgezogen. Lange, gelbliche Zähne wurden sichtbar, die er allerdings durch rasches Schließen des Mundes schnell und geschickt verbarg. Miranda schüttelte sich angeekelt.

„Lass mich gefälligst vorbei, Kaspar! Mir ist kalt und ich will so schnell wie möglich nach Hause!" Entschlossen blickte sie ihn an.

Er verzog erstaunt und ebenso angewidert das Gesicht. Was war denn bloß in die Alte gefahren? Wie quatschte die denn mit ihm? Fast ein ganzes Jahr lang hatte er Olivers Unbewusstes dazu ermuntert, die Dame seines Herzens zu schwächen und nun trat sie hier großkotzig auf. Schließlich hatte sie zu kuschen und ihm nichts zu befehlen.

„He, blöde Kuh, ich will mit dir reden!", fuhr er sie grob an und griff nach ihrem Arm, erwischte allerdings nur ihren Ärmelaufschlag. Er rutschte gleich wieder ab, da dieser vom Regen völlig durchnässt und glitschig war. *Verflucht, was für eine peinliche Nummer läuft denn hier ab?*

Sie sah ihm fest in die Augen: „Ich will nicht mit dir sprechen, kapierst du das? Lass mich jetzt vorbei oder ich schreie!"

„Das wagst du nicht!"

„Na, dann lass es darauf ankommen! Ich bin heute in ganz eigenartiger Stimmung und erlaube dir, es mal zu riskieren."

Sie machte eine Bewegung, die ihm signalisierte, sie würde ihre Drohung zu schreien gleich in die Tat umsetzen. Blitzschnell vollführte er eine unterwürfige Geste, trat zur Seite und ließ sie gehen. Erzürnt blickte er ihr nach.

Das wird die Schlampe noch bereuen, dachte er wütend. Nur was passierte da mit seinen Fähigkeiten, die es ihm bisher immer leicht gemacht hatten, Miranda dauerhaft einzuschüchtern, wenn ihm danach gelüstete? Von Anfang an fürchtete sich die Frau vor ihm. Warum nicht an diesem diesigen, regnerischen Morgen, wenn doch die Menschen allgemein schon wetterbedingt in depressive Stimmungen glitten? Er musste unbedingt seine telepathischen Methoden wohl durchdacht verfeinern, seine Frequenzen anders ausrichten, um sie erneut zu erreichen und sie in seinen negativen Bann zu ziehen.

Während er noch zornig, aber auch völlig überrumpelt auf dem Bürgersteig über die eben erlebten Momente grübelte, versuchte Miranda schlotternd, die Wohnungstür aufzuschließen. Ganz so locker, wie es auf der Straße den Anschein hatte, nahm sie den Angriff von Kaspar nicht. Rasch drückte sie die Tür hinter sich zu und verriegelte sie sorgfältig. Während sie ihren Regenmantel auszog und an der Garderobe auf einen Bügel hängte, glaubte sie, einen Schatten im Wohnzimmer wahrzunehmen.

„Oliver, bist du das?"

Keine Antwort! Sie blickte in den düsteren Raum hinein, in dem sie die Bewegung vermutete. Doch da war nichts! Und wieder zuckte sie zusammen. Verdammt, da war eben etwas Finsteres vorbeigehuscht. Sie konnte nichts entdecken. Saß dort nicht jemand auf dem Sofa? Miranda schaute genau hin. Nichts! Im nächsten Augenblick musste sie auch schon über sich selbst lachen. Ihr dunkles Haar, vom Wind völlig zerzaust, hatte ihr sicherlich diesen Streich gespielt. Je nachdem wie sie sich bewegte, rutschten die Locken in ihr Blickfeld und gaukelten ihr Gestalten und die Konturen gruseliger Wesen vor, die in ihr Heim eingedrungen sein sollten. Die wolkenschwere Dunkelheit verbreitete an diesem Morgen in ihrem Zuhause eine bedrückende Finsternis, die einen mit solch irrwitzigem Schabernack verblenden konnte. Dass sie so durcheinander reagierte, lag bestimmt an ihrem überraschenden Treffen mit Kaspar Leimas.

So ein Blödmann! Schwarze Kleider, schwarzer Pferdeschwarz, schwarze Schuhe, schwarze Seele. *Ein wandelnder Trauerfall, aber keine Bedrohung mehr für mich! Im Moment jedenfalls nicht!* Dies sagte sie sich immer wieder. Jetzt galt es, erst einmal ihre Freundin anzurufen. Ehe sie zum Hörer greifen konnte, um den Gedanken in die Tat umzusetzen, klingelte das Telefon bereits schrill. Erschreckt zuckte Miranda zusammen.

Es war Sabine, die sie begrüßte: „Guten Morgen, meine Liebe, wie hast du geschlafen?"

„Scheußlich, ich habe etliche Stunden gebraucht, um einzuschlafen, aber dann hatte ich einen wunderschönen Traum, der mich sogar jetzt noch ganz glücklich macht."

„Oh, wie schön, meine Süße. Das freut mich wirklich."

„Letzte Nacht träumte ich mal wieder von Frank. Er flüsterte meinen Namen. In keinem meiner Träume, in denen er vorkam, sprach er bisher mit mir. Dass er es diesmal tat, gab mir so viel Kraft. Ich hörte ihn und es war seine Stimme, die ich deutlich erkannte. Sie ist schon lange in mir und lässt mich jetzt wieder am Leben festhalten. Ich sah für mich in dem vergangenen Jahr einfach keine Chance mehr."

„Schscht, Kleines, quäle dich nicht so! Ich weiß, du hast Schweres durchgemacht und es wird sicherlich in der nächsten Zeit nicht viel besser werden. Frank kann nicht mehr zurückkommen, egal, was du und die Kinder erlebt haben. Ich sprach gestern noch lange mit Peter, nachdem er zu Hause war. Wir sind uns einig, dass sich um den Tod von Frank ein spirituelles, für uns nicht greifbares, scheinbar unlösbares Geheimnis rankt. Dieses müssen wir unbedingt aufklären. Aber ob er dadurch zu uns zurückkehren kann, ist fraglich. Klar ist uns auch: Kaspar spielt in diesem grotesken Stück eine bösartige, verhängnisvolle und niederträchtige Rolle."

„Ich war so entsetzlich durcheinander, nachdem mich Frank auf so brutale, aber auch unerklärliche Weise verlassen musste. Ich griff durch Olivers und Kaspars einschüchterndes Verhalten immer häufiger zur Flasche. Mein lieber Johannes hat das Schlimmste verhindert, einfach, indem er lebte."

Sabine registrierte sehr wohl, wie Miranda äußerte, Frank habe sie verlassen müssen und nicht sagte, er sei verstorben. Damit deutete sie an, in ihrem tiefsten Innersten nicht an Franks Tod zu glauben. Sie hatte sich an ihrem Rückzugsort, ihrer Traumwelt irgendeine andere Erklärung geschaffen, die sie verkraften, mit der sie weiterleben konnte. Die Äußerungen der Kinder unterstützten ihre Erwartungen und die Theorie, Frank sei am Leben, in gewisser Weise natürlich. Aber wo war er dann? Wieso zwang sie eine unbekannte Macht, ihr Leben als Schwester seit vier langen Jahren mit dieser unbändigen Trauer um den geliebten Menschen zu meistern? Welche mysteriösen Kräfte agierten hier in ihrem Umfeld und funktionierten nicht nur ihren Alltag zu einem anstrengenden Akt um. Peter und unbewusst auch Sindra waren betroffen von den peinigenden Gefühlen, die sie seit Jahren quälten. Nämlich, seit sie die Nachricht von der Ermordung ihres Bruders erreicht hatte.

Und dann Miranda, diese liebenswerte, feinfühlige Seele, die so viel Schreckliches durchmachen musste. Sabine hielt zu ihr, weil sie genau wusste, wie grausam Oliver seine menschlichen Schwächen an dieser herzlichen Frau auslebte. Sie hasste ihn dafür, konnte in keiner Minute verstehen, wieso Miranda an ihm festhielt und hatte doch eine Antwort dafür in ihrem Inneren, die aber das Heiligste nicht verlassen wollte. Und so konnte sie sich selber keine klare Einsicht schenken. In gewisser Weise fühlte sie sich wie vernagelt.

Nach dem, was die Kinder gestern gesagt hatten, bestand Hoffnung. *Die Hoffnung stirbt zuletzt*, dachte sie. Die Hoffnung und dieser drängende Wunsch, ihren Bruder wiederzusehen. Sie liebte Peter und Peter liebte sie, er würde niemals von ihrer Seite weichen und dieses Wissen erlaubte es ihr, Miranda vorbehaltlos zu unterstützen. Weil sie sich sicher sein konnte, ihr Mann stand stets neben ihr. Er gab ihr den nötigen Halt und die Zuversicht, vertraute ihren eigentlich unrealistischen Gefühlen, so wie sie Mirandas Empfindungen vertraute, die ebenso haltlos schienen. Diese Frau war schon viel zu lange Olivers und Kaspars bösartiger, unnatürlicher Willkür ausgesetzt gewesen. Sie brauchte ihre Hilfe mehr denn je.

„Sabine, bist du noch da?", fragte Miranda, da am anderen Ende der Leitung Funkstille herrschte.

„Ja, ich bin hier und ich werde immer bei dir sein!",

versprach Sabine. „Ich habe nur nachdenken müssen. Wollen wir uns auf einen Kaffee bei euch in der Nähe im „Kafftee" treffen? Ich möchte einiges mit dir besprechen. Gib mir nur noch ein wenig Zeit, im Haus etwas Ordnung zu schaffen, dann setze ich mich ins Auto und komme hoch zu euch auf den Buckel. Kommst du zu Fuß oder soll ich dich abholen?"

„Bei dem Mistwetter könnte ich ein Auto vertragen, das mich die zwei Minuten gut geschützt ins Lokal bringt."

„Okay, Süße, bis gleich. Ich schätze, ich kann in einer halben Stunde bei dir sein."

Sabine schaffte es in fünfundzwanzig Minuten. Miranda kam leichtfüßig aus dem Haus gelaufen und machte es sich in der Trockenheit des Wagens bequem. Es dauerte noch nicht einmal zwei Minuten bis zu dem Café, in dem die beiden Frauen sich eine Auszeit vom Alltag gönnen wollten.

Die Spitzenfrühstückszeit im „Kafftee" war eindeutig vorüber. Nur noch wenige Leute verteilten sich im Raum. An einem Tisch saßen zwei ältere, distinguierte Damen mit Hut, ganz vertieft in ein intensives Gespräch. Vor einem weißhaarigen Herrn, der allein einen Vierertisch besetzte, lag eine zerlesene Tageszeitung, angeheftet an einen langen Holzstab. Er löste offensichtlich die darin befindlichen Kreuzworträtsel und schien vollkommen versunken in diese Tätigkeit zu sein. Er sah sehr ansprechend aus, freundlich und für sein Alter sehr gepflegt. Das bemerkte nicht nur Miranda, sondern auch Sabine. Herrn Schrot selbst fielen die beiden jungen Frauen augenscheinlich nicht auf, denn er blickte nicht einmal hoch, als sie an seinem Tisch vorbeigingen, um sich einen abgelegenen Platz ganz hinten in einer verschwiegenen Nische zu suchen. Es war ihnen egal, dass dieser Teil des Lokals in extremer Toilettennähe lag. Die Freundinnen hatten einiges zu besprechen und konnten keine Zuhörer gebrauchen. Hier hinten hin verirrten sich nur Kunden, wenn das Lokal zu Rekordzeiten voll war und es keinen anderen Sitzplatz mehr gab.

Eine freundliche Bedienung näherte sich.

„Oh, hallo, seid ihr auch mal wieder da? Wie geht es euch? Was kann ich euch bringen?"

„Welche Frage sollen wir dir zuerst beantworten?"; lachte Miranda.

„Die zweite am besten zuerst. Die erste kann ich mir dank meines enorm hohen Intelligenzquotienten glatt selber beantworten.

„Hi, Elena, mir geht es ganz gut", plapperten Sabine und Miranda wie aus einem Munde.

„Also, was kann ich euch bringen?"

Miranda und Sabine bestellten beide einen Früchtetee und Elena kehrte zurück zur Theke, wo sie gleich begann, das Gewünschte vorzubereiten.

„Worüber wolltest du mit mir reden?", fragte Miranda neugierig, nun wieder voll auf ihre Freundin konzentriert.

„Erinnere mich danach bitte daran, ich habe dir was sehr Komisches zu erzählen, aber fange du erst mal an!", forderte sie Sabine gespannt auf.

„Gestern, nachdem du weg warst, haben Peter und ich uns noch eine Weile unterhalten." Sabine berichtete Miranda von dem Wunsch, beziehungsweise dem Vorschlag Peters, sich alles zu notieren, was merkwürdig und auffällig schien. Eigene Gedanken nochmals zu durchforsten, Geschehnisse zu beleuchten, auf der Suche nach Hinweisen, was sich in dem letzten Sommer abgespielt haben mochte.

„Besonderes Augenmerk sollten wir natürlich auf „The Blackman" Kaspar legen. Mittlerweile ist er für Peter der Dreh- und Angelpunkt der mysteriösen Geschichte."

„Da bin ich ganz seiner Meinung", bestätigte Miranda die Ausführungen Sabines.

Elena brachte den dampfenden Tee.

„Lasst ihn noch circa fünf Minuten ziehen! Dann ist er am besten. Wenn ihr Zucker braucht, es steht alles auf dem Tisch. So, dann möchte ich nicht weiter stören."

„Danke Elena, du bist lieb. Danke!"

„Weißt du, Sabine, mir ist gerade heute Morgen, nachdem ich Johannes im Kindergarten abgeliefert hatte, eine sonderbare Begegnung zuteil geworden."

Sabine, die mit ihrem Teefilter beschäftigt war, beugte sich interessiert nach vorn.

Miranda teilte Sabine mit, wie Kaspar sie bei Regen und Sturm auf der Straße überrascht hatte. „Ich konnte ihn ganz frech abwimmeln, aber die Angst vor diesem Mann saß mir schon in den Knochen." Auch die Gespenster, die Schatten in ihrer Wohnung ließ sie in ihrem Bericht nicht aus. „Ich glaube nicht, dass sich dort tatsächlich jemand aufhielt. Ich gehe davon aus, meine verwuschelten und zerzausten Haare haben mir einen Streich gespielt. Sie sind mir während meiner Bewegungsabläufe geradewegs in mein Blickfeld gerutscht. Trotzdem finde ich es sehr absonderlich. Ausgerechnet heute, an diesem Tag, an dem ich mich zum ersten Mal seit Monaten frei und kraftvoll fühle, stürmen plötzlich weitere beängstigende Geschehnisse auf mich ein. Es kommt mir fast so vor, als will irgendeine Macht nicht, dass es mir besser geht. Na ja, vielleicht schieße ich jetzt ein wenig über das Ziel hinaus."

„Miranda, das ist genau das, was du dir notieren sollst, verstehst du? Solche Merkwürdigkeiten meint Peter. Ereignisse, die uns zum Überlegen zwingen, auch wenn wir dabei zu übertreiben scheinen. Hier stimmt etwas nicht, irgendetwas stinkt ganz gewaltig und wir wollen herausfinden, um welche fatale Sauerei es sich handelt. Mich macht es richtig wütend, wenn ich mir vorstelle, auf welche Art und Weise unsere Kinder in diese Sache involviert sind. Uns Erwachsene zu manipulieren, aus welchen Gründen auch immer, ist das eine, aber Sindra und

Johannes da mit hereinzuziehen, diese Maßnahmen, diese unmenschliche Gemeinheit macht mich wahrhaftig sauer!"

Miranda nickte, ebenfalls wütend. Sie unterhielten sich noch eine Weile miteinander, besprachen weitere mögliche Details ihres „Falles" und tranken noch eine zweite Tasse Tee, die ihnen Elena freundlich servierte. Dann war es an der Zeit, die Kinder abzuholen. Sabine setzte Miranda in der Nähe von Johannes Kindergarten ab und fuhr dann weiter, um sich um Sindra zu kümmern. Beim Abschied versprachen sich die beiden Frauen, telefonisch in Verbindung zu bleiben, bis sie sich auf physischem Wege wieder treffen konnten.

Es geht Miranda wirklich besser, dachte Sabine glücklich, während sie in eine Seitenstraße einbog und sich somit dem Blick der Freundin entzog, die ihr noch nachgewunken hatte.

Miranda betrat einen Moment später den Kinderhort, ging auf das Zimmer zu, in dem sich Johannes Gruppe befand und hörte gerade noch das Abschiedslied, welches die Kinder jeden Mittag fröhlich mit ihrer Kindergärtnerin zu singen pflegten. Kaum war der letzte Ton verklungen, sprang Johannes auf, rannte auf seine Mutter zu und fiel ihr in die Arme. Zärtlich drückte diese ihren Sohn an sich.

Solange du existierst, gibt es nichts Wünschenswerteres im Leben für mich, als die Tatsache, dass es dir gut geht, dachte sie euphorisch, mit sich und ihrer momentanen Situation im Reinen. *Niemand kann mich in die Knie zwingen.* Nach vielen Monaten der Schwere blickte sie erstmals wieder voller Mut und Hoffnung nach vorn.

Herr Schrot

Er geht mit dem Wind (1)

Er geht mit dem Wind, ungeachtet dessen,
was der Mensch erwartet,
wandert er in der Kulisse der Geräusche dahin.
Sendet mal hier einen Traum, mal dort einen Schrecken.
Jagt freudig panische Angst in das Bewusstsein des Menschen,
der eigentlich mutig und tatkräftig seinen Alltag besteht.

Doch durch die Wirrnisse der Geräusche aufgerüttelt,
lauscht eine Seele am geöffneten Fenster,
ist sich des Nichts bewusst, außer der Gefahr,
die von draußen hereinbricht.
Sie kündigt sich nicht an im täglichen Einerlei,
auch nicht im organisierten Leben.
Schmeißt gerade deshalb alles um, was je Bedeutung hatte.

Ganz langsam zieht und zerrt die Gewalt,
hinter dem Wind verborgen, am Körper,
zerstört ihn ohne Eile, grausam und rücksichtslos.
Lässt Geist und Seele erzittern,
weil das Innerste im Herzen eingeschlossen,
niemals Strategien entwickeln konnte,
sich gegen die unbändige Kraft, dieses grauenvolle Spiel,
dessen, der mit dem Wind geht, zu wehren.

Kaspar schäumte vor Wut. Er trabte in seiner Wohnung von einem Zimmer in das andere. Dabei trat er so fest mit seinen Füßen auf, dass der alte Herr, der unter ihm lebte und dem das Haus gehörte, den Kopf wie eine Schildkröte schützend in den Hals einzog und sich wimmernd in seiner Sofaecke verkroch. Sich zu beschweren war seinem Vermieter nur ein einziges Mal in den Sinn gekommen. Das war ihm sehr schlecht bekommen. Einen zweiten Versuch, sich Ruhe zu erbitten, würde er bestimmt nicht wagen. So drückte sich Herr Schrot lieber fester in die Polster, in der Hoffnung, die lautstarke, aber auch furchterregende Attacke seines Obermieters fände bald ein für ihn zufriedenstellendes, der Ruhe geschuldetes Ende. Seit dem Tag, an dem er dem netten, freundlichen Kaspar Leimas die Räume überlassen hatte, fühlte er sich in seinem eigenen Haus nicht mehr wohl. Mit diesem Menschen war all seinen vorherigen Gefühlen zum Trotz, das Grauen bei ihm untergekrochen.

Kaspar erschien auf Grund einer Zeitungsannonce bei ihm, die Herr Schrot aufgab, weil die Vormieterin verstorben war und er dringend einen Nachmieter brauchte, der ihm mit der Miete half, seine spärliche Rente ein wenig aufzubessern. Kaspars Gesicht gefiel ihm auf Anhieb. Wenn er auch ganz in Schwarz gekleidet vor ihm stand, schien ihm der Mann sympathisch und ansprechend zu sein. Er wirkte sauber und ordentlich, seine Fingernägel waren gepflegt und sein extrem langes Haar glänzte im Sonnenlicht. Auf solche äußeren, positiven Merkmale legte Herr Schrot wert. Reinlichkeit, Übersichtlichkeit und Disziplin stellten für ihn wichtige, charakterliche Merkmale dar. Außerdem wies sich Kaspar sofort aus. Zeigte ihm prompt seinen guten finanziellen Status mit entsprechenden Belegen, damit der alte Mann keinerlei Befürchtungen hegen musste, was die pünktliche Zahlung des anfallenden Wohnzinses betraf. Kaspar bewunderte ausdrucksstark die

Qualität der Wohnung. Die Aufteilung der Räume gefiel ihm und er entschied sich sofort, sie zu nehmen.

Herr Schrot freute sich, so schnell jemanden für seinen Leerstand gefunden zu haben. Er glaubte, mit diesem netten Kerl einer Vereinsamung zu entrinnen und hoffte auf manche schöne, gemütliche Stunde mit einem Glas Wein in netter Gesellschaft. Doch seitdem Kaspar eingezogen war, ging es Herrn Schrot von Tag zu Tag schlechter. Körperlich ein fitter Mensch, im vorgerückten Alter von immerhin neunundsiebzig Jahren, kämpfte er von dieser Stunde an mit depressiven Schüben. Er war schon immer jemand gewesen, der sehr sensibel auf die Stimmungen anderer reagierte, aber das stellte bisher kein Problem für ihn dar. Er lernte im Laufe seines langen Lebens, sich gegen emotionale Überreaktionen abzuschotten und agierte stets voller Güte, mit fröhlichem, sympathischem Wesen. Doch in Kaspar Leimas und der Wirkung seiner bloßen Anwesenheit hatte er offenbar seinen Meister gefunden. Beim bloßen Gedanken an ihn wurde ihm ganz mulmig.

Verließ der junge Mann das Haus, beruhigte sich sein verwirrter Seelenzustand augenblicklich. Kaum hörte er den Schlüssel in der Haustür, begann sein Herz zu rasen, die Hände zitterten, seine Stimmung sank auf den Nullpunkt. Helfen konnte ihm nur, wenn er selber Verabredungen wahrnahm und sich somit der Nähe seiner Wohnstatt und der des bedrohlichen Typen entzog.

In den Augenblicken aber, wenn Kaspar tobend über seinem Kopf herumfuhrwerkte, glaubte Herr Schrot, sein Leben sei vorüber. Zu allem Überfluss plagte ihn inzwischen eine ungeheure Müdigkeit. Kaspar schlief bereits die dritte Nacht hier und so bekam der alte Herr keine Chance, wenigstens nachts ein Auge schließen zu können, ohne mit bösesten Albträumen belohnt zu werden. Unglaublich, wie er sich in diesem Menschen so hatte täuschen können. Die freundliche Wesensart war wie aus dem einst tugendhaften, sympatischen Gesicht gewischt und einer Art lächelnder Teufelsmaske gewichen.

Inzwischen rannte Kaspar nicht nur trampelnd wie ein Elefant durch die Räume, sondern er begann auch lauthals seinem Ärger Luft zu machen. Für Herrn Schrot hörte es sich so an, als wäre dieser mit mindestens zehn Leuten in der über ihm liegenden Etage zusammen. Einmal erkannte er klar und deutlich Kaspars Stimme. Dann schien dieser einen anderen Tonfall zu imitieren. Plötzlich sprach offenbar ein weiterer Mann, der sich haltlos über etwas zu beschweren suchte. In Herrn Schrot festigte sich die Gewissheit, langsam aber sicher verrückt zu werden. Er misstraute sich und seinen realistischen Empfindungen vollkommen, mit denen er bisher weitgehend problemlos durchs Leben geschritten war. In seinem Kopf verfingen sich die Geräusche aus der oberen Wohnung und er drang in eine unbekannte Dimension ein, in der ihn ein Stück weit so etwas wie Wahnsinn empfing. In dieser Phase seiner Gedankenebene war er dankbar dafür. Trotz seines fortgeschrittenen Alters konnte er sich immer auf seinen noch sehr soliden Geisteszustand verlassen, doch jetzt traute er sich selbst nicht mehr und nahm eine mögliche Geisteskrankheit als kleineres Übel an.

Beinahe zwei Stunden kämpfte Kaspar mit seinem lodernden Zorn. Dann verließ er, die Türen hinter sich zuschlagend, Haus und Grundstück und ließ einen wimmernden Herr Schrot zurück. Der hoffte, ihm würde ausreichend Zeit gewährt, sich erst einmal zu sammeln, bevor der Energiefresser wieder zurückkehrte.

Draußen wütete nach wie vor ein furioses Unwetter. Es brachte nicht nur tosende Regenfälle, sondern ließ auch ständig Blitze über den Himmel zischen, die sich in krachendem Donner entluden. Ob allein die widrigen Umstände, die ihm die entfesselte Natur bot, Schuld waren, oder es einen anderen triftigen Grund gab, konnte sich der alte Mann nicht beantworten. Aber diesmal wollte sich, trotz Kaspars Abwesenheit, keine Besserung seines Seelenzustandes einstellen. Immer noch spürte er eine tiefe, kalte Angst, die sich lähmend in ihm ausbreitete. Ausgepumpt nahm er in seinem Lieblingssessel Platz und schaltete den Fernseher ein, in der Hoffnung, sich ein wenig ablenken zu können. Nach einer halben Stunde bemerkte er, nichts von dem laufenden Programm wahrgenommen zu haben und betätigte frustriert den Ausschalter. Er blickte auf seine zitternden Hände, legte sie sanft und Beruhigung suchend auf sein hart klopfendes Herz. Im nächsten Augenblick zwang ihn seine Verfassung hektisch aus seiner Sitzgelegenheit empor. Doch er bebte so heftig am ganzen Körper, dass er sich außerstande sah zu stehen. So ließ er sich einen Moment auf seinem Sofa nieder. Aber er sprang sogleich mit fahrigen Bewegungen wieder auf. Er hielt es in seiner gewohnten Umgebung nicht mehr aus und entschloss sich, diesen Mysterien jetzt sofort auf den Grund zu gehen, die ihn zur Unruhe nötigten und ihm die wohlverdiente Altersruhe missgönnten. Er musste die Wohnung über sich untersuchen, anders konnte er die Ursache für seine physischen und psychischen Symptome nicht bearbeiten.

Irgendeine Kraft befand sich bestimmt dort droben, die ihn in solch unrealistische, nicht zu deutende Turbulenzen trieb. Dieser bösen Macht musste er gegenübertreten, wenn er Klarheit erlangen wollte. Er hatte nichts zu verlieren. Er musste den Geschehnissen über seinem Kopf massiv entgegenwirken, sonst konnte er sich in der nächsten Zeit begraben lassen. Seinem normalerweise kräftig schlagenden inneren Motor konnte er den immerwährenden Stress auf Dauer nicht zumuten, den Kaspar Leimas in ihm auslöste.

Rasch, um den Mut nicht zu verlieren und keinen Rückzieher zu provozieren, nahm er den Ersatzschlüssel vom Schlüsselbrett, das in seiner Küche an der Wand hing und machte sich auf den Weg, die oberen Räume zu inspizieren. In dem Augenblick, in dem seiner Entscheidung endlich Taten folgten, befiel ihn eine eigentümliche Ruhe. Den Zweitschlüssel hatte ihm Herr Leimas überlassen: „Es könnte ja sein, dass ich mich mal aussperre", hatte er mit seinem damals sympathisch wirkenden Lächeln gesagt. Eigentlich hatte Herr Schrot nicht vor, Kaspars Vertrauen zu missbrauchen und ihn auszuspionieren. Ein solches Verhalten entsprach nicht seinem Charakter. Dies hier stellte eine absolute Ausnahmesituation dar. Sein Mieter und er waren ehemals übereingekommen, es könne besser sein, für den Notfall einen weiteren Schlüssel bei Herrn Schrot zu deponieren. Und dieser Notfall war soeben für den alten Herrn eingetreten.

Während er durch den Hausflur über die Treppe hinaufschlich, blickte er noch einmal wachsam aus dem Flurfenster in die einsehbaren Straßenrichtungen, ob Kaspar vielleicht zurückkehrte. Nichts zu sehen. Vorsichtig schloss er die Wohnungstür auf, huschte so leise, wie es seinem alten Körper möglich war, über die Schwelle und drang weiter ins Innere der Behausung vor.

Ein starker Geruch nach verbranntem Kerzenwachs in einer ungelüfteten Umgebung schlug ihm entgegen und er machte sich sofort auf den Weg, diesem Gestank zu folgen. Im Bereich dieser schlechten Luft würde er dem Grund für seine Depressionen begegnen. Daran glaubte er fest. Je näher er der vermeintlichen Region kam, umso mehr verstärkten sich die körperlichen Anzeichen, die er bereits unten in seinem Heim durchlitten hatte. Obwohl ihn eine unerklärliche Furcht durchdrang, öffnete er die Wohnzimmertür und blickte hinein. Achtsam und mit allem rechnend.

Nichts! Erschrocken wich er zurück. Dieses Nichts bestand aus völliger Finsternis. Selbst das Licht, das aus der

Diele hätte eindringen und einen schimmernden Kegel hätte hinterlassen müssen, wurde direkt am Türrahmen verschluckt. Schrot fürchtete, in dieses schwarze Loch hineingesogen zu werden, sollte er versuchen, das Zimmer zu betreten.

„Wer ist denn das? Ist das etwa der kleine, neugierige, alte Mann von unten? Du wurdest uns schon angekündigt, du niggeliger Fuzie. Man sagte uns, du würdest uns in Kürze einen Besuch abstatten!"

Herr Schrot, von Kälte ergriffen, hob greinend eine Hand vor den Mund. Beinahe wäre ihm ein Schrei entwichen. Wer war das? Er hatte genau beobachtet, wie Kaspar das Haus verlassen hatte. Wo war der denn auf einmal wieder hergekommen? Doch es war nicht Leimas, der ihm dieses Szenario bescherte. Eine weitere, grauenvolle Stimme erhob sich klagend aus dem Dunkel. Der widerwärtige Geruch, den der alte Mann schon vorher wahrgenommen hatte, bekam eine ganz andere Qualität, verdichtete sich in seinen Nasenlöchern und transportierte eine unfassbare Nachricht zu seinem Gehirn. *So stinken Leichen!"*, lautete die Botschaft und er wünschte sich neben einem Mund- und Nasenschutz eine starke Lichtquelle, die dieses Szenario beleuchten würde..

„Mistkerl", tönte es ihm plötzlich entgegen. „Spazierst einfach hier herein und meinst, du könntest damit durchkommen?"

Ein Windstoß schlimmster Ausdünstungen traf Schrots Gesicht und legte sich in seinem Nasenbereich auf die Schleimhäute wie ein schmieriger Film. Er fürchtete zu ersticken! Mit einem wimmernden Klagelaut auf den Lippen setzte er zur Flucht an und stolperte über eine schwarze, mit sonderbaren, für ihn unbekannten Symbolen bestickte Teppichbrücke, die über das dunkle Parkett des Flurs gelegt worden war. Rasch rappelte er sich auf, so schnell es ihm seine fast achtzigjährigen Beine erlaubten und hetzte aus der Wohnung. Ohne die Türe abzuschließen; er ließ in der Eile sogar den Schlüssel stecken, jagte er die Treppe hinunter, stürzte sich in seinen Flur und schmiss mit lautem Knall die Wohnungstüre hinter sich zu.

Über seinem Kopf erschallte ein krächzendes, gackerndes Gelächter. Herr Schrot hielt sich mit beiden Händen die Ohren zu. Es nützte nichts. Das ebenso grauenvolle, wie erbarmungslose Gekicher verschaffte sich vehement Einlass in seinen Kopf und zerstörte permanent und schonungslos wichtige Nervenbahnen in seinem Rückenmark und deren Verbindungen zu seinem gesamten Körper. Er fiel zu Boden, wo er zuckend liegenblieb.

Stunden später erwachte er und blickte sich um. Er lag noch immer verkrümmt auf dem Teppich seiner Wohnung. Vorsichtig versuchte er sich aufzurichten, doch seine Gliedmaßen gehorchten ihm nicht. Es war ihm unmöglich, sich zu rühren. Nur seine Stimme funktionierte. So setzte er an und schrie. Er kreischte sich die Lunge aus dem brennenden Hals, überschrie den tosenden Sturm in seinem Kopf und den vor seinem Fenster. Dadurch aufgerüttelt und zutiefst erschrocken brachen seine Nachbarn mit Rettungssanitätern und Polizei im Schlepptau eilends die Wohnung auf, um sich um den zutiefst verstörten, brüllenden Mann zu kümmern. Ein starkes, schnell wirksames Beruhigungsmittel ließ ihn vorerst verstummen, doch brachte nichts seine Fähigkeit zurück, sich zu bewegen.

Herr Schrot wurde sofort in ein renommiertes Krankenhaus transportiert, das im Nachbarort ansässig war und dessen Belegschaft sich überwiegend mit Schlaganfallpatienten beschäftigte. Er lebte und lebte doch wieder nicht. Gefangen in einem völlig gelähmten Körper, erreichte er es lediglich, sich über Schreilaute Gehör zu verschaffen, ansonsten wurde er gewickelt, gefüttert, gewaschen wie ein Baby. Und in seinem Gehirn wütete ununterbrochen das entsetzliche Gefeixe, das außer ihm niemand hören konnte.

Kaspar tötete nicht. Er strebte nur danach, anderen zu schaden und sich selbst daran schadlos zu halten. Später, allein in seinem Zuhause, lachte er bis ihm die Tränen liefen, nachdem er von dem „Missgeschick" seines Vermieters erfuhr. Telepathisch nahm er Wohnung in dessen Hirn, in dem er mit den anderen zerstörerischen Energien eine grausame Gemeinschaft bildete. So teilten sie sich auch weiterhin eine Wohnstatt miteinander.

Kaspar

Magentafarben

Magentarot zeigten sich die Elemente des Zorns
und legten sich auf sein aufgewühltes Gemüt.
Den Hass verteilend blieb die Welt hinter ihm zurück,
zerstörerisch und gewaltig.

Kaspar verließ wutschnaubend sein Heim im Haus von Herrn Schrot und ging schnurstracks zu Oliver ins Büro. Nicht ohne zuvor noch einige Aufträge an seine zahlreichen versklavten, willenlosen Erfüllungsgehilfen zurückgelassen zu haben, die sich, während seiner Abwesenheit, um den Seelenzustand seines Vermieters kümmern sollten.

„Lässt du dich auch mal blicken? Peter sucht dich überall. Hör mal, du weißt, ich bin dein Freund, aber ganz so sehr solltest du die Arbeit nicht vernachlässigen. Mach es doch einfach wie ich. Ich sitze den ganzen Tag hier auf dem Präsentierteller, so kann es keine Beanstandungen geben. Heimlich aber trinke ich mir meine Bierchen rein und..."

„Jetzt halt bloß dein dummes Maul!", fuhr Kaspar ihm über den Mund.

Verblüfft guckte Oliver Kaspar an und erkannte augenblicklich den furchtbaren Zorn, der in dessen Gesicht eingemeißelt schien.

„Was ist denn los?"

„Frag doch nicht so blöd! Hast du dir deinen spärlich vorhandenen Intellekt inzwischen vollkommen aus deinem Denkapparat gesoffen?" Drohend trat Kaspar auf Olli zu, der erschrocken zusammenzuckte.

„Nun mach aber mal 'nen Punkt! Ich..."

„Was läuft da mit Miranda?"

„Wieso, was soll denn da laufen?"

„Ich traf sie heute Morgen. Sie hat Johannes in den Kindergarten gebracht. Sie war absolut fit. Keinen Kater, verstehst du?", fauchte Kaspar Oliver böse an.

„Na ja, ich habe gestern Abend ein paar kleine Schnäpschen gekippt. Sie kam nach Hause, von dieser Sabine, glaube ich, setzte sich kurz ins Wohnzimmer und trank mit. Ich verstehe gar nicht, was dein Gemecker hier soll!", verteidigte sich Oliver hilflos.

„Deine Miranda, dieses dumme, stupide Luder hat es

gewagt, mich öffentlich vorzuführen. Mitten auf der Straße drohte sie mir sogar mit der Polizei, sollte ich mich nicht schleunigst aus dem Staub machen. Mitten auf der Straße! Ich könnte vor Wut platzen, wenn ich an die Schmach denke, die sie mir zugemutet hat. Ihr Verhalten schreit nach einem Denkzettel, der sich gewaschen hat", überlegte er grimmig in bissig, flüsterndem Ton. „Einen, von dem sie sich nicht so schnell wieder erholen kann, ist das klar?", forderte er plötzlich mit lauter werdender Stimme, weil er merkte, wie wenig konzentriert sich Oliver seiner Sache annahm.

Dieser zuckte unter dem Geschrei des Freundes fürchterlich zusammen. Seine Augen nahmen einen merkwürdigen Glanz an, als er in Kaspars Gesicht schaute. Mit einem Mal ängstigte ihn der Mann, den er seit Jahren als seinen Kumpel kannte und dem er vertraute. Hier stimmte was nicht. Übereifrig antwortete er: „Ja, ja, natürlich, du hast ja recht. Ich habe die letzte Zeit gar keinen Grund gehabt, mich über Miranda zu beschweren. Sie war mir wirklich eine gute Partnerin. Hat mit mir gesoffen und …"

Er schwieg einen Moment und grübelte bierselig, ohne viel Engagement: „Vielleicht habe ich die Leine wirklich ein wenig zu locker gelassen. Wo warst du eigentlich gestern?", wechselte er das Thema. „Peter hatte nach dir gefragt und ich konnte ihm keine Antwort geben. Herr Bäumler sagte ihm, du seist für einen Tag auf Geschäftsreise. Hat dich mal wieder rausgehauen."

„Peter kann mich mal. Verdammt noch mal. Lass mich mit deinem Gequatsche in Ruhe! Überlege dir, wie wir Miranda eins reinwürgen können! Sie tanzt dir demnächst auf der Nase rum, wenn du sie weiter so zart anpackst!", stöckerte Kaspar den Freund angriffslustig auf.

Sie schauten einander an und was Oliver sah, gefiel ihm dann doch wieder. *Er meint es wirklich gut mit mir*, dachte er, froh, sich seiner Gefühle wieder sicher zu sein. Erstaunlich, dass ausgerechnet er einen so tollen Menschen wie Kaspar seinen Kameraden nennen durfte.

Nachdem dieser das Büro verlassen hatte, um sein eigenes aufzusuchen, lehnte Oliver sich in seinem Schreibtischstuhl zurück. Angestrengt überlegte er sich Optionen, die Mirandas Charakterbildung dienen sollten, so wie Kaspar es ihm befohlen hatte. Der Schlampe gehörte eine Lektion verpasst, das war mal sicher. Ihm schoss eine Idee durch den Kopf. Der beste Geistesblitz, den er seit langem hatte und der ihm extrem viel Freude machen würde. Er spürte das Vergnügen bereits jetzt zwischen seinen Beinen. Entschlossen griff er zum Telefon und wählte eine Nummer.

„Habt ihr nicht Lust, ihr wisst schon, auf so einen klitzekleinen Dreier? Kaspar wird auch da sein, aber er bleibt nur Zuschauer. Das törnt ihn mehr an, als alles andere. Also, was sagt ihr?"

Nathalie und Josefine brauchten keine weiteren Details. Schon des Öfteren waren sie Oliver und seinem merkwürdigen, beinah unheimlichen Freund zu Diensten gewesen und erlebten selber jede Menge Spaß an diesen denkwürdigen sexuellen Eskapaden. Nathalie sagte spontan zu und Oliver hörte Josefine im Hintergrund freudig erregt kichern. Sie lauschte immer, wenn ihre WG-Genossin telefonierte und war daher, Ollis Anliegen betreffend augenblicklich im Bilde. Plötzlich jedoch stutzte Nathalie.

„Sag mal, ginge es auch morgen Abend? Mir fällt gerade ein, ich habe heute noch spät eine Vorlesung. Möchte mich aber in Ruhe auf unser Treffen vorbereiten, wenn ich deinen Wünschen entsprechen soll. Ist dir das recht?"

„Na okay, dann auf Morgen. Circa acht Uhr bei mir."

„He, bei dir, was sind das denn für neue Moden? Was ist mit dem Kurzen und deiner Ische?"

„Acht Uhr bei mir! Ich verspreche euch, wir werden

richtig Spaß haben."

Verdutzt über die ungewöhnliche Wahl des Ortes für ihr Arrangement legte Nadine den Hörer auf. „Na, dann wollen wir uns mal überraschen lassen!", sagte sie zu ihrer Mitbewohnerin, die immer noch lüstern grinste. „Schade", sagte dieses Grinsen, „erst morgen".

Miranda

Ein Herz

Zweimal schlägt ein Herz in innigem Takt,
beruhigt sich eine Seele und erwacht aus ihren Träumen.
So glaubt ein Mensch an die Wiedergeburt
und traut sich, wiedergeboren zu werden.

Eine neue Welt entsteht in einem neuen Universum,
lässt Wege des Seins mannigfaltig erblühen.
Alles verschwindet hinter den Mauern,
die eine Seele erbaute, um Schutz zu finden in dunkler Nacht.

In jedem Moment lebt das Sein,
erweckt aus dem Wesen der Liebenden.
Es gibt nur die Hoffnung, nichts anderes mehr.
Niemand hat die Wahl, doch das Vertrauen ist erwacht.

Miranda verbrachte den Tag, nachdem sie Johannes aus dem Kindergarten abgeholt hatte, allein mit ihrem Kind. Da es draußen immer noch entsetzlich stürmte und die Gewitterfronten sich stets neue, noch heftigere Gefechte am Himmel lieferten, blieb ihnen nichts anderes übrig, als es sich teils vor dem Fernseher, teils in Johannes Zimmer gemütlich zu machen. Später kochten sie gemeinsam das Abendessen.

Johannes stand auf einem kleinen Hocker vor der Anrichte und sah seiner Mutter zu, wie sie mit flinken Fingern Fleisch und Gemüse klein schnitt und Wasser aufsetzte, um Reis darin ziehen zu lassen. Er half ihr so gut es ging. So riss er von den Kohlrabi mit kräftigen Bewegungen die Strünke ab und durfte unter dem wachsamen Blick der Mutter, Fleisch ins heiße Fett der Pfanne gleiten lassen. Danach sprang er von seiner Erhöhung herunter und marschierte rüber zum Küchenschrank. Vorsichtig nahm er drei Teller aus dem entsprechenden Regal heraus und stellte sie sorgfältig in der Essecke auf den Tisch. Hier saßen Mama und Papa, dort saß stets er. Dann zog er eine Schublade hervor und zählte drei Gabeln und drei Messer ab, die er um die Teller herum drapierte. Um Gläser musste sich seine Mutter kümmern. Dafür war er noch nicht groß genug. Sie standen in einem Glasschrank hoch droben im obersten Fach.

Kaum waren ihre Arbeiten beendet, tauchte auch schon Oliver in der Tür auf. Er wirkte nicht ganz so betrunken, wie an anderen Tagen, stellte Miranda fest. War das ein gutes oder ein schlechtes Zeichen? Sie konnte es inzwischen nicht mehr einschätzen. Also ließ sie die Situation auf sich zukommen. Nervöses Herzklopfen belästigte sie deswegen schon längst nicht mehr. Allmählich ging es ihr tierisch auf die Nerven, ihre Launen dauernd auf seine abstimmen zu müssen. Im Prinzip hatte sie auf diesen miesen Typen überhaupt keinen Bock. Nicht heute, nicht morgen und an keinem anderen Tag.

„Hey, Alte, komm, schenke uns einen ein! Mach schon, ich habe Durst!"

„Oliver, ich möchte nichts trinken, mir ist irgendwie nicht so danach. Aber ich kann dir ja einen Schluck eingießen", schlug sie ihm diplomatisch vor.

Doch davon wollte Oliver nichts wissen.

„Verdammt, ich trinke nicht gerne alleine, das weißt du ganz genau! Mach hier vor Johannes nicht solch einen Aufstand!"

„Ich mache keinen Aufstand. Du allerdings schon. Ich habe dir gesagt, ich möchte das nicht! Das musst du wohl akzeptieren!"

Johannes sah seinen Vater an. *Lass sie in Ruhe,* sagte dieser Blick. Oliver liebte seinen Sohn auf eine mysteriöse Weise und er gab nach. Zwar machte es ihm immer doppelt so viel Spaß, seine Partnerin zu quälen, aber vor den Augen seines Kindes bereitete es ihm nur das halbe Vergnügen. Warum? Er fand keine Erklärung dafür. Allerdings riet auch Kaspar ihm immer wieder dazu, den Jungen aus dem Gemetzel zwischen Vater und Mutter herauszuhalten. Und Kaspars Wort war schließlich Olivers Gesetz. Für den Augenblick ließ er Miranda ihren Willen. Seine Zeit würde noch kommen.

Er würde sich trotzdem Ärger einhandeln, denn sein Kumpel wollte wiederum seine Partnerin am Boden sehen. Herrje, wie lästig, wem sollte er nur gerecht werden? Auf diesen inneren, für ihn unlösbaren Konflikt, den er nicht zu bewältigen wusste, sollte er sich erst einmal einen genehmigen! Gesagt, getan. Er verschwand kurz in der Küche und brachte danach eine ordentliche Schnapsfahne mit. Puh, jetzt ging es ihm schon besser. Freudig und sichtlich entspannt stierte er auf die Flasche Bier, die Miranda neben seinem Teller platziert hatte.

Sie aßen und danach brachte Miranda ihren Sohn zu

Bett.

„Mama, Papa riecht immer so nach dem seltsamen Zeug, das er da trinkt."

„Papa muss viel arbeiten. Da gönnt er sich abends schon mal ein Schnäpschen", beschwichtigte Miranda den Jungen. „Ich habe in letzter Zeit auch hin und wieder eines getrunken, aber das ist jetzt vorbei. Weißt du, wenn man das macht, dann vergisst man, dass man Angst hat und vieles, wovon man Albträume kriegt. In letzter Zeit wollte ich das gerne. Aber am nächsten Morgen ging es mir ganz schlecht. Deshalb möchte ich mich lieber immer an alles erinnern können, verstehst du?"

Ernsthaft nickte der süße Bursche. Sie kitzelte ihn und er lachte. „Nein, mein Schatz, du verstehst es nicht. Aber das ist nicht schlimm", kicherte sie ausgelassen und kitzelte ihn noch mehr. Sie fühlte sich befreit. „Wenn du ein bisschen größer bist, weißt du, was ich meine. Bis dahin kann das Thema ruhen. Apropos ruhen. Mein Engel, nun schlafe gut! Morgen gehst du in den Kindergarten, da solltest du besser ausgeschlafen sein!"

Johannes kuschelte sich in seine Kissen und bat seine Mutter, ihm noch eine Hörspielkassette in den Recorder zu legen. Das Märchen „Von einem, der auszog, das Fürchten zu lernen", war seit circa einem Jahr sein Favorit.

Miranda kehrte ins Wohnzimmer und zu Oliver zurück. Der saß inzwischen völlig benebelt in einem Sessel und döste bei laufendem Fernseher vor sich hin. Das konnte ihr nur recht sein. Was sie jetzt vorhatte, war für seine Augen und Ohren nicht bestimmt. Sie schlich sich in seinen Arbeits- und Schlafbereich und durchsuchte ganz gezielt seinen Schreibtisch. Vor etlichen Jahren, als sie zusammengezogen waren, hatte sie zufällig beobachtet, wie er ein Kästchen in etwa DIN A 5 Format vor ihren Augen verschwinden ließ. Damals sah sie keinen Grund, seine Geheimniskrämerei zu hinterfragen. Vielleicht verbarg er ja ein Geschenk vor ihr, welches er ihr zu einem besonderen Anlass geben wollte. Damals vertraute sie Oliver vorbehaltlos und fühlte sich nicht veranlasst, ihn auf sein Versteckspiel hin anzusprechen. Doch die Zeiten und ihrer beider Gefühle füreinander hatten sich geändert. Dieser Gegenstand, den er vor ihr versteckte, weckte jetzt in dieser verkorksten, von Geheimnissen geprägten Zeit ihr uneingeschränktes Interesse.

Die Gespräche mit Sabine entfachten in ihr eine kribbelnde Neugierde, die sie dringend zu befriedigen suchte. Passend zu den momentanen Ereignissen tauchte in diesem Zeitraum die kleine Kiste wieder in ihrem Gedächtnis auf. Ihre Freundin hatte ihr geraten, alle Merkwürdigkeiten möglichst zu hinterfragen. Dazu war sie nun bereit.

Sie hatte Johannes angelogen, als sie ihm sagte, der Genuss von Alkohol sei nicht mehr ihr Ding. In ihrem Innersten brannte die Sehnsucht nach einem befreienden Schluck, der ihr für wenige Augenblicke die Verantwortung nahm. Ihr ganzer Körper lechzte nach einem Glas Wein, besser noch nach einem „Klaren", aber sie verschloss sich dem Verlangen. Sie musste bei „klarem" Verstand sein, wenn Frank wiederkam, ja, wenn...!

Momentan bestand ihr Leben in erster Linie aus der Aufgabe, nach dem verschollenen Geliebten zu suchen. Nach Hinweisen zu forschen, die möglicherweise mit dem rätselhaften Durcheinander in Verbindung standen. Dies alles berücksichtigend gab sie sich dem unwiderstehlichen Trieb hin, ihren unangenehmen Partner auszuspionieren. Forschungsdrang packte sie mit lebendiger Hand. Endlich konnte sie etwas tun, das ihr einen Ausweg aus der Lethargie des verflixten vergangenen Jahres bot. In sich hineinlächelnd, aber auch in Olivers Richtung lauschend, machte sie sich eilends ans Werk. Sie zog Schubladen heraus, fingerte unter seinem Schreibtisch herum, um nach

Geheimfächern zu suchen. Sie kam sich vor wie „Indiana Jones" in Szenen seiner spektakulären Filme, wenn er seinen Gegnern ein Geheimnis abjagen wollte. Und wurde nicht fündig! Enttäuscht lehnte sie sich an den Türpfosten und überlegte. Wenn es sich bei der kleinen Truhe um einen für Oliver wichtigen Gegenstand handelte, wo mochte er ihn verstecken? Es musste eine Ecke oder eine Nische sein, in die sie als putzende Hausfrau nicht so einfach gelangen konnte. Dielenbretter fielen ihr ein. So etwas gab es ebenfalls nur im Film. Also Schreibtisch = Indiana Jones, Dielenbretter = doppelt filmreif, nur in dieser Wohnung gab es keine. Der Fußboden bestand aus Beton, den sie mit weichen Teppichfliesen wohnlich gestaltet hatten. Welche Möglichkeiten ergaben sich für den Normalbürger, wichtige Unterlagen zu verstecken, die in keinem Fall gefunden werden sollten? Für einen Moment dachte sie an ein Schließfach. Doch diese Lösung des Problems gefiel ihr nicht. Sie wollte noch am heutigen Abend ihre Suche von Erfolg gekrönt sehen, nicht erst am nächsten Tag oder sonst wann. Denn selbst wenn sie einen solchen Schlüssel entdecken würde, musste sie noch herausbekommen, zu welcher Bank er gehörte und konnte erst zu den Öffnungszeiten am folgenden Morgen dort nachforschen. Das hieße aber, vor ihr läge eine aufregende, von Schlaflosigkeit geprägte Nacht. Also kam ein solches Fach für Miranda absolut nicht in Frage.

Einen verborgenen Winkel im finsteren Keller, grübelte sie weiter? Noch mehr Klischees, stöhnte ihr Gehirn auf. Der Karton war auch nicht so winzig wie eine Briefmarke gewesen, die man in einer Buchseite verschwinden lassen konnte. Ihr Blick fiel auf Olivers Schlafsofa, welches sie jeden Morgen nach seinem schnarchenden Schlaf in eine Couch verwandelte. Bei geöffnetem Fenster, um den Nachtdunst zu vertreiben. Das Bettzeug verschwand nach dem Auslüften in einem dafür vorgesehenen Schubfach. Sie erstarrte innerlich! Das letzte Mal, als sie es von der Wand rückte, um dahinter Spinnweben und Staub zu entfernen, war ihr aufgefallen, dass oberhalb der schmalen Fußleiste eine sonderbare Falte hervortrat. Sie hatte sich nichts dabei gedacht und diese Tatsache auch sofort wieder vergessen. Jetzt erschien sie ihr enorm wichtig zu sein. Aus ihrer momentanen Starre wurde plötzlich Nervosität. Ihr Herz klopfte zum Zerspringen und sie fürchtete, Oliver könne sein lautes Schlagen hören und davon aufwachen.

Vorsichtig kehrte sie in den Flur zurück und hielt abermals lauschend inne. Doch der betrunkene Mann schlief schnörgelnd, wenn man den Geräuschen vertrauen konnte, die aus dem Wohnzimmer zu ihr herüberdrangen. Aus dem Fernsehen drang schnulzige Musik. Leise schlich sie sich in sein Schlafzimmer zurück, zog sein Bett so geräuschlos wie möglich von der Wand und untersuchte die Stelle, die sie als ungewöhnlich in Erinnerung hatte. Ihr Puls hämmerte in angespannter Gleichmäßigkeit hart und massiv gegen die Innenwand ihres Halses und schien ihr bedrohlich stark auf den Kehlkopf zu drücken. Sie atmete tief durch. Niemals hatte sie sich in den letzten alkoholschwangeren Monaten vitaler, dynamischer und wacher gefühlt.

Tatsächlich, eine merkwürdige Ausbuchtung unter der Tapete ließ sie erschaudern. Hier musste doch etwas sein, hier wurde von ihrem Partner scheinbar Wichtiges vor ihr versteckt.

„Was machst du denn da, du alte Kuh? Schnüffelst du in meinem Zimmer rum?", lallte Oliver hinter ihr. Etwas Böses stahl sich durch die von seiner Trunksucht verblödet wirkende, aufgedunsene Gesichtsmaske und blickte ihr drohend in die Augen. Erschrocken richtete sie sich auf.

„Ich dachte, ich hätte eine dicke Spinne unter dein Bett huschen sehen", log sie spontan.

„Ha, du und Spinne. Du scheißt dich doch schon beim

Anblick einer Ameise ein!"

Oliver torkelte wütend auf sie zu. Miranda wich in Abwehrhaltung von ihm zurück, doch das Bett stand ihr im Weg. Sie stieß mit ihren Kniegelenken an das Gestell und wurde von den Füßen gerissen. Sanft landete sie auf dem Oberbett und versuchte, sich schnellstens zu erheben, bevor ihr Partner sie erreichte. Hilflos strampelnd zog sie sich an den Rand des Kopfteils, ergriff eine der Gitterstangen und wollte sich so aus der Schusslinie bringen, während Oliver mit einem federweichen Platsch neben ihr auf dem Kissen niederging. Hier schlummerte er augenblicklich ein und begann prompt, lauthals mit offenem Mund den halben Wald mit kräftigen Schnarchgeräuschen abzusägen.

Puh, das war ja noch mal gut gegangen. Rasch rappelte sie sich auf, bückte sich erneut, um hinter dem Bett die verunstaltete Wandbedeckung zu erforschen. Miranda drückte kräftig gegen die Tapete. Doch es rührte sich nichts. Dann musste sie wohl in den sauren Apfel beißen und den Belag abkratzen. Scheinbar hatte Oliver den Gegenstand bei ihrem Einzug an dieser Stelle verschwinden lassen und ihn danach vergessen. Denn die Oberfläche wirkte ansonsten unversehrt.

Aufgeregt machte sie sich ans Werk. Oliver würde sich morgen sicherlich nicht mehr an den Vorfall erinnern können, so viel Schnaps hatte er intus. Wenn es ihr gelingen könnte, die Stelle später sorgfältig zu reparieren, bemerkte er bestimmt nichts Auffälliges. Es sei denn, er rückte das Bettgestell von der Wand. Doch zu welchem Zweck? Sie war doch schließlich die Putzfrau in diesem Haushalt. Frisch ans Werk. Sie knibbelte die Ausbuchtung frei und entdeckte dahinter ein Holzbrettchen, das laienhaft an die Wand genagelt worden war. Mit einem Taschenmesser, das sie auf dem Schreibtisch ihres Partners fand, löste sie die Nägel und entfernte das Brett, Tatsächlich war in der Wand eine Aussparung von der Größe eines dicken Buches.

Miranda zuckte erneut zusammen. Oliver murmelte unverständliche Sätze vor sich hin und machte Anstalten aufzustehen. Flink kroch sie tiefer unter die Schlafstelle und harrte der Dinge, die möglicherweise kommen würden. Doch nichts geschah. Oliver schaffte es trotz entsprechender Anstrengung nicht, sich zu erheben. Vom Rausch ermattet, legte er sich lediglich auf die andere Seite, um mit schmatzenden Geräuschen weiterzuschlafen. Ein erleichtertes Aufatmen drang aus Mirandas Munde. Sie spitzte nochmals die Ohren, dann kümmerte sie sich wieder um das obskure Versteck.

Sie zog ein flaches Päckchen aus dem Loch hervor, das über und über mit Mörtel verschmiert war. Danach schloss sie den soeben geöffneten Bereich unfachmännisch mit dem dafür vorgesehenen Brett und ging in die Küche. Dort organisierte sie sich Klebstoff, hastete zurück in Olivers Raum, kroch in die Nische und versuchte, so gut wie möglich die Holzplatte mit den Tapetenresten zu verkleben. Besonders gelungen schien ihr die Aktion nicht, aber für den Moment musste es reichen. Vielleicht konnte ihr Leon irgendwann einmal helfen, die Stelle aufwendiger zu reparieren.

Unter größter Anstrengung schob sie das Bettgestell, mit dem regelrecht ohnmächtigen Oliver an Bord, zurück an Ort und Stelle. Schweißnass verließ sie den Raum, ehe sie von den alkoholischen Ausdünstungen des Mannes gänzlich erschlagen werden konnte. Den geborgene Gegenstand presste sie wie einen wertvollen Schatz fest an die Brust. Sie schaute kurz bei Johannes rein. Der Kleine schlief tief und wirkte zufrieden. Beruhigt, aber auch unendlich müde, verbarrikadierte sie sich in ihrem Schlafbereich, indem sie die Tür hinter sich ins Schloss fallen ließ und sie dann verriegelte.

Erst jetzt bemerkte Miranda die Schweißtropfen, die ihr auf der Stirn standen und wischte sie fahrig fort. Hastig riss sie das vergilbte Packpapier ab, welches das Objekt schützend umschloss. Darunter befand sich eine Art Schmuckkassette, deren Verschluss an ihre früheren Poesiealben erinnerte. Geschickt hakte sie mit dem Messer, das ihr eben schon bei den Nägeln treue Dienste erwiesen hatte, hinter das überstehende Teil und drückte es auseinander.

Ein leises Knacken und die Box stand offen. Gespannt betrachtete Miranda den Inhalt, der offenbar aus irgendwelchen Papieren und Briefen bestand. Leichtes Bauchkneifen machte ihr erneut die eigene Aufregung bewusst und sie atmete ein paarmal tief ein und aus, um ihren Herzschlag in den Griff zu kriegen.

„Bitte, lieber Gott, lasse mich etwas finden, was mir in meiner beschissenen Situation weiterhilft!", betete sie halblaut, um den brutalen Macho nicht zu wecken.

Sie schüttete die gesamte Füllung vor sich auf den Tisch und sortierte sie grob vor. Tatsächlich handelte es sich um einige Briefe, lose, beschriebene Blätter und ein Buch, dem jemand einen Umschlag aus festem, undurchsichtigem Papier verpasst hatte. Das Buch schlug sie zuerst auf und entdeckte auf der Innenseite des hinteren Einbandes den verblassenden, bläulichen Stempel einer Stadtbücherei. Und zwar der Bücherei ihrer Heimatstadt.

Was hatte das zu bedeuten? Diese Prägung deutete darauf hin, dass das Buch vor über zwanzig Jahren, vor zweiundzwanzig Jahren, um genau zu sein, ausgeliehen worden war und auch wieder zurückgebracht wurde. Ein weiteres Datum aber für ein erneutes Ausleihen fehlte. Das konnte nur bedeuten, dieses Buch musste an der Bibliothekarin ganz offensichtlich vorbeigeschleust worden sein. Der Büchereiausweis lag inwendig und lautete auf den Namen Linette Ströwe.

Sieh einmal an, dachte Miranda, *Olivers Mutter hat wohl ein Buch mitgehen lassen.* Jemand rüttelte an der Tür.

Entsetzt packte Miranda die vor ihr liegenden Utensilien zusammen und verstaute sie hastig in ihrem Schrank unter einem Stapel dicker Pullover.

„Mama, mach doch bitte die Tür auf! Es regnet wieder so schlimm und ich kann nicht schlafen."

„Ist schon gut, mein Kleiner. Ich bin gleich da", rief Miranda und öffnete ihrem Kind. Johannes hatte ganz rote Augen und warf sich in die Arme seiner Mutter. Verdammt, sie war so vertieft in ihre Tätigkeit gewesen und hatte darüber ihr weinendes Kind nicht gehört. Erst jetzt registrierte sie die plätschernden Geräusche, die der Regen entstehen ließ, wenn er prasselnd an Fenster und Rollläden schlug. In weiter Ferne ertönte erneutes Donnergrollen. Also kehrten die Gewitter zurück. Für Miranda fühlte es sich an, als würde sie für ihren soeben ausgeführten Diebstahl bestraft. Als Kind hatte sie sich einmal ungefragt einen Apfel aus dem Obstkorb ihrer Großmutter genommen. Im gleichen Moment ging ein Donnerschlag hernieder.

„Siehst du", hatte ihre Oma gesagt, die plötzlich in der Türfüllung auftauchte, „Wenn du Unrechtes tust, dann schimpft der liebe Gott sofort! Du hättest mich zuerst um den Apfel bitten müssen, nicht wahr? Jetzt ist der Herrgott böse auf dich!"

Miranda hatte sich damals in Grund und Boden geschämt. Niemals mehr wäre sie auf die Idee gekommen, sich irgendetwas einfach so zu nehmen. Doch heute Abend hatte sie sich widerrechtlich Unterlagen aus Olivers Zimmer geholt. Die alte Scham drohte sie wiederholt zu überwältigen, aber dann drückte sie Johannes an sich. *Papperlapapp*, beruhigte sie sich. *In unserem speziellen Fall heiligt der Zweck die Mittel.*

Für heute musste sie wohl oder übel erst einmal mit ihren Forschungen aufhören. Sie packte ihren Sohn in ihr Bett, ging schnell ins benachbarte Badezimmer, um sich abzuschminken und sich zu waschen. Dann legte sie sich zu Johannes, nahm ihn in den Arm und erzählte ihm die Geschichte von der kleinen Regenwolke Roberta. Diese entfachte mit ihren Brüdern und Schwestern einen gewaltigen Sturm, um der Natur Regen zu bringen und den Samen der Pflanzen zu verteilen, damit neues Wachstum entstehen konnte.

Noch ehe sie die Erzählung beendet hatte, schlief der Kleine und einen Augenblick später verschwand auch Miranda im Land der Träume und ihre traurige, verunsicherte Seele genoss es, die reale Welt verlassen zu dürfen.

Traumland

Energien ergießen sich zur Erde nieder
und singen laut Verwandlungslieder.
Sie binden sich zu finstrer Macht,
geht schnell vorbei, habt Angst, gebt acht!

Der Schwarze Mann kennt gut ihr Singen,
hilft ihm, die Seelen fortzubringen.
Wo einst das Gute Segen brachte,
nun Böses Grausames erdachte.
Aus Bereichen großer, dunkler Seen,
lässt er die Wesen nicht mehr gehen.

Zerrissen werden muss das Band,
das Menschen raubet den Verstand.
Nur so kann Liebe Heilung bringen
und Glück in alle Herzen dringen.

Sonnenschein und Wärme eines herrliches Tages dringen durch die Scheiben in das Innere des Fahrzeugs. Miranda sitzt neben ihrer Mutter, die den Wagen sicher und kompetent steuert. Dessen Innenraum wirkt ein wenig düster, trotz des hellen Lichtes, das von draußen hineinleuchtet. Diese Tatsache interessiert Miranda jedoch nicht. Etwas anderes geht ihr durch den Kopf. *Komisch,* denkt sie, *Mama hat doch gar keinen Führerschein.*

In schneller Fahrt rasen sie über eine Autobahn. Bäume jagen an ihnen vorbei und hinterlassen nur Streifen und Spuren ihrer wahrhaftigen Existenz in den Augenwinkeln des Betrachters. Plötzlich erfordert etwas Mirandas ganze Aufmerksamkeit.

Eine flammende Hitze im Nackenbereich drängt sie dazu, sich wie unter Zwang rasch umzudrehen. Ein Schrei des Entsetzens entweicht ihren Lippen und lässt sie keuchend atmen. Hinter dem Auto sieht sie eine pechschwarz gekleidete Gestalt, deren fahles Gesicht totenblass aus der Finsternis des Gewandes hervorsticht, die Gesichtszüge zu einer grausamen Maske verzerrt. Das widerlich ausschauende Wesen schwebt hinter dem Auto her, seine Füße berühren den Boden nicht. Es hält exakt die Geschwindigkeit ein, die Mirandas Mutter fahrend vorlegt, denn der Abstand zu ihnen bleibt stetig gleich. Man könnte meinen, der Teufel persönlich sei hinter ihnen her.

Konzentriert blickt Frau Reith auf die Straße. Furchtbare Panik raubt Miranda die Luft, die ihren Weg nicht mehr in ihre schmerzenden Lungen finden will. Sie muss ihre Mutter vor dem Monster warnen und sie gleichzeitig anflehen, nicht so schnell zu rasen. Doch die Atemnot erlaubt es ihr nicht, einen einzigen Ton der Warnung hervorzubringen. Mit der letzten Kraft, die noch in ihr steckt, öffnet sie ihren Mund. Wie Gummistreifen, die zäh und klebrig über ihre Zunge nach außen gezogen werden, fühlen sich die zu Worten geformten Buchstaben an, die sie von Grauen erfüllt, an die ältere Frau richtet. So sehr sie sich auch anstrengt, es gelingt ihr nicht, ganze Sätze klar zu formulieren. Sie weiß nicht, ob sie verstanden wird. Doch dann registriert Miranda, dass Liesel vorsichtiger fährt und geht davon aus, sie kann sich auf sie verlassen. Offenbar verstehen sie sich trotz des Wörtersirups, der zwischen Mirandas Zähnen hindurchsickert. Der PKW fährt, nun entschieden langsamer geworden, um eine Kurve und hält auf einen See zu. Das Geschöpf folgt ihnen, ebenfalls die Geschwindigkeit entsprechend drosselnd. Leuchtend rote, funkensprühende Augen brennen sich tief in Mirandas Seele hinein und hinterlassen dort ein Gefühl der Wehmut und grenzenloser Trauer, aber auch des unendlichen, quälenden Schmerzes. Doch es ist keine Zeit, sich derartiger Emotionen zu beugen.

Weiße Nebel ziehen über die Wasseroberfläche dahin und verschwinden am Ufer in einem Geflecht aus Gräsern, Sträuchern und mit Dornen übersäten Gewächsen. Das Wasser gleicht einem riesigen, schwarzen Loch, welches die letzten Sonnenstrahlen verschlingt, die der Dämmerung weichen müssen. Der Kontrast ist gewaltig: Hier das nebulöse Weiß, dort die Rabenschwärze des Wassers.

Die Sonne ist mittlerweile hinter dem Horizont bis zur Hälfte verschwunden. Doch der Effekt, den ein wundervoller Sonnenuntergang am Meer hervorruft, entsteht hier nicht. Das Verschwinden des Fixsternes lässt eine kalte, bedrohliche Atmosphäre zurück. Irgendeine lebendige Kreatur wühlt den See auf und wilde Wellen drängen nach vorn, die schnell die nebelverhangene Böschung erreichen.

Am Rande des Gewässers steht eine Gruppe von Menschen im Kreis, die sich weit nach vorn gebeugt, aneinander festhalten, wie Handballer, die sich während einer Auszeit Motivationshilfen zuschreien. Aber statt eines lauten Schlachtrufes, hört Miranda, im Wagen sitzend, eher meditatives Gemurmel aus diesen Mündern. Zwar flüstern die Unbekannten, trotzdem dringt die Botschaft nicht weniger klar und einschüchternd in ihren von Furcht angegriffenen und verwundeten Verstand.

Bis ins Mark erkaltet, spürt sie deutlich, dass sich diese Personen auf der gleichen Ebene aufhalten, wie das Böse, das sich hinter ihrer beider Rücken positioniert hat. Von zwei Seiten kesseln sie Miranda und ihre Mutter in die Schwärze, in die Dunkelheit hinein, aus der es kein Entkommen mehr gibt. Die junge Frau weiß aber auch: Wenn sie wohlbehalten an der mystischen Truppe vorbeikommen wollen, müssen sie sämtliche Ängste ausblenden, die sich gerade vor ihren inneren Augen ausgestalten. Ansonsten sind sie tatsächlich für immer verloren! Woher sie dieses Wissen nimmt, entzieht sich vollkommen ihrer Kenntnis.

Der Schwarzgekleidete lässt nicht von ihnen ab und macht es den Frauen damit schwerer, sich der mysteriösen Situation mutig zu stellen. Nach wie vor bedrängt er sie allein durch seine Anwesenheit. Doch dann legt Liesel ihrer Tochter beruhigend eine Hand auf die Schulter. Erinnerungen an Liebe und Vertrauen aus Zeiten ihrer Kindheit zupfen zuerst sanft am Mantel der Angst, um ihn dann kraftvoll fortzureißen.

So gelingt es! Ungehindert rauschen sie an den bösen Kräften vorbei und erreichen ihr Ziel. Eine Parkbucht tief zwischen den Bäumen verborgen. Von hier aus sieht man den See nicht mehr und auch das Monster nicht. Allerdings weiß Miranda, das Grauenvolle dieser Situation ist mit diesem Schritt nicht zu Ende. Nur, weil sie die Objekte ihrer Furcht nicht wahrnehmen können, existieren sie dennoch. Im Wasser des Sees, in dessen Nähe sich die Meditierenden nach wie vor aufhalten, befindet sich eines der vielen Details, mit denen sie zu kämpfen hat, um endlich wieder in ein glückliches Leben zurückkehren zu können. Das ist gewiss! Mutter und Tochter schauen sich tapfer an und verlassen den schützenden Raum des Fahrzeugs.

Aus dem benachbarten Waldstück spuckt der immer dichter werdende Nebel mehr und mehr ihnen völlig unbekannte Menschen aus, die sich scheinbar ebenso wie Miranda und Frau Reith verfolgt und gehetzt fühlen. Ihre verhärmten Gesichter spiegeln Angst und Schrecken wider. Mit einer freudigen Geste weisen sie in Mirandas Richtung und laufen erleichtert auf sie zu.

Mit einem Male leuchtet in Miranda eine Idee auf. Nun weiß sie, was sie zu tun hat. Sie entfernt sich mit ihrer Mutter von dem Wagen, der ihr eben noch als die einzige Fluchtmöglichkeit Sicherheit versprach, und sie eilen ihrerseits den Anwesenden entgegen. Ohne die Meditierenden und den Dämon weiter zu beachten, die sich durch ihr Annähern wieder in ihr Blickfeld schieben, handelt sie schnell. Mit klarer, heller, kraftvoller Stimme fordert sie die Personen auf, sich bei den Händen zu nehmen und ihr zu folgen. Sie geleitet alle die Uferböschung hinab in die finsteren Fluten des Sees hinein, der immer noch wenig einladend seine Wellen produziert. Diese verheißen nichts Gutes, sondern vermitteln den Eindruck, in den Tiefen des Gewässers erwarte sie eine unbekannte, alles verschlingende Existenz. Sowohl die vor sich hin grummelnden, tot wirkenden Mechanismen, die am Ufer stehen, als auch der düstere Geselle, müssen von Miranda und den neu Hinzugekommenen im Zaum gehalten werden.

Stürme erheben sich plötzlich mit Macht. Windböen rasen ihnen entgegen. Das Böse sendet seine optimale Kraft aus, unterstützt von dem Wesen im See, das gleichmäßig seine Bahnen zieht, dabei schneller und schneller kreiselt. Immer stärker erwachen die Elemente und die Wogen schlagen kräftiger werdend ans Ufer.

Miranda glaubt in der konstanten, kontinuierlichen Wellenbewegung ein Muster zu erkennen, welches es zu zerstören gilt. Spontan übernimmt sie das Kommando über alle, die sich hier versammeln mussten. Obwohl sich das Wasser bereits zu hohen Mauern auftürmt, treibt Miranda, so rasch es die bremsende Wirkung des Elementes zulässt, die Menschen an verschiedenen Punkten in den See und befiehlt ihnen, diesen in unkoordinierter Weise zu durchschwimmen. Keiner widersetzt sich ihrer Aufforderung, obwohl sich ihre Gesichtsmuskeln von Panik und Schrecken fratzenhaft verändert haben. Alle beginnen sich hin und her zu bewegen, zu paddeln und nun ihrerseits das Wasser aufzuwühlen und damit den gleichmäßig verursachten Wellenstrom des Unerklärlichen zu durchkreuzen. Manches Mal schlägt die wütende Nässe über ihren Köpfen zusammen, aber die beherzten Schwimmer tauchen alsbald schnaubend und spuckend an der Oberfläche wieder auf, um ihr Werk standhaft fortzusetzen.

Am Ufer verharrt die dunkle Gestalt, nach wie vor Angst und Schrecken verbreitend. Seine Sklaven stehen ebenfalls immer noch an gleicher Position, versuchen nun ihrerseits die Stimmen zu erheben, um aus dem Gemurmel eine wahrliche Bedrohung anschwellen zu lassen. Doch der Gehilfe des Höllenfürsten hebt die Hand. Sein Gesicht verzerrt sich zu dem grausamen Ebenbild eines unerbittlichen Dämons. Wut und unendlicher Zorn spiegeln sich in seinen Zügen wider. Ehe sich allerdings, ausgelöst durch den wilden, grauenerregenden Anblick, das Gefühl der Not und Bedrängnis bei den Menschen ins Unermessliche steigern kann, verdunsten die Geschöpfe und werden vom Hintergrund absorbiert. Die tönenden Laute verstummen, das Monster schrumpft und verpufft ins Nichts. Der Bann ist gebrochen, der fürchterliche Spuk vorbei.

Miranda, Liesel Reith und die anderen tropfnassen Personen lachen einander an. Über dem Horizont erhebt sich majestätisch die Sonne und sie scheint heller als jemals zuvor!

Schweißgebadet richtete Miranda sich auf, stürzte hastig aus dem Bett und ergriff von ihrem kleinen Schreibtisch einen Kugelschreiber und ein Blatt Papier. Rasch begann sie, den ganzen verrückten Ablauf des nächtlichen Traumes niederzuschreiben. Der klebrige Feuchtigkeitsfilm des Schweißes, der sich über ihren Körper zog, ließ sie frösteln. Doch sie ignorierte diesen Umstand und fuhr fort, ihre verwirrenden Erlebnisse zu formulieren. Irgendwann würde es wichtig sein, sich an Details des Traumgeschehens zu erinnern, das wusste sie genau. Eine halbe Stunde später beendete sie ihre Notizen. Miranda hatte gerade den Stift aus der Hand gelegt, da horchte sie auf.

In ihrem Bett regte sich Johannes, warf seinen Kopf ein paarmal hin und her und kam dann langsam wieder zur Ruhe. Aufs Neue fing er an, sich zu bewegen und murmelte einige unverständliche Worte. Miranda beobachtete ihn mit besorgter Miene und beeilte sich, ihr Werk zu verbergen. Oliver durfte von alldem nichts wissen.

Schnell verstaute sie die beschriebenen Blätter in dem gleichen Fach ihres Schrankes unter den Pullis, in dem sie bereits Stunden vorher die entwendeten Unterlagen aus Olivers Zimmer hinterlegt hatte. Morgen früh musste sie sich unbedingt ein besseres Versteck ausdenken, welches mehr Sicherheit bot. Sie erinnerte sich an das schwer erreichbare Fach in der Kommode des Urgroßvaters. Aber dort, in seinem alten, von eigener Hand geschreinerten Schränkchen, wo sie die Herzbrosche von Frank deponiert hatte, war nicht genügend Platz für eine DinA5 große Kiste. Daher brauchte sie unbedingt einen anderen Ort, um ihre neuen Geheimnisse zu beschützen.

Die Brosche von Frank! Mit einem Male begann ihr Herz wie verrückt zu schlagen. Wie konnte sie die nur vergessen? Ein ganzes Jahr lang hatte sie immer wieder nach einem glaubwürdigen Beweis für die Existenz ihres Geliebten gesucht und dabei war ihr das Vorhandensein seines kleinen Abschiedsgeschenkes völlig entfallen? Kaum zu glauben! Hastig wandte sie sich ihrer antiken Kommode zu, schob die Schublade auf, unter deren hinterster Ecke der von ihrem Vorfahren eingebaute schmale, hölzerne Safe verborgen war. Tatsächlich, dort spürte sie das Geheimfach, das sie vor langer Zeit scheinbar aus ihrem Gedächtnis verbannt hatte. Mit vor Aufregung zitternden Fingern öffnete sie den einfachen Mechanismus, griff hinein und fühlte... Nichts.

Rasch krabbelten ihre suchenden Fingerspitzen über den Boden des Bereiches, tasteten sich die Holzwände entlang, bis sie plötzlich ein Stückchen Papier zu fassen bekamen. Nervös und zappelig zog sie es heraus. Einwickelt in einem ausgefransten, vergilbten Schnipsel Zeitungspapier fand sie die Brosche ihres Liebsten und drückte sie schluchzend an ihre Brust. Endlich konnte sie der treuen Freundin etwas von deren Bruder zeigen, das ihre Liebe zueinander belegte. Sabine würde außer sich sein vor Freude. Ihre Kameradin, die trotz aller verrückten Widrigkeiten und Ungereimtheiten zu ihr gehalten hatte, obwohl sie sich damals so gut wie gar nicht kannten. Miranda hielt das Schmuckstück in den Händen und dieses sagte: Sie hatte Frank Trinel an diesem besagten Wochenende gesehen. Sie hatten gemeinsam gefeiert und durften sich ineinander verlieben. Und es sagte weiterhin: Frank lebte, er war nicht tot!

Krampfhaft versuchte Miranda sich zu beruhigen. In ihrer Euphorie wollte sie zum Telefonhörer eilen. Da fiel ihr Blick wie zufällig auf ihren Wecker. Vier Uhr in der Frühe. Nein, Sabine brauchte ihre verdiente Nachtruhe. Sobald Oliver das Haus verlassen hätte, würde sie Sabine anrufen und ihr von dem großartigen Fund berichten. Sie beugte sich über Johannes, der immer noch relativ unruhig schlafend in ihrem Bett strampelte und sich wand. Auch er schien in einem Albtraum gefangen zu sein. Besänftigend streichelte sie ihm über den Rücken und seine Zuckungen ließen augenblicklich etwas nach. Mit einem Male entdeckte sie, die Augen nach unten gerichtet, den Fitzel Zeitungspapier, aus dem sie die Brosche herausgeschält hatte. Sie hatte ihn achtlos zu Boden fallen lassen. Nun aber bückte sie sich gespannt zu ihm herunter.

In sauberer, klarer, altdeutscher Schrift, standen einige Sätze auf den freien, unbedruckten Feldern der Zeitung, die gestochen scharf mit der Hand geschrieben waren. Verschossen wirkte die an Farbkraft verlorene Tinte zwar, aber Miranda konnte trotzdem alles genau lesen. Sie gehörte in der Schule gerade noch dem letzten Jahrgang an, der diese alte deutsche Schriftweise erlernte, bevor irgendeine ignorante Schulkommission entschied, es sei unsinnig, modern erzogene Kinder mit diesen unnützen Schönschreibübungen zu quälen. Ihr hatten diese Schreibarbeiten Spaß gemacht und nun war sie unendlich dankbar, die verblassenden Buchstaben entziffern zu können. Was nicht hieß, dass sie auch verstand, was der Verfasser ihr sagen wollte: 'Glaube nicht alles, was du siehst!', stand da geschrieben: 'Vertraue dir und deinen Gefühlen! Halte dich an die Menschen, die dich lieben! Es geht um dich, deinen Sohn und die Freiheit. Du hast es in der Hand! Du schaffst es! In Liebe bin ich bei dir!'

Der Zettel entbehrte jeglicher Unterschrift. Wer hatte ihn hier zurückgelassen? Obwohl sie ihr Geheimfach bis vor diesem einen Jahr häufig benutzt hatte, hatte sie ihn nie zuvor gesehen. Sie konnte sich auch nicht erinnern, den Schmuck in das Papier eingewickelt zu haben. Soviel Zeit hatte sie damals an diesem Sonntagmorgen gar nicht gehabt.

Was hatte diese Nachricht zu bedeuten? Aufgewühlt, wie seit Langem nicht mehr, kroch sie wieder zu ihrem Sohn ins Bett. Kuschelte sich an ihn, einerseits, um ihn weiterhin zu stabilisieren, andrerseits suchte sie seine wärmende Nähe, um selbst noch ein bisschen Schlaf zu finden. Außerdem fühlte sich ihr Schlafshirt inzwischen klamm und kühl an. Miranda fror erbärmlich. Sie stand auf, zog das Shirt über ihren Kopf, nahm sich ein frisches aus dem Schrank und legte sich wieder hin. Nach langem Wälzen von einer Seite auf die andere, schlummerte sie endlich total erschöpft ein.

Herrlich duftet es hier, geht es Miranda durch den Kopf. *Das Gras, die Blumen; es ist einfach fantastisch, in Sabines Garten in einem weichen, bequemen Liegestuhl zu faulenzen.* Etwas kitzelt sie am Kinn und Moment mal, jemand liegt auf ihrem Schoß. Schwer fühlt sie die Last, die auf ihre Beine und ihren Bauch drückt. Verwirrt öffnet sie die Augen.

Das Geschöpf schmiegt liebevoll seinen Kopf unter ihr Kinn. Dunkle Haare sind es, die ihr Gesicht berühren und denen sie das Kribbeln verdankt. Miranda kann nicht erkennen, wen sie da in ihren Armen beherbergt. Mit einem Ruck setzt sie sich auf. Das Wesen zuckt unter der heftigen Bewegung zusammen, wehrt sich aber nicht. In einer schmerzhaften Schrecksekunde glaubt sie, den „schwarzen" Mann an sich zu pressen. Entsetzliche Bilder von grausamen Quälereien setzen sich auf der hinteren Netzhaut ihres Auges ab. Eine überschäumende Flutwelle, gebildet aus bestialischer Folter und Pein driftet ungebremst durch ihr Gehirn. Stöhnend will Miranda sich abwenden, doch es gelingt ihr nicht. Sie ist durch die Schwere der Gestalt in ihrem Stuhl gefesselt, wie angenagelt.

Plötzlich ist die Pein vorüber. Sie kann freier atmen und der Druck, der sie eben noch belastet hat, lockert sich. Dennoch will sie nicht hinunterschauen, möchte nicht sehen, wen sie da bei sich trägt. Die Angst, dem Bösen direkt ins Antlitz blicken zu müssen, lässt sie erneut erstarren.

Als das Wesen schleimig langsam seinen Kopf dreht und sich still ihrem Gesicht zuwendet, wird Miranda von einem solchen Entsetzen befallen, wie sie es noch nie erlebt hat. Das Etwas sucht Blickkontakt. Deutlich empfindet sie den abtastenden Blick, der langsam ihren Hals hochkriecht und sich immer weiter nach oben auf die Höhe ihrer Augen zubewegt. Die Gestalt dreht sich herum und erhebt sich zu ihrer vollen Größe. Die sich aufwerfenden Pocken einer Gänsehaut überfluten wellenartig Mirandas Körper.

Zärtlich umfangen sie zwei Arme, ein Mund küsst ihre Lippen mit ungeahnter Leidenschaft. Es ist Frank. Er zieht sie aus dem Liegestuhl, hebt sie sanft auf seinen Arm und trägt sie ins Haus, das sich als das Hotel Bellevue entpuppt. Immer drängender, zärtlicher und hingebungsvoller werden seine Handlungen, die er an ihr vornimmt und sie lässt sich glücklich auf ihn ein. Leise Musik ist im Hintergrund zu hören. Miranda ist sich der Romantik dieses herrlichen Augenblicks bewusst und gibt sich ihm ganz hin.

„Mama?", Johannes rüttelt seine Mutter wach, „alles in Ordnung bei dir?"

Sie liebte ihren Sohn so sehr und dennoch wollte sie sich noch gerne für einen klitzekleinen Moment in der Welt dieses Traumes geborgen fühlen. Die Sehnsucht griff mit spitzen Fingern nach ihr und sie wurde von Trauer und Schwäche überrollt. Doch dann strebte die alte Kraft unaufhaltsam an die Oberfläche ihres erwachenden Bewusstseins und ließ sich nicht mehr unterdrücken. Zwei volle Tage, ohne sich die Birne zuzudröhnen, halfen ihr, sich wieder selbst zu sehen und wahrzunehmen, wer sie wirklich war.

„Ja, mein Schatz", wandte sie sich tröstend an ihren

kleinen Jungen, „jetzt ist alles in Ordnung mit mir! Komm, wir wollen aufstehen, uns Frühstück machen und dann bringe ich dich in den Kindergarten, okay?"

Johannes strahlte: „Okay", antwortete er mit seinen entzückenden Grübchen in den Kinderwangen.

Oliver schlief noch tief und fest und bevor sie dieses Vorhaben umsetzte, rief sie erst einmal geschwind ihre Freundin an, um ihr von dem Fund der Herzbrosche und dem Karton zu erzählen. Aber Sabine ging nicht ans Telefon.

Johannes spielte bereits zufrieden mit seinen Freunden im Hort, als Miranda zu Hause begann, eine Liste über die Dinge zu erstellen, die sie in den nächsten Tagen auszuführen gedachte. Nach und nach würde sie Kleidung für sich und ihren Sohn zurücklegen. Unbemerkt von den alkoholisierten Sinnesorganen ihres Partners würde sie sich wohlüberlegt und konsequent darauf vorbereiten, ihn zu verlassen. Und wenn es Wochen dauern sollte, ihren Plan in die Tat umzusetzen. Sie musste weg von dem teuflischen Scheusal, mit dem sie bereits zu viele Jahre ihres Dasein verbracht und verschleudert hatte. Mit Sabines Hilfe würde sie ein neues, ein sicheres Zuhause finden, ohne Peter und seine Familie auf Dauer zu gefährden. Dies war natürlich auch eine Markierung, die sie setzen musste, wenn sie ihren Entschluss zur Zufriedenheit aller Beteiligten zu einem erfolgreichen Ende bringen wollte.

Vielleicht könnte sie sogar in ihre Heimat zu ihren Eltern zurückkehren. Dort wäre sie weit genug von Kaspar und seinen Machenschaften entfernt. *Papa, Mama,* Bitterkeit begleitete diesen Gedanken. Wie lange hatte sie die beiden geliebten Personen nicht angerufen? Größtenteils aus Scham, sie könnten merken, wie es um sie stand, hatte sie sich nicht gemeldet. Ihr Mutter hätte ein feines Gespür dafür gehabt, dass sie langsam aber sicher den Boden unter den Füßen verlor und sich bestimmt unendliche Sorgen gemacht. Miranda hatte ein so gutes Elternhaus gehabt und war als kraftvolle, starke Persönlichkeit ins Leben entlassen worden. Ohne besonderen Widerstand zu leisten hatte sie sich ihre Würde, ihre Ehre und ihre Courage rauben lassen. Ihre Wünsche und Belange drängten sich unter der steten Fuchtel von Olivers Unbarmherzigkeit und Brutalität täglich weiter in den Hintergrund. Nur, wenn es um Johannes ging, kehrte ihre positive Energie zurück. Um ihn kümmerte sie sich aufrichtig und voller Gefühl. „Alles hat seinen Sinn!", flüsterte sie in den leeren, totenstillen Raum und ein Funke der Hoffnung drang einem Lichtstrahl gleich in ihr müdes Herz.

Oliver fuhr an diesem Morgen später als sonst ins Büro. Der massive Alkoholkonsum vom Vorabend erlaubten ihm erst zu erwachen, nachdem Miranda und Johannes das Haus längst verlassen hatten.

Kaspar, der mehrfach ungeduldig, dann wütend an der Wohnungstür geklingelt hatte, wartete keine weitere Reaktion mehr ab. Er nestelte am Schloss herum, was sogleich wie von Geisterhand bedient aufsprang. „Hey, Oliver, beeile dich! Du musst zur Arbeit. Weißt du, deine Sauferei nimmt mittlerweile Ausmaße an, die sind verdammt grenzüberschreitend."

Oliver grummelte ein paar Worte in seinen kratzigen Bartwuchs, auf den er mächtig stolz war. Um gepflegt auszusehen, musste er, ganz Mann, zweimal am Tag eine Rasur vornehmen. Diesen Aufwand gönnte sich unser Supermann allerdings längst nicht mehr. Abends seinen Rasierer zu benutzen, dazu war er meist viel zu träge und zu benebelt. Stattdessen trank er zum verdienten Feierabend lieber eine Flasche Bier mehr. Kostete den gleichen Zeitaufwand und war doch umso erquicklicher.

„Olli, hör mir zu. Du musst aufhören, so haltlos zu saufen. Verstehst du mich? Du behinderst mittlerweile unsere ganze Mission!"

„Was für eine Mission? Du willst doch Miranda in die Knie zwingen! Ich will nur meine Ruhe haben. Ich muss mich duschen, bin sowieso schon spät dran, also lass mich gefälligst zufrieden!"

Kaspar schien geplättet. Irgendwie lief überhaupt nichts mehr nach Plan. Er hatte sich erhofft, Oliver fest an sich zu binden, so wie er es problemlos geschafft hatte, ihn vom Alkohol abhängig zu machen. Selbst ein Wesen wie Kaspar wunderte sich inzwischen über alle Maßen, wie es Oliver überhaupt noch packte, arbeiten zu gehen und seinen Job so zu erledigen, dass die Firmenleitung nicht austickte. Gut, einen besonderen Teil musste er sich und seinen eigenen telepathischen Fertigkeiten zuschreiben, aber er konnte neuerdings keine Wunder mehr vollbringen, wie immer deutlicher wurde. Miranda hatte sich offensichtlich seinem Griff schon entzogen und Olli muckte plötzlich auch auf. Es wurde höchste Zeit, seine Kräfte erneut zu bündeln, um sie damit extrem zu verstärken. Er brauchte dringend die Macht, die es ihm erlaubte, über bestimmte Menschen zu herrschen.

Am besten fuhr er erst einmal mit seinem Erfüllungsgehilfen in die Firma, um sich dort ganz brav sehen zu lassen und auf diesem Wege ein wenig hinter Peter herzuspionieren. Vielleicht ergaben sich ja inzwischen interessante Neuigkeiten. Später dann würde er sich in seine Wohnung begeben, sich in seinem besonderen Zimmer den so lebenswichtigen Energien zuwenden, die er über die Jahre dort ansammeln konnte. Eintauchen in den dunklen See, gefüllt mit der Kraft abhängiger Gesellen, um dort die Schaffenskraft zu erneuern, die sein unmittelbares Wirkungsfeld momentan so deutlich zu unterhöhlen versuchte. Die er aber zum Erhalt seines Systems unbedingt benötigte.

Heute Abend würde die Sexparty steigen und Miranda könnte locker wieder die Grenze zum Irrsinn erreichen und sie möglicherweise sogar überschreiten. Damit würde sie ihm unbewusst einen Festschmaus gönnen, der ihm half, erstarkt weitere Wochen zu überdauern. Macht hieß seine Überlebensstrategie.

Menschliche Nahrung, die er in fester oder flüssiger Form zu sich nahm, erzeugte in ihm keine Kräftigung. Dafür konnten ihm Alkohol und Drogen, in großem Maße genossen, nichts anhaben. Weder stärkten noch schwächten sie sein System und durch reichliches Essen setzte er kein bisschen Fett an. Allerdings wurde seine Existenz von außergewöhnlichen Abhängigkeiten geprägt. Seine Sucht forderte vom ihm, sich negativer Gefühlsbewegungen bestimmter Individuen in seinem Umfeld zu bedienen, um seine Existenz dauerhaft zu gewährleisten. Seine momentane Zielperson Miranda machte ihm zur Zeit die Chance zur Nahrungsaufnahme schier unmöglich. Mit Olivers Hilfe in den letzten Jahren und durch den unerwarteten Tod ihres Geliebten Frank schien sie ihm endlich vollkommen hörig zu sein. Doch plötzlich wurde sie richtig widerspenstig. In ihr vollzog sich ein gravierender Prozess, der seinem vereinnahmenden Wirken widerstand. Ihr aufsässiges Verhalten, das seine Wirkung an ihm nicht verfehlte, hasste er abgrundtief. Kaspar musste sich energisch dagegen wappnen, seine Erfolgsaussichten gegen null laufen zu lassen. Nur wie konnte er sein Konzept durchziehen, wenn alle Wesen, die er zu seiner bloßen Existenzerhaltung brauchte und die er für seine Vergeltungsstrategie als zweckmäßig empfand, ihm gegenüber derartig destruktiv reagierten?

Zunächst arbeitete er zur Zufriedenheit des gesamtem Personals, der ganzen Chefetage in der Firma Com-Tec. Hier war er sozusagen undercover beschäftigt, damit er besser seine Schäfchen im Auge behalten konnte. Dass sich Peter nicht in sein Werken einweben ließ, musste er außen vor lassen. Diese Tatsache durfte ihn nicht behindern. Er behielt ihn als potentiellen Feind allerdings genau im Auge. Darum würde er sich später kümmern!

Nach Feierabend verließ er pünktlich sein Büro und kehrte in seine Wohnung zurück. Beim Eintritt in den Hausflur, den er sich bislang mit Herrn Schrot geteilt hatte, verspürte er völlig unerwartet einen Hauch von Einsamkeit. Die Abwesenheit seines Vermieters erzeugte in ihm diese unmögliche, unerklärliche Emotion. Solche Reaktionen sollten ihm eigentlich fremd sein. Wütend setzte Kaspar seinen Grübeleien selbst ein konsequentes „Stopp". Derartige desolate Regungen vermenschlichten ihn unnötig. Er schüttelte sich wie ein nasser Hund, der sein triefendes Fell von störendem Regenwasser befreien musste. Mist, was war nur mit ihm los?

Es wurde Zeit, sich anderen stärkenden Kräften hinzugeben. Denn an manchen Tagen, in bestimmten Zeiträumen, spürte er massiv wachsende Schwächen. Jahrelang hatte er Energien gewisser Personen gesammelt, die ihm über die Grenzen der Lebenszeit hinweg dienlich waren, damit er existieren konnte. Mühelos betrat er den undurchdringlichen Raum, den seine eigene Dunkelheit einst gebar. Schritt durch die finstere Leere hindurch, auf den für andere unsichtbaren, gläsernen Behälter zu und stieg hinein. Augenblicklich versank er in einem wabernden Sirup aus einer geheimnisvollen Substanz und machte es sich dort bequem. Seine Kraft befand sich im Negativbereich auf der nach oben geöffneten Richterskala.

Sofort drangen Stimmen an sein Ohr, die ihn hofierten, ihm huldigten, ihm die nötige Ehre erwiesen und es ihm ermöglichten, die Regeneration zu erhalten, die er so notwendig brauchte. Diese spontane Hilfestellung entstammte längst keinem freiwilligen Zugeständnis. Es handelte sich bei den Flüsterern um seine Sklaven, von denen er absoluten Gehorsam einforderte. Während deren stärkenden Dosen langsam durch seine verbrauchten Adern strömten, erfreute er sich kräftiger werdend daran, neue menschenverachtende Pein auszusenden. Vehement riss er seine Arme in die Höhe und..!

Schwere Gewitter erhoben sich auf sein Kommando, Dunkelheit umhüllte die eben noch in schwaches Licht getauchte Stadt. Blitze peitschen vom Himmel herab und lösten in vielerlei Gemüt, Angst, wenn nicht sogar Panik aus. Diese Naturgewalten konnten sich nur dank der erzwungenen Unterstützung seitens der geheimnisvollen, anwesenden Kraftspender behaupten. Explosionsartig krachten die Donner durch die nahende Nacht, die grellen Entladungen erhellten permanent das Firmament und ließen die schwüle, knapper werdende Luft nach Elektrizität und Schwefel riechen. Kinder weinten verängstigt und verkrochen sich Schutz suchend unter ihre Sicherheit verheißenden Bettdecken. Er war der Beste, wenn es darum ging, die kleine, minderwertige, menschliche Welt ins Chaos zu stürzen. Aber er war kein Mörder. Er tötete während seiner Missionen nie selbst. Er ängstigte nur und diese Furcht sicherte seine Existenz. Den Rest erledigten die Leid begrüßenden, charakterschwachen Erdenwesen schon von sich aus.

Sich den Geistern seines undurchdringlichen Raumes hingebend, durchzuckten ihn plötzlich selber einige beklemmende Gedanken. Ein merkwürdiges Gefühl hatte ihn am Morgen überfallen, als er an Mirandas Zimmer vorüberging. Eine Unsicherheit, die er sich selbst nicht eingestehen wollte, überraschte ihn mit Macht. Sie schlich sich in sein von Selbstverherrlichung und Arroganz geprägtes System, um dieses mit Hilfe von verstörenden und irritierenden Gedanken zu zermürben. Für Kaspar war mit einem Mal klar, Miranda hatte Objekte, Gegenstände vor ihm und Oliver verborgen, die ihren Wandel hin zu diesem jäh einsetzenden Selbstbewusstsein ausgelöst haben mussten. Verdammt, er musste wohl achtsamer sein, wenn nicht sein Ziel von Vernichtung bedroht sein sollte.

Entspannung suchend lehnte er sich zurück. Er lauschte dem Wüten der Gewalten vor seinem Fenster und den einlullenden Worten der Energiespender, die er über die Jahre hin in die Gefangenschaft seiner schwarzen Hölle getrieben hatte. Seelen, deren Leben er einst bewusst zerstört hatte und die ihm nun zu allem Überfluss auch noch bedingungslos dienen mussten. Ganze Generationen hatte er in die Abhängigkeit geschickt. Miranda würde ihn nicht hindern können, sein Werk weiter fortzuführen. Wer sich in der Lage zeigte, Naturgewalten zu befehligen, den konnte eine einfache, labile Frau nicht daran hindern, seine ersehnte Absicht in die Tat umzusetzen und diese hieß: Johannes eines Tages zu vereinnahmen.

Noch an diesem Abend würde er mit Oliver erneut einen vorteilbringenden Streich ausführen, um Miranda einen weiteren schweren Schlag zu versetzen. Erneut erhob er die Arme und die Winde, die einzuschlafen drohten, erhoben sich erneut zu einem Sturm. Die Gewitterfront, die bereits weitergezogen war, kehrte nochmals zurück, um die Umwelt vor Furcht wimmern und zittern zu lassen.

Den ganzen Vormittag arbeitete Miranda weiter an Franks und ihrer erhofften Erlösung. Sie durchforstete ihren Schrank und fand das Paket wieder, das sie am gestrigen Abend schnell hatte verschwinden lassen müssen, als Johannes an ihre Tür geklopft hatte.

Den ganzen Vormittag hatte sie erfolglos versucht, Sabine zu erreichen, denn diese ging immer noch nicht ans Telefon. Obwohl Miranda darauf brannte, sich der Freundin mitzuteilen und sich über den Fund auszutauschen, war sie gezwungen, sich in Geduld zu üben. Sie würde es später noch einmal probieren.

Begierig, Neuigkeiten zu erfahren, wandte sie sich wieder ihrer Aufgabe zu. Wo sollte sie nur anfangen? Sie entschied sich, erst einmal die Briefe und die anderen losen

Papiere zu sortieren und sich danach um den Inhalt des Buches zu kümmern. Fünf Schriften galt es zu lesen. Miranda zog eine nach der anderen aus ihren Umschlägen heraus und ordnete sie zunächst dem Datum entsprechend. Das erste Schreiben, das sie mit bebenden Händen und klopfendem Herzen begutachtete, entstammte dem Jahre 1840. Beinahe exakt, mit minimalen zeitlichen Abweichungen, tauchte alle dreißig Jahre später eine weitere Zuschrift auf, die letzte datiert auf das Jahr 1964. Diese war von Linette Ströwe verfasst worden, Olivers Mutter. Sie hatte neben diesem Brief eine Art Tagebuch begonnen, wie Miranda nach raschem Überfliegen der Zeilen feststellte. In Ermangelung eines vernünftigen Heftes war es mit krackeliger, fast unleserlicher Handschrift auf karierten Zetteln niedergeschrieben worden. Entweder war sie in großer Eile gewesen oder von einer entsetzlichen Furcht angetrieben. Miranda stellte anhand der Daten fest, dass Linette nur wenige Tage, nachdem sie diese Schriften zu Papier bringen konnte, verstorben war. Vielleicht litt sie schon zu diesem Zeitpunkt unter körperlicher Schwäche, die ihr nahendes Ableben ankündigte. Sie kannte den genauen Todestag aus Erzählungen von Oliver. Unter Tränen hatte er ihr damals von dem Leid berichtet, das dieses traurige Ereignis in seinen Kindheitstagen in ihm ausgelöst hatte. Zu der Zeit, als er mit ihr über die maßlose Trauer sprach, war er noch ihr Geliebter, ihr Freund und Vertrauter gewesen, nicht der barbarische Tyrann und ruchlose sexuelle Betrüger, den er inzwischen verkörperte. Der umhüllende Kokon, gewebt aus Freundschaft und Hochachtung in Liebe zu ihr und seiner Mutter, war für immer von ihm abgefallen. Miranda machte sich keine Illusionen mehr. Sie konnte den mittlerweile suchtkranken Mann nicht mehr retten, ohne sich selbst und das Leben ihres Kindes zu gefährden. Zu viel war geschehen. Zu intensiv war dieser Kaspar Leimas in ihre kleine

Gemeinschaft eingedrungen und hatte sie beschmutzt und unterwandert.

Nur noch wenige Stunden blieben ihr, sich mit den Unterlagen zu beschäftigen, bevor sie Johannes vom Kinderhort abholen musste. Also machte sie sich sofort an die Arbeit. Nervosität wütete nach wie vor in ihrem Körper. Was für Geheimnisse würde sie entdecken? Auch die Angst, Oliver könne unerwartet vor ihr stehen, bemächtigte sich berechtigterweise ihres Nervenkostüms und sie hetzte zwischendurch ans Fenster, von wo aus sie den Stellplatz seines PKW gut einsehen konnte. Nichts zu sehen. Etwas ruhiger griff sie nach dem ersten Schreiben.

Dieser Brief war ungefähr hundertzwanzig Jahre alt. Entsprechend vergilbt und unansehnlich sah er aus. Der ganze Inhalt der Kiste roch muffig, als hätte er die Jahre in viel zu feuchten Kellern überdauert, aber das Papier fühlte sich fest und stabil an. Miranda konnte den mehrfach zusammengelegten Zettel problemlos auseinanderfalten, ohne fürchten zu müssen, ihn in tausend Fetzen zerfallen zu sehen. Hier stand in alter, deutscher Schrift geschrieben:

Mein lieber Johann!
Ich, Marie von Ströwelow, spüre, meine Lebenszeit geht zu Ende. Nur wenige erfüllende Erwachsenenjahre hat das Schicksal für mich bereitgehalten. Mein größter Segen in dieser Zeit warst immer Du, mein Sohn.

Ich habe Deinen Vater wirklich aufrichtig geliebt. Nie durfte ich glücklicher sein, als damals, als er bei meinen Eltern um meine Hand anhielt. Er war ein Ehrenmann und Deine Großmutter und Dein Großvater konnten stolz sein, einen Schwiegersohn aus so kultiviertem Hause in unserer Familie begrüßen zu dürfen.

Bereits ein Jahr nach unsere Vermählung wurdest Du geboren. Wir liebten einander und die Krönung dieser Innigkeit bestand in einem kleinen, strampelnden Bündel

Mensch mit Namen Johann. Noch eine Weile hielt unser Glück, doch dann veränderte sich Dein Vater. Launenhaftigkeit und Zorn waren ihm bis dato fremd, plötzlich jedoch konnte ich ihm nichts mehr recht machen. Mit lodernder Wut und erniedrigenden Strafen reagierte er auf viele meiner Handlungen, die er noch Wochen zuvor zutiefst bewunderte. Nun aber schien allein meine Anwesenheit ihn in furchtbare Abgründe zu stürzen. Hinzu kam, dass er begann, jeglichen Durst mit Wein zu stillen, als ob es auf Gottes weiter Erde keinen Tropfen Wasser mehr gäbe. Entsprechend trunken wandelte und wankte er durch den Tag. Ich aber ging ihm mehr und mehr aus dem Weg.

Es gab für mich nur noch Dich. Ich behütete und beschützte Dich, so gut ich konnte. Dennoch, die Momente, in denen Dein Vater mir zu nahe kam, mich demütigte und quälte, mich auch jetzt noch je nach Lust peinigt, hinterlassen Spuren in meiner Seele. Mein Körper verfällt zusehends. Vor einiger Zeit hat er mich in das eisige Kellergewölbe unseres Gutes gesperrt, weil ich ihm in einer banalen Angelegenheit widersprach. Er schlug mich und schloss mich in der Dunkelheit und Kälte ein. Ich bekam eine schwere Lungenentzündung und glaube, mich von dieser Krankheit nicht mehr zu erholen. Der rasselnde Husten lässt mich nicht zur Ruhe kommen und die immer wieder auftretende Atemnot schwächt mich. Hinzu kommt, Friedrich hält mich von der gesamten äußeren Welt fern. Ich darf weder meine besten Freundinnen, noch meine Eltern aufsuchen. Er erlaubt auch keine Besuche in unserem Hause. Ich bin seine Gefangene! Vor einigen Tagen äußerte ich die Bitte, einen Arzt kommen zu lassen. Diesem Wunsch kam er nicht nach.

Du bist bald neun Jahre alt und ich verlasse Dich nur ungern. Wie soll ich meinen Frieden finden, wenn ich dich in der Obhut dieses Menschen weiß? Vielleicht kannst Du es erreichen, dass Dein Vater Dich zu Deinen Großeltern schickt, wenn ich meine letzte Reise angetreten habe.

Ich liebe Dich von ganzem Herzen, mein Kind und wäre gern länger bei Dir geblieben.

Eines noch, hüte dich vor diesem Mann namens Richard Liesam. Ihn lernte Dein Vater kurz nach Deiner Geburt zufällig kennen, der wie du weißt, seitdem die nördlich gelegenen Räume unseres Besitzes bewohnt. Mit seiner Anwesenheit ging ebendiese Veränderung in unserer Familie vonstatten und aus meinem feinfühligen und liebenswerten Mann wurde eine unberechenbare Bestie.

Gebe gut acht auf Dich, mein geliebter Junge! Möge Gott der Herr Dich beschützen.

In Liebe, 24. 06. 1840
Deine Mutter Marie.

Miranda weinte. Wie bekannt ihr das Schicksal dieser unglücklichen jungen Frau vorkam. Bis auf kleinere Passagen hätte sie einen solchen Brief nicht anders formulieren mögen. Sie nahm den Zweiten von ihrem Schreibtisch, der von Bernadette von Ströwelow verfasst worden war, der Ehefrau Johanns und begann erneut zu lesen. Ihre Augen weiteten sich vor Erstaunen und Verblüffung machte sich breit.

Tatsächlich unterschied sich dieser Inhalt kaum von dem des Vorgängerbriefes. Auf ungeheuer glückliche Zeiten folgten Ehejahre schrecklichen Martyriums. Bernadette schenkte einem Sohn Robert das Leben und verabschiedete sich ähnlich wie auch schon Marie vom Leben, als der Junge seinem neunten Lebensjahr entgegensah. Während Marie ganz offensichtlich durch eine hartnäckige Lungenkrankheit den Tod fand, wurde Bernadette den Symptomen nach zu urteilen, Opfer einer Leukämie und starb im Jahre 1871, wenige Tage, nachdem sie, sich ihrem

Sohn erklärend, geschrieben hatte: 'Irgendetwas stimmt nicht mit meinem Blut, hat der Arzt gesagt', war hier zu lesen. Auch dieses Mal endete das Ganze mit einer Warnung. Nur hieß der Verbreiter der grauenvollen Schmach diesmal Rhoderich Malies.

Fieberhaft durchforstete Miranda die anderen Schreiben und kam immer wieder zum selben Resultat. Circa dreißig Jahre, nachdem eine Schwiegermutter gestorben war, starb die Schwiegertochter und hinterließ einen neun- bzw. zehnjährigen Sohn, dessen Vater aus direkter Linie von Friedrich von Ströwelow abstammte. Einen Unterschied konnte Miranda allerdings feststellen. Im Laufe der vielen Jahre gab es auf einmal eine Namensänderung, die aus dem Verlust eines großen Teils des Vermögens zu resultieren schien. Doch diese möglichen Fakten reimte Miranda sich selbst zusammen. Beweiskräftige Anhaltspunkte fand sie in den beiliegenden Unterlagen nicht. Ab 1920 nannte sich die Familie plötzlich einfach Ströwe. Viel später sollte sie eine Erklärung dafür erhalten.

In dem Brief, der 1902 geschrieben wurde, hieß der mysteriöse Verursacher allen Leids, Friedbert Seilam, 1934, Konrad Elisam, 1964 Ludwig Maisel. Dieses Schriftstück stammte von Linette Ströwe, also der Mutter von Oliver.

Jetzt, zu diesem Zeitpunkt, sah Miranda keine Möglichkeit mehr, sich weiterhin mit den Unterlagen zu beschäftigen. Ein Blick auf die Uhr signalisierte ihr, es war an der Zeit, ihren Sohn aus dem Kindergarten abzuholen. Fürs Erste musste sie die Papiere wieder in sicherem Gewahrsam unterbringen. Die Brisanz der Inhalte zwangen sie, das Material gut zu verbergen. Es durfte in keinem Fall gefunden werden.

Nun versuchte sie rasch noch einmal die einzige Person anzurufen, der sie vorbehaltlos vertraute: Sabine Schreiber. Gott sei Dank, schon beim ersten Klingeln ging ihre Freundin ans Telefon.

„Schreiber?"

„Hallo Sabine, hier ist Miranda. Du, ich muss mich beeilen. Der Kinderhort macht gleich zu. Aber ich habe eine wahnsinnig interessante Entdeckung gemacht und Schriftstücke gefunden, die ich niemals hier zu Hause lagern darf. Die müsst ihr für mich verstecken! Ich nehme sie jetzt mit, wenn ich gehe. Könnten wir uns irgendwo treffen? Außerdem habe ich noch eine andere Überraschung." Mirandas Stimme überschlug sich ein wenig und sie schnappte hektisch nach Luft.

„Natürlich, Liebes, können wir das. Du klingst ja ganz aufgeregt. Ich bin auch gerade auf dem Sprung, um Sindra einzufangen. Ich fahre jetzt direkt zu ihrem Kindergarten und komme dann bei eurem vorbei. Ich lade euch samt und sonders ein und wir fahren zu mir. Okay?"

„Prima, ich danke dir. Bis gleich. Ich warte an der Ecke auf dich."

Erleichtert griff Miranda nach dem geheimnisvollen Päckchen, verstaute es in einer Stofftasche und hetzte los. Franks Brosche trug sie versteckt unter ihrer Bluse an ihrem BH. Direkt an ihrem Herzen festgemacht. Auch diese würde sie bei Sabine lassen müssen, wenn sie dieses Geschenk in Sicherheit wissen wollte. Den Hort erreichte sie gerade noch pünktlich, sozusagen auf den letzten Drücker. Die meisten Kinder saßen schon in den Autos ihrer Mütter oder tobten neben ihren Mamis her, die sich unter bunten Regenschirmen geschützt, noch ein wenig miteinander unterhielten. Johannes lief Miranda lachend in die Arme und freute sich unbändig, sie zu sehen. Die Freude steigerte sich noch, als er erfuhr, dass Sabine und Sindra sie mit dem Auto hier abholen wollten. Auf dem Weg zurück zu den Schreibers nahmen sie sich von einer Frittenbude Berge von Pommes frites und für jeden eine Currywurst mit. An diesem Tag fühlten sich die beiden Kinder wie im Himmel. Nach dem Essen schickte Sabine

Johannes und Sindra ins Kinderzimmer. Noch immer regnete es und der Rasen im Garten war matschig und nass. Kein Spielplatz für Kinder. Die Bäume ließen Äste und Blätter hängen, denn die Schwere der Feuchtigkeit drückte sie nieder. Wahrlich ein trauriger Anblick. Doch Miranda empfand die Szenerie aufgrund der neuen, mutmachenden Entwicklungen eher malerisch, als deprimierend. Eine unerklärliche, stärkende Euphorie nahm Raum in ihrem Herzen. Sabine, die noch nichts über Mirandas Neuigkeiten wusste, nahm unendlich dankbar die positive Veränderung an ihrer Freundin wahr. Eine wundersame Energie ließ sie strahlen und viel aktiver wirken.

Miranda platzte bald. Sie konnte es kaum erwarten, Sabine von der Brosche erzählen, ihrem bedeutsamen Beweisstück dafür, dass Frank im vergangenen Jahr auf der Party gelebt hatte.

„Dann schieß mal los!", sagte Sabine und deutete auf die Tasche, die Miranda im Flur neben der Garderobe abgestellt hatte. Doch bevor sich die junge Frau darum kümmerte, nestelte sie erst einmal an den Knöpfen ihrer Bluse herum, öffnete diese und löste den Steg der Brosche von ihrem BH. Sabine runzelte die Stirn. Was machte Miranda denn da? Sekunden später legte ihr die Kameradin einen kleinen, filigranen Gegenstand in die Hand. Ein goldenes Herzchen mit einem winzigen Brillanten glitzerte sie an. Sabine traute ihren Augen nicht.

„Wo hast du das her?" Aufgeregt, beinahe hysterisch klang ihre Stimme, während sie Miranda völlig verwirrt und verwundert anstarrte. Ihr konsequenter Blick forderte eine Erklärung.

„Die hat Frank mir voriges Jahr zum Abschied geschenkt", erläuterte diese und Tränen liefen ihre Wangen hinunter.

„Großer Gott", keuchte Sabine mit blassem Gesicht, „Diese süße Brosche gehörte wirklich meinem Bruder. Er zeigte sie mir kurz nachdem er sie erstanden hatte. Mächtig stolz war er auf seine Errungenschaft, die ihm auf einer seiner Reisen in die Hände gefallen war. Ich glaubte, er habe sie damals Marina angesteckt, der Frau, mit der er zu der Zeit zusammenlebte."

„Als wir uns trennen musste, drückte er sie mir in die Hand und sagte zu mir: 'Ein Herz für mein Herz.' Nun weinte auch Sabine.

„Ich weiß gar nicht, wie ich die Brosche ganze zwölf Monate lang vergessen konnte. Erst gestern Abend erinnerte ich mich plötzlich wieder an dieses Abschiedsgeschenk von Frank, während ich darüber nachgrübelte, wie wir an weitere hilfreiche Hinweise gelangen könnten. Und da fiel mir ein: Beim Einzug in unsere Wohnung beobachtete ich Oliver, wie er ganz versonnen auf diese Kiste starrte, die ich danach nie mehr zu Gesicht bekam. Scheinbar sein Geheimnis! Ich überlegte, falls sie noch existierte, wo er sie wohl versteckt haben könnte, denn auf einmal erschien mir dieser Gegenstand wichtig für unsere Recherchen zu sein. Unter seinem Bett, hinter einem Mauerstein, habe ich sie tatsächlich gefunden und an mich genommen. Später drängte sich noch etwas anderes in mein Bewusstsein. Nämlich das Bild, wie ich Franks Geschenk an jenem Sonntag eilig im Geheimfach meiner geerbten Kommode verbarg, die einst mein Urgroßvater gefertigt hatte. Damals hatte ich nicht viel Zeit, mich um ein geeignetes Versteck zu kümmern, während Oliver Leon hinausbegleitete. Ich durfte mich ja nicht erwischen lassen. Verdammt, es wäre doch für uns alle so wichtig gewesen, wenn mir das schon früher eingefallen wäre!"

Die beiden Frauen lagen sich tröstend in den Armen, dankbar, endlich einen greifbaren Hoffnungsschimmer in den Händen zu halten. Sanft lösten sie sich voneinander.

„So", forderte Sabine Miranda auf, „nun spanne mich nicht länger auf die Folter. Was hast du in dem Päckchen gefunden?"

Miranda beschrieb die aufregende, am Ende erfolgreiche Suche und wie Oliver sie fast erwischt hätte. Dann aber holte sie schnell das Objekt ihrer Begierde. In Nullkommanichts saßen die beiden Freundinnen über die Papiere gebeugt und lasen konzentriert. Sabine fielen fast die Augen aus dem Kopf, als sie, wenn auch anfangs zögerlich die Zusammenhänge zu erkennen glaubte. Bald leuchtete ihr Mirandas verständliche Besorgnis ein, die relevanten, aufklärenden Skripte in Olivers und Kaspars Nähe zu lagern. In deren Umgebung hatten die bedeutenden Informationen wahrhaftig nichts zu suchen.

„Natürlich können die Sachen hier bei uns bleiben. Peter kann heute Abend auch einen Blick darauf werfen. Ich nehme an, der Ludwig Maisel von Olivers Mutter dürfte dein Kaspar Leimas sein. Wirklich sonderbare Nachnamen haben diese Kerle, die sich eindeutig mit bestimmtem Ziel an die Familie Ströwe gehängt haben, um unwiderruflich Kummer und Schmerz über sie hereinbrechen zu lassen. Warum?"

„Tja, das geht aus dem, was ich bisher gesichtet habe, nicht hervor. Aber mit den Namen hast du recht. Wenn ich es genau betrachte: Puuh, sehr auffällig, schau mal genau hin! Jeder Hausname besteht aus den gleichen Buchstaben. Hier finden wir überall das L,E,I,M,A,S. Nur immer in anderer Konstellation."

LEIMAS - LIESAM - MIELAS - SEILAM - MAISEL
MALIES - ELISAM

Ein Anagramm! In Sabines Gehirn rasteten plötzlich einige Zellen neu ein. War ihr das nicht schon aufgefallen, als Peter mit Kommissar Kräutner telefoniert hatte? Wie hieß doch gleich der komische Kerl, der die Akten über Franks vermeintliche Ermordung an sich genommen hatte? Sie sprang auf, rannte die Treppe hinauf in Peters kleines, aber ordentlich aufgeräumtes Arbeitszimmer und durchwühlte hastig den Schreibtisch. Sekunden später hielt sie den Vorgang, der sie so sehr interessierte, in den Händen. Der Name des fremden Polizisten, der sich für Franks Fall so offensichtlich stark machte, war ein gewisser Eros Milesa. - MILESA - LEIMAS?

Miranda, die völlig verblüfft in ihrem Sessel saß, schaute der Freundin aufgeregt entgegen.

„Hier, sieh mal an. Der Kommissar, der sich Franks Unterlagen vorgeknöpft hat, hat Milesa geheißen. Da sind wieder die gleichen Buchstaben, nur in anderer Reihenfolge. Gott, das ja ein dickes Ding. Seit 1840 treibt jemand mit Olivers Vorfahren sein Unwesen und wir scheinen zwischen die Fronten geraten zu sein. Du, indem du mit Oliver ein Kind hast und wir, weil du dich in Frank verliebt hast. Sei nicht böse über die saloppe Formulierung. Ich spreche alles erst einmal ins Unreine. Ich muss heute Abend in Ruhe mit Peter darüber sprechen. Miranda, ich habe gleich noch einen Termin, darf ich dich vorher mit Johannes nach Hause bringen? Peter holt dich dann wieder her, wenn er von der Arbeit kommt."

„Alles klar. Ich hoffe nur, ich kann Johannes unbeschadet bei dem Chaoten lassen. Aber Oliver liebt seinen Sohn. Er wird ihm kein Haar krümmen."

In ihrer Wohnung angekommen, spielte sie mit Johannes „Mensch ärgere dich nicht!" Eigentlich war sie viel zu aufgeregt, um sich mit diesem Spiel zu beschäftigen Der Inhalt der Kiste interessierte sie über alle Maßen, aber sie beruhigte sich, indem sie sich sagte, den Sinn des Tagebuches könne sie gleich mit Sabine und Peter erörtern. Mit gleicher Spannung bereitete sie sich darauf vor, was das gebundene Buch, das ebenfalls auf dem Grund des Kästchens gelegen hatte, ihnen noch zu bieten hatte.

Sie briet Johannes ein paar Spiegeleier, die er so abgöttisch liebte, indem sie eine Scheibe rohen Schinken in kleine Würfel schnitt, die sie zuvor in der Pfanne ausließ.

Nach der Mahlzeit brachte sie ihren Jungen ins Bett. Fest unter die Decke gekuschelt, gähnte er herzhaft.

„Mama, ich bin furchtbar müde. Ich konnte gestern gar nicht schlafen, weil der Regen so laut war. Kannst du mir noch was vorlesen?"

„Klar, mein Schatz, das mache ich glatt".

Miranda legte sich zu ihrem Sohn, las ihm aus seinem dicken Märchenbuch vor und hörte mit Entsetzen, wie sich die Gewitterstürme erneut erhoben. Hoffentlich beruhigte sich das Wetter wieder, während sie sich bei Sabine aufhielt. Sollte Johannes wach werden und die Blitze kreisten nach wie vor um das Haus, konnte er bestimmt nicht weiterschlafen. Ob sich Oliver um den Knirps kümmern würde, war fraglich und eigentlich nicht zu erwarten. Ermattet von den aufregenden Geschichten, die sie heute erfahren hatte, schloss sie für einen Moment die brennenden Augen, um sich auszuruhen. Oliver und Peter wohnten noch einer Sitzung bei. Sie hatte jede Menge Zeit, einen Moment zu relaxen. Im Abdriften überkam sie abermals eine enorme, nicht zu realisierende Furcht. *Was, wenn Frank tatsächlich tot ist und dieses Wesen, das sich in das Leben vieler Familien hineingedrängt hat, sich Johannes als nächstes Opfer auserkoren hat?* Miranda musste inzwischen vom Schlimmsten ausgehen. Die eigene Müdigkeit zwang sie unbemerkt in die Knie. Sie schlief ein.

Währenddessen erreichte das Gewitter vor ihrem Fenster seinen Höhepunkt, doch weder Johannes noch Miranda nahmen die grässlichen, krachenden Donner wahr. Sie verschmolzen mit den Blitzen, wurden eins mit den Gewalten, die die Natur beherrschten und verschwanden in der Welt der Träume. Einerseits versprachen diese ein heiles Universum, andrerseits konnte man sich vor ihnen und ihren Verwicklungen fürchten. Miranda fiel in einen Abgrund und ließ es geschehen, hoffte nur auf Hilfe aus dem Kosmos, dessen Kind sie war und dem sie einen weiteren Bürger geschenkt hatte, mit dem Namen Johannes.

Gewitterfronten

Gewittersturm beendet ihre Träume.
Ein greller Blitz erhellt die Nacht.
Am Waldesrand erwachen tote Bäume.
Gespenstern gleich übernehmen sie die Macht.

Die Regenfäden stürzen sich ins Donnergrollen.
Sie füllen bald des Baches niedrig Grund.
Sturmgeister hoch am Himmel lauthals schmollen,
öffnen prustend ihren windverzerrten Mund.

So wie die Donner Blitze jagen,
da fühlt sie sich gar sehr bedrückt.
Sieht sich aufs Grausamste geschlagen.
Die Angst hat wieder mal ihr Schwert gezückt.

Und wie die Tränen Bahn sich suchen,
gleich heftig, wie der Regen fällt,
da wollen Wesen sie verfluchen
und mit ihr ihre ganze Welt.

Sie tritt hinaus in Donners lautes Krachen,
hat keine Furcht, in Blitz und Regen hier zu stehen.
Jedoch des Grauen offenen Rachen,
dem möchte sie so gern entgehen.

Dann, als die Stürme sich erneut erheben,
da sieht sie vor sich trübes Licht.
Die Nacht will sich dem Tag ergeben,
um sie herum die Dämmerung spricht.

Aus den Gespenstern werden wieder Bäume,
Sturmgeister schlafen friedlich ein.
Erinnerungen suchen Liebesträume,
darin will sie so gern gefangen sein.

Gewitternacht hat Reinheit in die Welt getragen.
Die Luft ist klar und frei von Zorn.
Sie konnte Grausamkeit und Furcht verjagen,
zog aus dem Herz den spitzen Dorn.

Und in der Ruhe wachen auf die Träume,
noch lange dauert's bis zur Nacht.
Am Waldesrand, da winken lebend Bäume,
wie Engel übernehmen sie die Wacht.

Johannes lag im Arm seiner Mutter. Innig schmiegte er sich an sie. Er hatte sich immer in ihrer Nähe geborgen gefühlt. Manchmal benahm sich Mama schon komisch, aber sie lachte immer mit ihm und seinen Papa kannte er nur als komischen Kauz. An einem Tag benahm er sich erträglich, an einem anderen völlig unerträglich. Dabei stank er sehr streng nach dem Zeug, das er dauernd trank.

Ausgeglichener als Johannes selbst konnte niemand sein, denn er nahm sich vom Leben, was es ihm bot. Nicht mehr und nicht weniger. Er wollte Spaß haben, aber auch lernen. Und seine Mutter bediente alle Seiten, die in ihm existierten, ob sie das selbst wusste oder nicht. Johannes fühlte sich glücklich.

Nun lag Miranda, seine geliebte Mama, weinend neben ihm. Ab und zu zuckten ihre Schultern, schlugen ihre Arme kurz aus, entweder, um sich zu verteidigen oder sich vor irgendetwas zu schützen, was für ihn unsichtbar blieb. Der kleine Kerl wollte helfen. Er drückte sich an die Frau, die ihn in diese aufregende Welt geschickt hatte, schloss seine Augen und verließ sein reales Zuhause, um bei ihr zu sein.

Unwetter toben, grauenvolle Blitze rasen quer über den Himmel. Sie werden verfolgt von ihrem eigen produzierten Donnern, das sich krachend, teilweise berstend in dieser Atmosphäre trüben Lichtes und finsterer Dramatik Luft macht. All das wird hervorgerufen durch die mächtige Hand der Elemente, die geleitet wird durch den Schrecken dieser Nacht.

Ehe Johannes sich seiner selbst richtig bewusst werden kann, er ist ja schließlich nur ein Knirps von vier Jahren, sieht er seine Mama an, die neben ihm steht, seine Hand in die ihre nimmt und ihm mit festem, kräftigem Händedruck klarmacht: Wir gegen den Rest des Universums. Dieses besteht momentan aus Untergangszenarien, ausgelöst durch Wassermassen und Elektrizität. Aber Johannes fürchtet sich nicht, solange sie ihn hält.

Ein irrisierendes Licht erstrahlt mit einem Male vor seinen Augen, lässt die Unwetter plötzlich wie Freunde erscheinen. Denn es gibt keinen Augenblick der Sorge mehr in seinem Herzen. Die Helligkeit raubt dem Albdruck die Macht, öffnet die Herzen für den Gleichklang und segnet Johannes und Miranda in dem Weltenall, in dem sie sich jetzt aufhalten. Der Junge hebt sein Gesicht in diesen wärmenden Glanz, blickt mit geblendeten Augen blinzelnd in das Strahlen.

„Frank", flüstert er. Lachend wendet er sich seiner Mutter zu. Doch sie kann den geliebten Mann nicht sehen. Also saugt Johannes das Bild in sich auf und lässt sich von Mirandas Arm in seliger Freude umfangen. Alles wird gut!

Auf einer anderen Ebene wütet eine unüberschaubare Gewalt, will die beiden, die sich so einig sind, die als eins existieren, zerstören, um die nötige Macht zu erlangen. Es muss einen Weg geben, der sich realisieren lässt, dieses Ziel zu erreichen, welches einen glanzvollen Sieg verspricht.

Kaspar schreit, er schreit, ohne den geringsten Laut von sich zu geben. Niemals gibt er auf, wofür er so lange gearbeitet hat. Und ein Kind wird ihm nicht im Wege stehen. Dieser Junge wird sein nächstes Opfer sein, auf dem Pfad hin zu seiner Erlösung.

Sonnenhell

Reich verzierte Sonnenstrahlen,
hoch gewölbtes Himmelszelt,
wollen uns die ganze Welt
bunt in unsere Herzen malen.

Wo der breite Regenbogen
spannt sich hell im Sonnenlicht,
zaubert Farben ins Gesicht,
wurde aus dem Nichts gezogen.

Regentropfen – Dunkelheit
lassen zarte Blätter weinen,
doch die Sonne will schon scheinen
mit gewohnter Helligkeit.

„Mama, wo sind wir?", fragte eine piepsige Kinderstimme ängstlich.

Miranda blickte ihren Sohn an, der zerzaust und völlig durchgeschwitzt neben ihr auf dem Kinderbett lag.

„Johannes!", rief sie entsetzt „Was ist mit dir passiert? Du bist ja ganz nass."

Rasch lief sie hinüber zum Kleiderschrank und holte einen frischen Schlafanzug für den Kleinen, nahm ihn bei der Hand und führte ihn zum Bad. Mit einem dicken Frottierhandtuch rubbelte sie ihn trocken und zog ihm die trockene Kleidung über. Außer einer gewissen Verwirrtheit schien auf den zweiten Blick jedoch mit ihm alles in Ordnung zu sein. Sie legte ihre Handinnenfläche auf seine Stirn, um zu fühlen, ob er vielleicht Fieber hatte? Aber nein, nichts dergleichen bahnte sich an. Erst da konnte sie mit ihm sprechen: „Schätzchen, wir sind hier zu Hause. Vielleicht hast du geträumt."

„Mama, ich habe da was gesehen. Erst war es grässlich, aber ich hatte keine große Angst, nur ein bisschen, denn du warst bei mir. Dann wurde es schön. Frank war auch da. Glaubst du mir das?"

„Ja, mein Engel, ich glaube dir das." Sie drückte den Jungen an sich, der ihre Liebe und Wärme dankbar in sich aufnahm. „Nun musst du aber wieder schlafen. Ich fahre gleich noch mal kurz zu Sabine. Papa ist heute Abend bei dir. Schau, das Gewitter ist weitergezogen, es ist jetzt ganz hell draußen. Ich ziehe gleich dein Rollo herunter, damit die Abendsonne dich nicht allzu sehr kitzelt."

Miranda trat ans Fenster, um das Zimmer zu verdunkeln. Sie hielt mitten in der Bewegung inne. „Schau mal, Johannes, dort drüben ist ein wunderschöner Regenbogen!"

„Ist der aber lang", staunte der Junge begeistert.

Während sie ihn auf den Arm nahm, um ihn zurück ins Bett zu bringen, drückte sie ihre Locken an sein Gesicht. Eigentlich war er dafür fast schon zu groß und zu schwer.

Sie brauchte ihn genauso wie er sie brauchte. Das war gewiss.

„Hör mal, mein Großer, weißt du eigentlich, was ein Regenbogen bedeutet? Ich will es dir erzählen, aber erst decken wir dich schön zu und ich gebe dir ein Küsschen, damit du sofort einschlafen kannst."

Johannes war zufrieden. Mama erzählte von dem Pakt, den Gott einst nach der Sintflut mit den Menschen geschlossen hatte, im Angesicht des Regenbogens, der den Himmel überspannte. Er sollte das Vertrauen zwischen den Erdenmenschen und Gott dem Herrn ein für alle Mal besiegeln.

Während Miranda leise sprach, spürte sie, wie ihr Sohn sich langsam aber sicher wieder in die Obhut des Schlafes begab. Sie selber aber durfte aus ihrer eigenen Gutenachtgeschichte Kraft schöpfen, glaubte an die Wirkung des Versprechens, das einst Gott den Menschen in Form dieses Naturereignisses gab und ließ sich zum ersten Mal seit einem Jahr auf ein tiefes Gefühl der Zuversicht ein.

Plötzlich nahm sie ein Geräusch wahr, das metallene Suchen eines Schlüssels nach dem Schloss in der Wohnungstür. Oliver kam nach Hause. Aufgeräumt und gutgelaunt redete er mit Peter, der seinerseits eher distanziert reagierte und recht zurückhaltend antwortete.

„Hallo, ihr zwei", begrüßte Miranda die Ankömmlinge. Sie wandte sich an Oliver: „Ich bin noch mal ein Stündchen weg! Bei Sabine. Kümmerst du dich bitte um Johannes? Er schläft tief und fest, aber das Gewitter hat ihm sehr zugesetzt, deshalb wäre es prima, wenn du ab und zu nach ihm schauen könntest! Ich fahre mit Peter und bin zeitig wieder da, ist das okay?"

Miranda sprach sehr schnell und bestimmt, als wolle sie ihrem Partner von vorne herein klarmachen, dass jegliche Kritik an ihrer Abendplanung fehl am Platze sei.

Oliver verspürte am heutigen Abend weiß Gott keine

Lust mehr, sich mit Peter auseinanderzusetzen, nachdem er schon den nervigen Disput mit Kaspar durchgestanden hatte. Außerdem wollte er ein volles Glas in seiner Hand halten und das konnte er nur, wenn Peter und Miranda endlich die Wohnung verlassen würden. Nathalie und Josefine standen in den Startlöchern, um ihm und Kaspar zu Gefallen zu sein, jedem auf seine Weise. Aber jetzt sollten die zwei verdammt noch mal abhauen. Er wollte nun den Spaß, den Kaspar ihm versprochen hatte. Johannes sollte kein Hindernis darstellen. Wenn der einmal in Morpheus Armen lag, dann konnte ihn so schnell nichts mehr wecken.

Miranda und Peter zogen die Wohnungstüre hinter sich zu. Oliver hastete zum Kühlschrank. Rasch noch ein Schlückchen, bevor Kaspar kam, der musste ja von den paar Tropfen, die er so dringend brauchte, nichts mitkriegen. Hatte der sich doch in letzter Zeit häufiger über seine mangelnde Zusammenarbeit aufgrund von zu viel Alkohol beschwert. *Was er nicht weiß, macht ihn nicht heiß*. Nie konnte man es irgendwem nur recht machen. Die Türklingel riss ihn aus seinen Überlegungen.

Oliver stöhnte genüsslich voller Vorfreude auf. Er wusste, was ihn sogleich erwarten würde. Zwei Frauen, eine schöner als die andere. Eine mit mehr Sexappeal ausgestattet, als die andere. Und beide boten ihm in der Dreisamkeit alles, was ein Mann sich nur wünschen konnte. Er ließ die wundervollen, vollbusigen Schönheiten herein.

Kaum hatte er die Tür geschlossen, schellte es ein zweites Mal. Nun gut, dann waren alle gleichzeitig da. Genau so hatte es sich Kaspar gewünscht. Das Spiel konnte beginnen. Oliver öffnete erneut die Wohnungstür, und nach den entzückenden Ludern betrat sein Busenfreund das Domizil. Olli führte sie alle in das zwar saubere, aber dennoch verwohnte, abgewetzte Wohnzimmer. Nathalie rümpfte ihr süßes Näschen und gab Josefine damit zu verstehen: „Hätten wir es ihm doch nur bei uns zu Hause besorgt."

Kaspar war an diesem Abend unheimlich still, fand Oliver. Unerklärlich, weil er sonst in Gesellschaft solcher Damen eher in die Rolle des Komplimente machenden Beaus schlüpfte. Heute verkrümelte er sich allerdings gleich in eine Ecke und starrte grüblerisch vor sich hin.

In der Zeit, in der sich Oliver auf den geplanten, ihn und Kaspar amüsierenden Anschlag gegen seine verhasste Partnerin vorbereitete, saßen Sabine, Peter und Miranda gemütlich in deren Wohnzimmer zusammen. Da Miranda nicht so lange bleiben wollte, nahmen sie sich für den heutigen Abend einfach nur die Papiere vor, die Sabine bereits mir ihr durchgesehen hatte. Sie erwarteten von Peter zu diesem frühen Zeitpunkt lediglich ein neutrales Feedback im Bezug auf ihre Meinung. Frauen neigten manchmal dazu, Ereignisse ungewollt zu dramatisieren. Ihr Durchblick entsprach möglicherweise nicht der Realität, da ihre Emotionen mit ihnen Achterbahn fuhren. Gerade, weil verständlicherweise bei Sabine und auch bei Miranda sehr starke Empfindungen mitschwangen. Aber solche Muster dienten ihren Recherchen nicht. Peter sollte sie mit seiner ruhigen, pragmatischen Art beraten. Durch die besonderen Neuigkeiten nahm die Hoffnung, dass sie Frank eines Tages wiedersehen könnten, in ihren Herzen Form und Gestalt an. Doch sie wollten sich auch nicht verzetteln und einen Weg beschreiten, der sie in neuerlichen Kummer führen könnte.

Peter urteilte, die Freundinnen hätten vernünftige Arbeit geleistet in ihrem Bestreben, die Briefe möglichst objektiv zu analysieren und zu verstehen. Sie verzerrten nichts, interpretierten nicht Zusätzliches hinein, sondern blieben relativ sachlich und verständig in ihrem Bemühen, die ungewöhnlichen Geschehnisse der Inhalte zu begreifen. Sie nahmen sich vor, zusammen das provisorische Tagebuch von Linette durchzugehen und das Buch, welches noch in dem Umschlag aus braunem Packpapier eingeschlagen war, an einem der nächsten Abende durchzuarbeiten.

„Immer schön der Reihe nach", äußerte sich Peter sanft, der es positiv empfand, dass die Frauen ihre Gefühle im Griff hatten. Seit sie an der vermaledeiten Geschichte endlich arbeiten konnten, verbesserte sich die Gemütslage innerhalb der Familien deutlich. Peter gewann den Eindruck, es half Miranda und Sabine, mit konstruktiven Fakten umgehen zu können und er unterstützte sie gerne dabei. Die Handlungen, die Kaspar vollzog, hatten ihnen bisher nur den Freiraum erlaubt, sich ohnmächtig mit ihm und seinen Machenschaften treiben zu lassen. Eine verständliche Reaktion auf seine unverständlichen Taten. Endlich konnten sie vorpreschen, um zu agieren und wurden nicht ständig gezwungen zu reagieren.

„Peter", begann Miranda zögerlich und holte die Brosche aus ihrer Hosentasche, die Frank ihr ein Jahr zuvor geschenkt hatte. „Ich möchte dir etwas Besonderes zeigen. Schau sie dir an!" Sie reichte ihm das Kleinod. „Gestern Abend ist mir ihre Existenz wieder eingefallen, nachdem ich Olivers Unterlagen aus seinem Geheimfach geholt hatte. Ich weiß nicht, wie ich sie vergessen konnte! Sie ist das Einzige, das Frank mir hinterlassen hat."

Daraufhin erzählte sie dem erstaunten Peter die Geschichte der Schmucknadel. Miranda weinte und Sabine weinte ebenfalls ein bisschen. Sie drückte das Schmuckstück an ihr Herz. Irgendwann hatte sie Frank einmal in der Hand gehalten. Etwas von seiner DNA haftete noch immer daran. Und somit existierte nun auch für ihren Mann ein Beweis dafür, dass ihr Bruder im letzten Sommer noch gelebt haben musste.

An diesem Abend geleiteten Peter und Sabine Miranda zum Bus. Nach all den mysteriösen Ereignissen konnte Peter heute ein Glas Wein vertragen und wollte nicht mehr mit dem Auto fahren. Warum ein Risiko eingehen? Er brauchte seinen Führerschein. Miranda freute sich, von den beiden zum Omnibus gebracht zu werden und nicht alleine gehen zu müssen. Sindra schlief friedlich in ihrem Bett und so entschieden sich die Eheleute zu dem kurzen Spaziergang. Die frische Luft tat allen gut, nachdem sie sich so eingehend mit dem Schreibkram befasst hatten. An der Haltestelle verabschiedeten sie sich liebevoll voneinander, als der Omnibus in Sichtweite kam. Er hielt, die Türen sprangen mit einem Zischen der Hydraulik auf und Miranda stieg ein. Sie winkten sich noch zu, bis das Gefährt hinter einer Kurve verschwunden war.

Eine Viertelstunde später stand Miranda vor ihrer Haustür und schloss geruhsam und nichts ahnend auf. Sie war zufrieden. Der Tag hatte ihr neue, wichtige Erkenntnisse geliefert. Ihr allerdings auch Träume beschert, über die sie mit ihren Freunden noch reden musste. Vielleicht sollten sie auch Leon in ihre Nachforschungen einschalten. Er war ein richtig guter Freund. Loyal und verlässlich hielt er seit Jahren zu ihr. Besonders in den letzten elf Monaten kletterte er immer wieder mit ihr aus so manchem dunklen Jammertal hinauf ins Licht. Sehr oft hatten sie sich in letzter Zeit zwar nicht getroffen, denn auch ihm gegenüber schämte sich Miranda wegen ihres miserablen Lebenswandels. Allerdings, wenn sie sich gesehen hatten, hatte er sie und den Jungen unterstützt, wo und wann immer es ihm möglich gewesen war, ohne viele Fragen zu stellen oder sie möglicherweise zu maßregeln.

Sie hörte das laszive Gelächter nicht, das aus ihrer Wohnung drang, als sie die Türe öffnete. Vollkommen in ihrer eigenen Gedankenwelt versunken, die ihr in diesem Augenblick Hilfe und Hoffnung versprach, drang vorerst kein Laut zu ihrem Gehirn vor. Doch dann: „Ach, komm schon, Nathalie, mach noch ein bisschen weiter!", stöhnte Oliver im sexuellen Rausch. „Oh, bitte, bitte nicht aufhören, Josefine!"

„Mensch, Oliver, ich habe da eine Tür gehört. Nicht,

dass der Kurze hier gleich auf der Matte steht", aufgeregt erhob Nathalie ihre Stimme.

„So'n Quatsch, der schläft wie ein Toter. Wenn der einmal pennt, kannst du den wegtragen und der wird nicht mehr wach. Stellt euch nicht an, macht einfach weiter!"Ungeduldig drückte Oliver Nadines Kopf zurück in seinen Schritt.

Miranda hob den Kopf und wartete keine weiteren dämlichen Kommunikationsversuche der Anwesenden in ihrem Wohnzimmer ab. Sie hatte genug gehört, um zu wissen, zu welcher infernalischen Sauerei Oliver sich mal wieder hatte hinreißen lassen. So versoffen, wie er sich ihr in den letzten Wochen präsentiert hatte, glaubte sie nicht, er könne allein auf die Idee gekommen sein, sie auf diese infame Art zu demütigen. Doch die Zeit, sich derartigen Herabwürdigungen ohnmächtig gegenüberzusehen, war vorüber. Innerlich schloss sie Wetten ab, dass Kaspar an der Situation, die nun gerade auf sie zukommen würde, nicht ganz unschuldig war. Bevor sie zum Angriff überging, um in ihrem Wohnbereich massiv Ordnung zu schaffen, schaute sie schnell in Johannes Raum. Der Kleine lag zusammengerollt wie ein Embryo unter seiner Decke und schlief Gott sei Dank tief und fest. Wenigstens auf dem Gebiet schien Oliver seinen Sohn zu kennen.

Im Nebenzimmer setzten die von Ächzen und Stöhnen begleiteten Aktionen erneut ein. Die Anwesenden hatten in ihrer ganzen Schamlosigkeit keine Geräusche mehr wahrgenommen und fühlten sich sicher. Dies sollte der rechte Zeitpunkt sein. Miranda haute geräuschvoll auf die Türklinke und betrat fröhlich lächelnd das Zimmer. Wenn das Bild, das sich ihr hier zeigte, nicht so ekelhaft gewesen wäre, hätte sie eigentlich schallend loslachen müssen.

Oliver stand mit heruntergelassener Hose vor einer vor ihm knienden Frau, die sich mit ihm in irgendeiner Form abmühte. Gleichzeitig massierte er die blanken Brüste einer anderen nackten Dame, die seitlich vor ihm stand, um ihrer Kollegin nicht ins Gehege zu kommen. Ihre Hände glitten dabei immer wieder reibend über Olivers schweißnassen Glatzkopf. In der Ecke saß, still und fasziniert von dem ungewöhnlichen Liebesspiel, Kaspar. Ihm schienen die Augen aus dem Kopf zu fallen, während er die sexuellen Handlungen, die ihm der flotte Dreier so hingebungsvoll demonstrierte, völlig begeistert beobachtete. Doch jetzt trat erst recht ein verheißungsvolles Glühen in seine Augen, als er Miranda erblickte.

In aller Ruhe schritt Miranda auf die verschwitzten Akteure zu. Die Mädchen, junge, attraktive Studentinnen, wie sie vermutete, schrien vor Schreck und Entsetzen auf und versuchten mit den Händen ihre Nacktheit zu bedecken. Dies war auf jeden Fall schwerer als gedacht, denn die vielen unbedeckten Flächen ihres Körpers waren eindeutig zu umfangreich für die zarten Handteller der Frauen. Urkomisch, aber auch ungeheuer abstoßend kam diese bizarre Szene bei Miranda an. Sie betrachtete einen kurzen Moment angewidert das Bild, so wie man ein kitschiges, schmieriges Gemälde begutachtete. Dann riss sie sich zusammen, strahlte die Mädchen freundlich an und bat sie: „Hey, ihr zwei. Greift euch eure Sachen, ihr könnt euch im Badezimmer wieder anziehen. Und wascht euch eure Finger. Das ist dringend nötig, wenn man einen solchen Sauhaufen angefasst hat!", fügte sie fürsorglich hinzu, dabei in Olivers Richtung blickend. Ihre Stimme triefte vor Sarkasmus, aber auch vor Spaß, den ihr das Aufscheuchen der begehrlich Handelnden gemacht hatte.

Sie ließ sich in dem freien Sessel nieder, in der Hoffnung, dieser sei durch das widerliche, scheußliche „Liebesspiel" ihres Partners nicht besudelt worden und wartete, bis die Frauen reisefertig waren. Oliver hatte sich rasch seine Hose übergezogen. Ein Hemdzipfel lugte aus dem in der Eile nicht ganz verschlossenen Hosenstall hervor und unterstrich zusätzlich den grotesken Eindruck, den diese Szenerie zu bieten hatte.

Ich bin hier im falschen Film, mutmaßte Miranda, dankbar von einer unerklärlichen Beschaulichkeit beseelt zu sein, die ihr angesichts der misslichen Lage, in der sie sich befand, einigermaßen unpassend schien. Doch in ihr herrschte ein besonderer Frieden. Oliver begann ein irres Gestammel vom Stapel zu lassen, das offenbar bedrohlich wirken sollte. Darauf achtete sie gar nicht. Sie fürchtete sich nicht vor ihm und seinen Attacken. Eigentlich tat er ihr fast ein wenig leid und obwohl Kaspar in der Nähe lauerte, hatte sie keine Angst. Nicht mehr!

Nathalie und Josefine kehrten bekleidet ins Wohnzimmer zurück und blickten sich unsicher um. Langsam erhob sich Miranda und ging auf die beiden zu. Sie stolperten erschrocken zurück, als müssten sie einer Ohrfeige ausweichen. Doch von einer solchen Tat war Miranda in diesem, wie in jedem anderen Augenblick weit entfernt. „Ich weiß, es ist nicht eure Schuld. Oliver hätte euch nicht in diese Wohnung einladen dürfen, denn nebenan schläft mein kleiner Sohn. Ich möchte um Himmels Willen nicht, dass er schon in seinem Alter die Schweinereien seines Vaters miterleben muss."

Betreten blickten die beiden Frauen zu Boden. Miranda nestelte das Portemonnaie aus Olivers verknubbelter Hose. Der wehrte sich nicht einmal dagegen. Er benahm sich wie in Trance. „Wie viel schuldet euch der Drecksack für eure zuckersüßen Dienste?", säuselte Miranda mit glockenheller Stimme.

„Eh, gar nichts. Wir sind doch keine Huren!", antwortete Josefine empört.

„Wir sind Medizinstudentinnen im vierten Semester", unterstützte sie Nathalie, nicht weniger entrüstet.

„Wer ist darauf schon gefasst", murmelte Miranda höhnisch und warf die Geldbörse provozierend auf den

Tisch.„Ihr könnt euch Geld nehmen oder auch nicht. Aber ihr müsst jetzt gehen und sagt mir bitte Bescheid, wo ihr euch niederlassen möchtet, wenn ihr examinierte Ärztinnen seid. In der Gegend suche ich dann bestimmt keine weiblichen Doktoren auf, auch wenn sie keine Nutten sind!"

Nathalie und Josefine sahen einander beschämt an, dann gaben sie Fersengeld, nicht ohne Kaspar und Oliver noch entgegen zu zischen: „Wir haben's doch gleich gesagt, nicht in dieser Wohnung!"

Wie dumm und wenig lebenserfahren sie doch sind, dachte Miranda, enttäuscht über eine solch geringe Menge gesunden Menschenverstandes. Weg waren sie. Die Tür fiel krachend hinter ihnen ins Schloss und peinliche Stille trat ein.

Kaspar saß in seiner Zimmerecke und lächelte sein verschlagenes, grausames Lächeln. Oliver, der während dieser Szenenfolge sein Schnapsglas stets füllte, um es alsbald zu leeren, lallte schläfrig irgendwelche Sätze vor sich hin. Miranda begriff nur so viel, dass sie eine blöde Ziege sei, weil sie ihn um die wohlverdiente Erfüllung gebracht hatte. Begleitet wurden seine Murmeleien durch weitere, intensive Gieß- und Schluckgeräusche, wenn er sich wieder einmal bedienen oder trinken musste, da er anders den bösen Fehler, den Miranda gerade gemacht hatte, nicht ertragen konnte. So eine verdammte Spielverderberin. An das Ergebnis, das Kaspar sich für Olivers Partnerin durch dieses Schauspiel erhofft hatte, nämlich sie erneut zu schwächen, dachte er in seinem Zustand längst nicht mehr. Zwischendurch fummelte er sich ab und zu an einer bestimmten Stelle seiner Hose herum. Miranda schüttelte den Kopf. Was für ein erbärmlicher, jämmerlicher Anblick bot sich ihr. Und dann: „Ich haue dir eine auf die Zwölf, ich verprügele dich bis du zu einem Krüppel mutierst!", schrie er plötzlich los, mit eigenartig fester Stimme. Er wollte aufstehen, doch da hatte sich auch Miranda bereits erhoben.

Drohend stand sie vor dem Mann, der ihr in den letzten Jahren nichts anderes gegeben hatte, als Schmach, Schläge, Demütigungen und entwürdigende Misshandlungen jeglicher Art. Zum ersten Mal, seit seine Veränderung von einem liebenswerten Mann hin zu einem Monster stattgefunden hatte, baute sie sich vor ihm auf. Sie ballte die Hand zur Faust und hielt sie ihm unmissverständlich unter die Nase.

„Jetzt, mein lieber Oliver, hörst du mir ganz genau zu!", ihre Stimme klang kraftvoll und stark. „Ich habe deine Scheiße satt, deine Hurereien interessieren mich schon lange nicht mehr! Dass du mich schlägst, unterstreicht lediglich deine ungeheure menschliche Schwäche! Deine verbalen Attacken setzen mir nicht mehr im Geringsten zu! Packe deinen dämlichen Freund ein, dessen Knecht du seit langem bist und verlasst die Wohnung. Und zwar sofort!"

In diesem Moment brach Kaspar in schallendes Gelächter aus. Innerhalb kürzester Zeit liefen ihm Lachtränen die Wangen herunter. Was bildete sich dieses Frauenzimmer eigentlich ein? Miranda schaute ihn spöttisch von oben herab an, in keinster Weise irritiert.

„Willst du uns etwa drohen, Miranda?", fragte er sie zwischen zwei Lachern und setzte erneut seine Ausbrüche fort. Doch seine Lachsalven wirkten bei Weitem nicht mehr so einschüchternd, wie er es plante. Diese Frau erwies sich erstaunlicherweise mit einem Male als harte Nuss. „Komm, Miranda, sei kein Frosch, lass uns gemeinsam was trinken und dann die blöde Sache vergessen!", insistierte er einschmeichelnd.

Seelenruhig, ihn ignorierend, ging Miranda daraufhin in die Küche. Die beiden Männer bogen sich vor Vergnügen, hatten sie es mal wieder geschafft, das aufmüpfige Weib in den Griff zu bekommen. Miranda öffnete lautstark den

Kühlschrank, entnahm ihm eine angebrochene, halbe Flasche Wodka und zwei weitere Flaschen Bier. Sie schaute in alle Verstecke, die sich Oliver in dem letzten Jahr eingerichtet hatte und von denen er tatsächlich dachte, sie seien unentdeckt geblieben und holte auch dort die Alkoholika heraus. Ehe die beiden Freunde, die sich wunderten, wo sie so lange blieb, begriffen, was geschah, schüttete sie den gesamten Inhalt bereits in den Ausguss der Küchenspüle. Dann kehrte sie ins Wohnzimmer zurück. Hier erwarteten sie recht ungeduldige, inzwischen allerdings auch leicht verkrampfte Gesichtszüge. Gelassen beugte sie sich über Olivers zu einem Viertel vollen Glas, hob es an und goss den edlen und letzten Tropfen über seine Glatze.

„Du Scheißkuh, bist du wahnsinnig geworden?"

Olivers Gesicht erglühte in einem dunklen Rot. Er sprang auf, wollte sich auf sie stürzen, doch er strauchelte und landete wieder auf seinen vier Buchstaben. Er raste einerseits vor Wut, andrerseits war er offenbar nicht mehr in der Lage, seine Bewegungen vernünftig zu koordinieren. Wie peinlich!

Kaspar stand in der Ecke, in der er bis vor wenigen Sekunden noch gesessen hatte und verfolgte den Ablauf des Geschehens einigermaßen schockiert. Er wirkte verstört und entsetzt. Seit Jahrzehnten spulte er sein Programm ab und noch niemals war ihm eine solch kampfeslustige Furie begegnet. Immer hatte ihm seine hypnotisierende, telepathische Kunst dazu verholfen, sein Ziel zu erreichen. Was war in diese Frau gefahren, auf diese Weise seine Pläne zu durchkreuzen?

Für ihn ungewöhnliche Schmerzen durchfuhren seinen Körper, doch er beachtete sie bewusst nicht. Er suchte nach Maßnahmen, die die verzwickte Angelegenheit für ihn zum Positiven wenden könnten? Diese missliche Situation hier war mehr, als Kaspar ertragen konnte. Er sollte erst einmal den Raum und diese Hexe, die ganz frech seine Energien fraß, verlassen. Er musste sich stärken, um erneut zu reagieren. Zu gegebener Zeit würde er ihr dann den Garaus machen. So viel war sicher!

Er bemerkte plötzlich, wie sehr er bereits in die Defensive gedrängt worden war, denn in diesem besonderen Augenblick dachte er wirklich ans Reagieren. Diesen Teil des Lebensspiels und die damit verbundenen Rollen hatte er bisher allein seinen Opfern überlassen. Er hatte die Fäden stets in der Hand gehalten. Er „agierte" normalerweise! Die Menschen, die er verdammte, hatten gefälligst zu „reagieren".

Kaspar startete einen letzten Versuch, Miranda zu schwächen. Mit erhobener Hand, die es gewohnt war, Naturgewalten zu kommandieren, schritt er auf sie zu und drohte mit überschlagender, lauter Stimme: „Aus dem Weg, du Wurm. Ich befehle dir, jetzt dein Antlitz zu verhüllen und mir zu gehorchen. Ich bin dein Herr und du bist meine Dienerin!"

Jetzt war es an Miranda, in Gelächter auszubrechen. Sie lachte so ausgelassen wie seit Jahren nicht mehr. Ohne sich wirklich beruhigen zu können, ging sie zur Tür, öffnete diese und gab den beiden Männern unmissverständlich zu verstehen, sich augenblicklich zu verziehen. Oliver, der unter Kaspars tönenden drohenden Worten, in sich zusammengesunken wirkte, verließ ohne sichtlichen Widerstand die Wohnung. Hier gab es nichts mehr zu saufen, wie er mit einem schnellen Besuch in der Küche voller Panik feststellen musste. Auf der Anrichte standen nur ausgeleerte Flaschen, deren letzten Tropfen er hechelnd in sein Maul hatte fließen lassen. Die Türen seiner Verstecke standen offen. Also war auch dort nichts mehr zu holen. Was für eine diabolische Verschwendung. Geld genug hatte Oliver allerdings in der Tasche und Kneipen gab es reichlich. Mit dieser Lösung gab er sich zunächst zufrieden.

Den Gedanken an Flucht fortschiebend, versuchte Kaspar angestrengt, jedoch vergeblich, sich gegen die aufflammende, innere Kraft dieser Frau zur Wehr zu setzen. Immer wieder probierte er, mit seinen geistigen Händen in Mirandas Kopf herumzustochern, um einen Winkel zu entdecken, in dem er sie packen konnte. Ein Eckchen, in dem er seine Stärke einsetzen konnte, die aus ihrem erstaunlichen Willen ein ohnmächtiges Nichts zaubern würde. Nur so konnte es ihm gelingen, ihre machtvollen Handlungen ins Gegenteil zu verdrehen. Doch es wollte nicht glücken. Es war nicht einmal so, dass ihm Mirandas ungeheure mentale Dynamik und Intensität zu schaffen machte. Nein, er brachte überhaupt nicht fertig, an sie heranzukommen, ihre Spiritualität zu erreichen. Sie hatte sich entweder abgeschottet oder eine enorme Autorität beschützte sie.

Für diesen Moment gab er auf! Frustriert von dem fruchtlosen Vorstoß in Mirandas ehemals so labile, angstbesetzte, von Ohnmacht geprägte Welt drückte er sich hinter Oliver aus der Wohnung hinaus. Er bebte vor Zorn, sah jedoch ein, jetzt nichts weiter unternehmen zu können. Schwäche floss durch sämtliche Gefäße seines wandelbaren Körpers. Schweißperlen bildeten sich auf heißer Stirn. Er brauchte dringend Energien, wirksame Kraftspender, nicht solche, die ihn beim kleinsten Ausreißversuch seiner Opfer zusammenbrechen ließen. Auf eines konnte sich Miranda verlassen, diese Tatsache mussten alle Frauen aus Olivers Linie erfahren: Seine Zeit würde auf jeden Fall kommen!

Freiheit

Ein Geist zerrt an dir und lässt dich nicht los.
Er tanzt mit dir seinen Reigen.
Und die Gedanken kreisen pausenlos,
um dir die Werte des Lebens deutlich zu zeigen.

So wie du dich drehst zu stiller Musik,
da glaubst du dich endlich zu kennen.
Du bist frei und betrachtest mit offenem Blick,
zerborstene Mauern, die dich nicht mehr trennen.

Nun findest du sie, die Leidenschaft,
reißt dir den dunklen Geist aus dem Herzen.
Wirfst hinaus die Mächte, die rauben die Kraft,
hell strahlen zum Reigen tausende Kerzen.

Es ist nun dein Tanz, um den es sich dreht.
Wirst nicht mehr gezerrt und gezogen.
Es ist deine große Liebe, die vor dir steht.
Du bist einzig, hast dich niemals verbogen.

Sie war allein, den schlafenden Johannes im Nebenzimmer wissend. Sichtlich erschöpft, aber dennoch zufrieden mit dem Ergebnis ihres Ausbruchs, schaute Miranda auf die Uhr. Zwanzig Minuten nach zehn. Es war so lange her, seit sie das letzte Mal mit ihren Eltern gesprochen hatte. In ihren Träumen sah sie ihre liebevolle Mutter oft, ihren grundgütigen Vater trug sie in ihrem Herzen. Ob sie sie um diese Zeit noch anrufen konnte?

Sie wollte ihnen keine allzu großen Sorgen bereiten. Nein, Quatsch, dieser Grund entsprach einer abgrundtiefen Lüge. Sie schämte sich wegen ihrer Sucht, die sie monatelang, ja eigentlich ein ganzes Jahr gefangen gehalten hatte und dankte innerlich tausendfach für ihre spontane Befreiung. Mama hatte einmal gesagt, bis halb elf könne man problemlos mit ihnen telefonieren. Miranda kam es vor, als sei diese Aussage in einem anderen Leben ausgesprochen worden. Sie griff zum Hörer und wählte zuerst die Vorwahl, dann tippte sie die Nummer der Eltern ein. Bereits beim dritten Klingeln hob ihr Vater den Hörer ab und meldete sich: „Reith!"

„Hallo Papi, entschuldige, dass ich..."

„Miranda, wie schön, ich wusste irgendwie, dass du es bist. Wie geht es dir, mein Kind?"

Die Worte kamen so liebevoll rüber, im Nu standen Miranda Tränen in den Augen und prompt flossen sie wie ein Wasserfall. Es war eine solche Erlösung, die liebenswerte Stimme ihres Vaters zu hören. Herr Reith schwieg langmütig am anderen Ende der Leitung und ließ sein Kind erst einmal gewähren. Sie hatte sich so lange nicht gemeldet. Er konnte sich denken, wie viel Schlimmes sie erlebt haben musste. Denn er kannte sein Kind. Sie würde nichts tun, was ihre Eltern bekümmerte oder verunsicherte. Und gerade deshalb regte sich Frau Reith seit Wochen Tag und Nacht auf. Selbst einmal bei ihrer Tochter anzurufen und nach dem Rechten zu fragen, trauten sie sich nicht mehr. Ein paarmal hatte ihnen Oliver aufs Gemeinste zugesetzt, wenn sie ihre Tochter sprechen wollten, so dass sie mit ihr vereinbarten, sie möge anrufen, wenn es passte.

„Klaus, ist es Miranda?", tönte es plötzlich aus dem Hintergrund. Die Stimme von Mirandas Mutter klang schrill vor Aufregung.

„Ja, Liebling, beruhige dich, es ist Miranda. Es geht ihr gut."

„Na, Gott sei Dank!"

In der Zwischenzeit ebbte Mirandas Tränenfluss deutlich ab und sie war wieder in der Lage zu sprechen.

„Papa, ich rufe euch morgen früh an. Ich habe ganz viel zu erzählen, dazu ist es aber heute Abend zu spät. Mit mir ist jetzt wieder alles okay. Das wollte ich euch nur schnell sagen! Eine furchtbare Etappe liegt hinter mir, doch dazu komme ich später. Johannes ist ein prima Kerl. Er ist sehr gewachsen und fit wie ein Turnschuh. Ich liebe euch!"

„Also, dann bis Morgen, mein Engel. Deine Mutter lässt dich grüßen und küssen. Danke, dass du dich gemeldet hast. Wir waren krank vor Sorge um dich und Johannes. Nimm den keinen Kerl von uns in den Arm. Wir lieben dich auch!"

Sie verabschiedeten sich und Miranda legte auf. Nachdem sie sich ordentlich die Nase geschnäuzt hatte, ging sie hinüber ins Wohnzimmer. Oh je. Hier riss sie mit einer aggressiven Bewegung die Fensterflügel auf, zog das Rollo ein Stück weit hoch, damit frische Nachtluft in den Raum eindringen konnte. Der wesentlichste Anteil dieser unangenehmen Luftverschmutzung, der sich in sexuellen und alkoholischen Ausdünstungen von Seiten der widerlichen Spielereien ihres Partners ausdrückte, wurde auf diese Weise hinausgeweht. Der Zustand, in dem sie leben musste, kotzte sie an. Wie beinahe jeden Abend fühlte sie sich vom Tag erneut beschmutzt, ohne selbst etwas dazu beigetragen zu haben.

Miranda atmete tief durch. Was eben im Angesicht ihrer Peiniger so einfach ausgesehen hatte, war tatsächlich ganz leicht gewesen. Mit einem Mal fühlte sie sich beseelt, hochgehoben von einer unsichtbaren Macht. Seit sie die Briefe lesen und mit ihren guten Freunden über die Zusammenhänge sprechen konnte, glaubte sie fest daran, Frank irgendwann wieder zu treffen. Eine Ahnung, wie sich dieses Wiedersehen gestalten konnte, hatte sie nicht.

Aber in ihr erwachte endlich der Mut, sich gegen ihre Peiniger zu stellen. Sie würde weiterhin für sich und Johannes etwas Geld, Kleidung und liebgewonnene Gegenstände zurückzulegen, um im Falle einer spontanen Flucht gewappnet zu sein. Der Zeitpunkt nahte! Sie würde Oliver verlassen! Sie wollte nicht länger sein Opfer sein! Ihr Sohn sollte in einer ruhigen, konstruktiven Atmosphäre aufwachsen. Nicht in dem seelisch, moralischen Dreck, dem Sündenpfuhl wider aller Ästhetik, den ihr Partner und sein netter Freund ihr und dem Kind ständig aufdiktierten. Mit dieser Aktion am heutigen Abend war das Maß voll. Oliver hatte eindeutig den Vogel abgeschossen. Schon Morgen würde sie mit ihren Eltern und mit Sabine über die Optionen sprechen, die ihre neue Zukunft gestalten würden.

Liebend gerne würde sie eine Wohnung in der Nähe der Schreibers beziehen. Sie war sich natürlich nicht sicher, ob die Entfernung ausreichen würde, um sich und Johannes, aber auch Sabines Familie vor den nicht kalkulierbaren Übergriffen der beiden Monster zu schützen. Wenn sie aber wieder in ihre Heimat zurückkehrte, wäre sie so weit von Sabine und den Gesprächen über Frank entfernt. Eine neuerliche Flutwelle der Sehnsucht, die sie Tag für Tag und vor allem Nacht für Nacht überrollte, drohte sie machtvoll zu überschwemmen. Wie sehr würde Johannes Sindra wohl vermissen, wenn sie von hier fortgingen? Die Kinder verband eine innige Freundschaft. Wären sie in ihrer alten Heimat wirklich sicher? In ihrer vermaledeiten, verqueren

Situation galt es nun, jeden Schritt fürsorglich und verantwortungsbewusst abzuwägen, damit sich alles zum Besten wenden konnte.

In den frühen Morgenstunden telefonierte sie mit Sabine. Nach den schlimmen Regenfällen, den beängstigenden Gewittern und den tosenden Stürmen erlebte sie endlich eine beinahe friedvoll anmutende, ruhige Wetterlage. Schleierhafte Nebelfelder zogen noch zwischen Büschen, Bäumen und Sträuchern hindurch, krochen schleichend über den Asphalt und verliehen der Landschaft eine mystische Aura.

„Hallo, Sabine, ich bin es Miranda. Könnten wir uns gleich schon treffen oder hast du heute anderes vor?", fragte sie die Freundin.

„Meinst du, unsere Kinder sollten den berühmten Faulpelztag nehmen? Ich bin dabei. Sindra war gestern Abend dermaßen liebebedürftig und anhänglich. Ich glaube, sie kann gut einmal zu Hause bleiben. Außerdem ist sie ein bisschen verschnupft. Ich hole dich ab, wenn es recht ist?"

„Natürlich ist es mir recht!", antwortete Miranda, froh, ihre Freundin gleich sehen zu können. „Wann bist du da?"

„Ich helfe Sindra schnell beim Anziehen, dann frühstücken wir eine Kleinigkeit. Sagen wir in circa einer halben Stunde. Unsere Wohnung können wir vielleicht gemeinsam aufräumen?"

„Klar, bis dann. Ich freue mich!"

„Johannes, was hältst du davon, wenn wir heute den Kindergarten ausfallen lassen und den Tag bei Sabine und Sindra verbringen?"

„Klasse, Mama! Kann ich auch meine Arche Noah mitnehmen?"

Johannes hatte zu seinem Geburtstag dieses wundervolle Holzschiff geschenkt bekommen, das sein ganzer Stolz war. Mit ihm spielte er stundenlang. Das stattliche Schiff in einfachster Bauweise bildete eine gute Grundlage, die es dem Kind ermöglichte, biblische Geschichte nachzuspielen. Viele Tierfiguren gehörten dazu. Im Spielwarenladen konnte man kleine Geschenkpäckchen mit immer neuen Tierpärchen nach und nach dazu kaufen. Jedes Mal, wenn Johannes solch ein kleines Paket in der Hand hielt, war er vor lauter Vorfreude ganz aufgeregt.

Rasch räumte Miranda das Gröbste auf. Spülte die Schnapsgläser von Oliver und Kaspar, lüftete alle Räume sorgfältig durch, um den Zigarettenrauch vom gestrigen Abend endgültig rauszuschmeißen und bereitete sich dann auf Sabines Ankunft vor. In der verbleibenden Zeit bis dahin telefonierte sie noch einmal mit ihren Eltern. Sie versuchte, ihre missliche Lage zu erklären, sprach jedoch nicht ausdrücklich von Frank. Wie sollten Vater und Mutter verstehen, was im letzten Jahr passiert war, wenn sie selbst keine genaue Deutung anzubieten hatte. Aber das Gespräch half beiden Seiten, sich wieder anzunähern.

Wo Oliver die Nacht verbracht hatte, wusste Miranda nicht. Es interessierte sie auch nicht die Bohne. Sie selber hatte sehr unruhig geschlafen, glaubte Geräusche und Schritte zu hören. Doch, immer wenn sie aufstand, um nachzusehen, drang ihr beruhigende Stille entgegen. Sie wusste genau, Kaspar ließ die gestrige Niederlage nicht auf sich sitzen. Allerdings würde sie vorbereitet sein. Eine viel zu lange Zeitspanne hatte sie den sicheren Status eines eigenständigen Menschen aufgegeben, aber niemals würde sie ihre Seele aufgeben. Ihr Innerstes, abgeschottet vor der Grausamkeit der Menschen, die ihr Böses wollten, hatte gelitten, keine Frage. Aber sie war daran nicht zerbrochen.

Trotz der körperlichen Müdigkeit, die eine Nacht hinterlassen hatte, in der man nur in Etappen zu seiner wirklichen Ruhe fand, fühlte sich Miranda seelisch geradezu aufgeladen. Ein Auto hupte vor dem Haus. Schnell lief sie ans Fenster und winkte ihrer Freundin zu. „Ich habe dich gesehen!", hieß das.

Flink schob sie ihrem Sohn die Schuhe über die Füße und riss ihren abgewetzten, leichten Sommermantel vom Haken. Johannes trug bereits eine von ihr selbstgemachte Strickjacke, hatte sein Köfferchen mit der Tieren in der einen und die Arche in der anderen Hand und ab ging die Post. Raus aus der Wohnung, in der sie sich die letzten Jahre überhaupt nicht wohl gefühlt hatte. Sie hatte alles gegeben, um der kleinen Familie ein kuscheliges Heim zu schenken, aber ihr Partner Oliver und seine korrupten Verhaltensweisen erlaubten ihnen keine familiäre Wohlfühlatmosphäre.

Als sie am Hauseingang eintrafen, lachte Sabine: „Na, da habt ihr euch aber beeilt, was?"

„Deine Hupe war nicht zu überhören!", lächelte Miranda zurück und küsste ihre Freundin liebevoll auf die Wange. Die Kinder beobachteten die Geste und schmatzten sich ihrerseits ab, was zu weiterem Gelächter bei ihren Müttern führte. Johannes, das einzige männliche Wesen im Auto verzog spöttisch seine Miene und meinte: „Frauen!"

Daraufhin hielten sich die „Frauen" vor Lachen den Bauch, während Sindra, einen Blick auf ihren Freund werfend, verächtlich die Augen rollte und „Männer" flüsterte. Das konnte ja heiter werden.

Miranda hatte sich seit Franks Verschwinden nicht mehr so frei, so gelöst und glücklich gefühlt, wie in diesem Augenblick. Es zeigte sich, sie musste nicht saufen, um den Verlust des Geliebten zu kompensieren. Sie betete ihn an, ob sie ihn je wieder zu Gesicht bekam oder nicht. Diese Liebe, diese umwerfende, innige, unendliche Liebe existierte, niemand konnte sie ihr nehmen. Eine stärkende Kraftwelle durchströmte sie an der Seite der Schwester des geliebten Mannes. Selbst Kaspar musste sich vor dieser Woge der Leidenschaft in Acht nehmen, das hatte der erfolgreiche Rausschmiss am Abend zuvor deutlich bewiesen.

Da es tagelang geregnet hatte und sich heute zum ersten Mal wieder die Sonne zeigte, und das von ihrer besten Seite, entschieden sich die Freundinnen, mit ihren Kindern einen ausgedehnten Spaziergang zu machen. Sie parkten den Wagen auf dem Stellplatz neben dem Haus und gingen ein Stück den Weg entlang, den Miranda bei Mondschein mit Frank spaziert war. Erinnerungen überwältigten sie. Ab und zu drückte Miranda Sabines Arm, um sich ihrer Gegenwart zu versichern. Denn die Bilder, die ihr Gehirn überschwemmten, nahmen ihr beinahe die Sicht für die Realität.

Nach einigen hundert Metern bogen sie in einen schmaler werdenden Pfad ein, der in den nahegelegenen Wald führte. Da es immer noch reichlich früh am Morgen war, hatte es die Sonne noch nicht geschafft, die feinen, tänzelnden Nebelschwaden aufzusaugen, die die Witterung hervorgebracht hatte. So hingen diesige Schleier feinsten Nebelgespinstes zwischen den Ästen und Zweigen, legten sich als weißliche Schicht auf die Moosteppiche zu ihren Füßen und verwandelten die Landschaft in eine mystische, geisterhafte Welt.

Johannes und Sindra tobten begeistert zwischen den Bäumen herum und spielten Verstecken. Tatsächlich waberten die Nebelfelder an einigen Stellen so dicht, dass sich die Feuchtigkeit undurchsichtig wie eine riesige, weiße Mauer vor ihnen aufbaute und die Kinder sich hinter dieser Wand aus abermillionen Wassertröpfchen prima verbergen konnten.

Die Freundinnen marschierten derweil schweigend nebeneinander her, lachten hin und wieder über die Sprüche ihrer Kleinen und blickten sich entspannt um. Wie schön und angenehm die morgendliche Atmosphäre in ihre Körper und Herzen drang und sie mit tiefer Dankbarkeit und Kraft ausfüllte. Der Schmerz um den Verlust des Bruders und des Geliebten hatte einen festen Platz in ihren innersten

Bereichen eingenommen und meldete sich bei jeder sich bietenden Gelegenheit zu Wort. Doch zeigte sich diese Gram nicht mehr so akut und alles überdeckend, wie in den Zeiten davor. Ein Hauch von Frieden senkte sich über ihre Gemüter.

Miranda dankte für den immensen Motivationsschub, den sie durch die veränderten Ereignisse erhalten hatte. Sabine freute sich zu sehen, dass es ihrer Freundin Tag für Tag um ein Vielfaches besser ging. Sie hatte sich in den letzten Monaten sehr um Miranda gesorgt und spürte eine zärtliche Zuneigung, gespickt mit einer Portion Mitgefühl für sie.

Teils ihren Gedanken nachhängend, teils mit Gesprächen beschäftigt, verließen sie den dichten Wald und gelangten auf ein freies Gelände. Vor ihnen lagen grüne Wiesen und Weiden und ein riesigen Weizenfeld. Den beiden Frauen blieb die Spucke weg. Selbst Johannes und Sindra, die eben noch in ihr Spiel vertieft umhertobten, verharrten und starrten still und andächtig in die wundersame Welt, die sich ihnen offenbarte.

Filigrane, aber auch dichtere Nebelschleier schwebten vor ihnen in der Luft, bauten sich plötzlich auf wie eine Wand, die die übrige Natur zu verbergen suchte. Die Sonne, versteckt hinter den Bäumen eines angrenzenden Waldstückes, senkte helle Strahlen durch die Zweige und Äste in das feine Gespinst aus Unmengen winziger Wasserperlen. Über den Boden huschten zarte weiße Wolken, die von einer nicht auszumachenden Quelle sanften Windes angetrieben wurden, dabei regte sich kein Lüftchen. In der einen Sekunde erkannte man vor sich das saftig grüne Gras der Weidefelder, dann im nächsten Moment segelten leise Schatten über sie hinweg, durchsetzt von den funkelnden Strahlen der Sonne. Das intensive Grün verschwand fast ganz und machte einem Meer von Farben Platz, die sich dauernd zu verändern schienen.

Völlig gebannt und fasziniert von dem großartigen Schauspiel der Natur, hielten sich die vier Personen an den Händen, die sich im Laufe der Vergangenheit so nahe gekommen waren. Sabine und Miranda wischten sich ein paar Tränen aus den Augenwinkeln, die sich verstohlen zwischen den Wimpern hervorgewagt hatten. Nach einigen Minuten war der begeisternde Spuk vorbei. Die Sonne hatte ihre Arbeit getan. Ihre Wärme und Kraft befähigte sie, die Feuchtigkeit der Nebelbänke aufzusaugen und zu schlucken. Der wolkenlose blaue Himmel versprach einen großartigen heißen Sommertag. Die Anwesenden kehrten aus ihrer Verzauberung in die reale Welt zurück, erst einmal nicht in der Lage, über dieses seelenheilende Wunder zu sprechen, an dem sie soeben teilhaben durften. Tief grub sich das Erlebte in ihre Herzen ein und schenkte den beiden tapferen Frauen Hoffnung und Trost.

Langsam, seelisch noch ganz eingebunden in das Ereignis, kehrten sie zum Haus der Schreibers zurück. Eine Weile spielten Miranda und Sabine „Schwarzer Peter" mit den Kindern. Je länger sie sich mit den Karten beschäftigten, desto nervöser wurde Miranda. Sie wollte endlich die schmutzigen Tatsachen vom gestrigen Abend loswerden. Obwohl sie keinerlei Beziehung mehr zu Oliver wünschte, musste sie über ihre Gefühle, die das ekelhafte Verhalten ihres Partners und Kaspars in ihr ausgelöst hatte, mit jemandem bereden. Sabine hatte immer zu ihr gehalten. Die Widerlichkeiten der vergangenen Jahre brannten ihr auf dem Herzen und sie fühlte, wie dringend sie sich der Freundin anvertrauen musste.

Nach einer halben Stunde hatten die Kinder keine Lust mehr. Das Spiel lief zwar mit viel Gelächter ab, doch irgendwann hatte es sich ausgelacht. Sie wollten auch nicht mehr stille sitzen und verlangten danach, in den Garten und in Sindras Holzhaus gehen zu dürfen. Sabine fürchtete sich Tag für Tag vor diesem frommen Wunsch der beiden, da sie sich, auf Grund der Negativunterstützung eines Kaspar Leimas, auf ihrem Grundstück schon längst nicht mehr sicher fühlte. Aber das Wetter war wunderschön und die Racker konnten eine weitere Portion Sauerstoff und noch mehr Bewegung gut gebrauchen. Also biss sie in den sauren Apfel, öffnete die Terrassentür und ließ Johannes und Sindra hinaus. Diese rannten sofort los, in den hinteren Teil des Areals und bald hörte man ein aufgeregtes Geschnatter, während sie „Vater, Mutter", „Kind" spielten. Die Rolle des Kindes übernahm eine von Sindras zahlreichen Puppen.

Miranda und Sabine trugen Gartenstühle und ein Tischchen in die Nähe des Häuschens. Nahe genug, um die Kleinen im Auge behalten zu können und weit genug weg, um in Ruhe zu reden. Dann holten sie die Papiere und das Buch, das Miranda inzwischen Peter und Sabine überantwortet hatte, dazu Notizblock und Stifte und machten es sich bequem. Es ging nun darum, befriedigende Antworten zu finden.

Bevor sie sich jedoch ihrer Arbeit zuwandten, berichtete Miranda mit leiser Stimme, damit die Kinder auch wirklich nichts hören konnten, von den obszönen Geschehnissen des Abends zuvor. Sie beschönigte nichts, es gab keine noch so perverse Aktion von Oliver mehr, die sie hätte erniedrigen können. Sie fürchtete auch nicht, sich vor Sabine zu blamieren. Mittlerweile hatte sie gelernt: Nicht sie musste sich schämen, sondern er. Der Mann, der seine eigentlich positiven Veranlagungen und Fertigkeiten einsetzte, um Menschen zu quälen und zu missbrauchen. Sie fand auch keine Entschuldigung dafür, dass er sich von Kaspar hatte beeinflussen lassen. Für Miranda stand eindeutig fest, wenn Oliver sie wirklich und wahrhaftig geliebt hätte, wäre es zu diesen Übergriffen, auf welcher Ebene auch immer, niemals gekommen. Oliver misshandelte sie seit vielen Jahren. Er schlug sie und deckte damit problemlos die Straftat des physischen Missbrauchs ab. Er betrog und vergewaltigte sie und entsprach so der sexuellen Variante. Ihre Seele litt unter beidem. Das wusste Miranda nur zu gut. Aber diese Tatsache reichte Oliver nicht aus! Er musste sie zu allem Überfluss auch noch verbal entwürdigen und sie oftmals in der Öffentlichkeit mit Ausdrücken aus der Fäkalsprache demütigen. Mit all diesen Maßnahmen versuchte er aus ihrer Person ein Nichts zu machen. Beinahe wäre es ihm gelungen. Es erleichterte ihr Schicksal nicht, ob Kaspar ihn vielleicht hypnotisierte, ihn verblendete oder gar Telepathie anwandte. Oliver verriet sie und seine Liebe zu ihr in dem Moment, in dem er sie das erste Mal zu Gunsten dieses Gecken verunglimpft und herabgewürdigt hatte.

Sie dankte Gott auf Knien dafür, ein Kind wie Johannes in ihren Armen halten zu dürfen und mit Leuten Kontakt zu haben, die sie liebten und unterstützten, wie Sabine und ihre Familie. Sie nannte einen wundervollen Menschen wie Leon „Freund", weil er in einer Art Warteschleife neben ihr existierte, gewappnet für den wichtigen Augenblick, in dem er gebraucht wurde. Auch ihre Eltern standen auf ihrer Seite, obwohl sie sich gerade im letzten Jahr mehr als rar gemacht hatte.

Mit diesen Menschen gesegnet, galt es nun, diese nicht zu enttäuschen. Die daraus resultierende gute Kraft weiterzuentwickeln und zu verstärken, die sie ihr geschenkt und mit auf den Weg gegeben hatten, um sie sinnvoll einzusetzen. Von Gefühlen unvermittelt überrumpelt, nahm Miranda Sabines Hand in die ihre, zog sie an ihren Mund und küsste sie unter Tränen. Tränen der Rührung, des unsagbaren Empfindens, sich geliebt und geborgen zu fühlen.

„Wofür war das denn?", fragte Sabine, ein wenig irritiert. Jedoch, als sie in Mirandas verweinte Augen blickte, wusste sie, sie selbst hatte sich diese kleine, liebevolle Geste verdient. Eine Freundin zu sein, auf die Verlass war. Die im rechten Moment ihre Klappe hielt und notwendige

Ratschläge nicht einfach sofort aussprach, sondern den hilfebedürftigen Menschen in aller Ruhe auf den richtigen Weg führte. Mit der inneren Gewissheit, wie unnütz es war, sich selbst in den Vordergrund drängen zu wollen und sich einzumischen, wenn eine Person, die man mochte, mit sich selbst bis aufs Blut kämpfte. Jemand zu sein, der auch mal schwieg, wenn eine Rüge vielleicht angebracht schien. Abwartend und helfend im Hintergrund agierte, um dem anderen seine Erfahrungen zu ermöglichen. Genau damit hatte sie Miranda sehr geholfen. Und sie liebten den gleichen Mann, jede auf ihre Weise.

Grenzenloses Mitgefühl schwang in Sabines Herzen und berührte eine Stelle, an der andere Bekannte, die sich von Miranda längst abgewandt hatten, äußerten: „Wenn sie sich das von dem Chaoten gefallen lässt, ist sie doch selbst schuld!"

Natürlich mochten die kritischen Stimmen im Recht sein. Doch für Sabine ging es hier nicht ums Recht. Emotionen ließen sich nicht mit logischem Gequatsche wegdiskutieren. Sie fühlte, eine höhere Macht stocherte in dem verwirrenden Geschehen herum. Es gestaltete sich schwierig, dieser nicht greifbaren Gewalt Einhalt zu gebieten. Miranda jedoch hatte sich nie unterkriegen lassen, sie versorgte ihren geliebten Sohn vorbildlich, trotz aller Verunglimpfungen durch ihren Partner und durch Kaspar.

Sabine ahnte von den alkoholischen Eskapaden der Freundin. Viel zu oft hatte sie die schleppende, leicht lallende Stimme wahrgenommen, manchmal auch die aggressive Wortwahl ihrer Freundin zu spüren bekommen. Besonders in den Abendstunden, wenn sie zum Ausklang des Tages nochmals telefonierten. Aber Sabine hielt das aus! Denn sie wusste auch, diese Unzulänglichkeiten würden in dem Moment beendet sein, wenn sich für Miranda ein Tor öffnete. Ein Durchgang in die Freiheit, hinaus aus Elend, Hass und brutaler Gemeinheit. Der jedoch ebenso aus der tiefen, zerstörenden Trauer um Franks Verlust hinausführen konnte, die sie mehr lähmte, als sie sich selbst eingestand.

Nun hatte sich zu ihrer aller Freude nicht nur eine rettende Tür für sie beide aufgetan, denn auch Sabine war schließlich in das Geschehen eingebunden, das sich um sie herum spiegelte. Sondern Fenster und riesige Portale sprangen auf. Der zu erwartende Befreiungsschlag war möglich geworden durch die wichtigen Unterlagen, die sie in den Händen hielten. Und die ihnen hoffentlich eine berechtigte Chance gaben, der grausamen Szenerie um sie herum Einhalt zu gebieten.

Es war soweit! Der Kampf hatte begonnen! Nein, nicht der Kampf, sondern die Spiele hatte begonnen! Auf einen irregulären Kampf ließen sich die Frauen und ihre Familienangehörigen nicht ein. Dies konnten andere tun!

Wege zur Heilung

Und die Zeit fliegt dahin wie auf Adlerschwingen,
die Jahre vergehen in diesem Flug.
Könnte sekündlich von vorne beginnen,
doch das wäre auch nur ein neuer Betrug.

Ein sehnendes Herz kommt wohl niemals zur Ruh'.
Steht nahe am Abgrund, es fehlt gar nicht viel.
Macht hoffend des Abends die Augen zu,
führt es tags drauf auch gar nicht ans Ziel.

Plötzlich blickt eine zitternde Seele staunend zurück.
Das Leben tut längst nicht mehr weh.
Die Stunden verschwimmen in dem Augenblick
und füllen mit Tränen den kosmischen See.

Draußen erlaubte sich der Sommer, besonders schön und faszinierend zu sein. Sie Sonne stand inzwischen hoch am Himmel und lud die Anwesenden ein, sich in ihrer Wärme zu erholen. Gönnte ihnen, die inneren Akkus mit dieser besonderen Energie aufzuladen.

Die Papiere hatten Miranda und Sabine durchgesehen. Diese Schreiben von Linette Ströwe, Mirandas unbekannter Schwiegermutter, die sie nie kennenlernen durfte, schienen eilig von geschwächter Hand hingekritzelt worden zu sein. Dieser Umstand jedoch machte den Freundinnen deutlich, wie bedeutsam sie tatsächlich für Linette, für ihr Leben und für das ihrer heutigen Familien waren. Sie suchten intensiv nach dem Wesentlichen, nach aufklärenden Gründen, warum ausgerechnet sie beide in diese Situation geschubst worden waren. Sie schoben ihre Liegen dicht nebeneinander, lehnten sich zurück, öffneten das Buch und begannen zu lesen.

Linette

Grausam / Lebendig

Und in der Düsternis schauen
Augen hinaus aus dem Grauen.
Eine Welle der Bosheit startet,
ergreift die Hand, auf die diese Hölle schon wartet.
Flammendes Inferno hüllt die Erde nun ein,
lässt die Welt erzittern und die Wesen schrein.
Es tut sich auf der Gaia Schlund,
fauliges Wasser fließt aus ihrem Mund.
Der Boden wird von der Gülle getränkt,
Lebenslust und Freude von ihr verdrängt.
Und der Sterne hellleuchtender Strahlen,
bringen nur Kummer, Trauer und Qualen.

Plötzlich erhebt sich, ohne zu streiten,
eine Quelle aus Licht beginnt sich auszubreiten.
Rein und nur aus der Liebe geboren,
umarmt sie das Land, das schien für immer verloren.
Großartig ist es, nun zuzuschauen,
wie sich Menschen endlich wieder vertrauen.
Wie die Schwärze verschwindet und die Sonne lacht,
wie unermessliches Glück vertreibt die Kälte der Nacht.

Linette kehrte aus der Stadtbücherei nach Hause zurück. Sie hatte ein Buch gestohlen. Schamröte stieg ihr den Hals hinauf bis in die Wangen, wenn sie auch nur im Ansatz an dieses Vergehen dachte. Aber sie hatte nicht anders handeln können. Der irritierende Einband dieser scheinbar uralten Ausgabe zwang sie nachhaltig zu dieser spontanen, wenn auch unrechten Maßnahme.

War das nicht Ludwig Maisel, der dort auf dem Deckblatt des für sie unbekannten Werkes grauen- und auch eindrucksvoll posierte?

Rasch, nervös und mit zitternden Händen sorgte Linette dafür, dass ihr Liebling Oliver versorgt war und sie ihn zu Bett bringen konnte. Obwohl er selbst sehr gut lesen konnte, las ihm noch schnell aus einem seiner Kinderbücher vor, dann aber wurde sie von quälender Neugierde gepackt. Sie küsste ihren Sohn eilig, allerdings nicht weniger zärtlich wie an jedem Abend, wenn sie sich zur Nacht verabschiedeten. Seine dünnen Ärmchen umschlossen sanft ihren Hals und sie vergaß für ganz kurze Zeit ihre Ungeduld. Als er von ihr abließ, um sich müde in die Kissen fallen zu lassen, drängte sich ihr Vorhaben vehement ins Gedächtnis zurück. Flink huschte sie aus dem Zimmer, um sich dem Lesestoff zu widmen, den sie vor ein paar Stunden aus der Bibliothek hatte mitgehen lassen.

Grausam verzerrt blickten ihr die Züge des Mannes aus der glänzenden Pappe entgegen, der ihren Heinrich in diese entsetzliche Kreatur verwandelt hatte. Von der dämonischen Gestalt, die den Einband dekorierte, nahm sie an, dass er eine Kopie desjenigen verkörperte, mit dem sie Tag für Tag kämpfen musste. Sie erkannte in ihm die elende Bestie Ludwig Maisel wieder. Der Teufel selbst schien sie zu verhöhnen und sie entdeckte in seinem Antlitz auch Ähnlichkeiten mit dem bösen Gesicht ihres Ehepartners. Sie fürchtete sich entsetzlich, der ruchlosen Macht des einen Unholds, der Heinrich beherrschte und ihm befahl, nicht gewachsen zu sein. Sie starrte auf das Abbild und Schauer, gepaart aus Angst und Faszination, durchfluteten ihr System. Sie hastete hinüber in ihr kleines Arbeitszimmer und griff dort nach einer Rolle Packpapier. Dieses schnitt sie sich eilends zurecht und hüllte das Deckblatt des Buches darin ein, welches auf so abstruse Art in ihre Hände gelangt war. Sie konnte das Satanische in der grotesken Visage der Titelfigur nicht länger ertragen. Geisterähnliche Wesen, die sich an den Gecken schmiegten, um ihn scheinbar zu hofieren und ihm nahe zu sein, machten ihr nicht weniger zu schaffen. Ekel kam in ihr hoch, der ihren Magen umzustülpen drohte.

Abgesehen davon war ihr in den letzten Tagen sowieso oft furchtbar schlecht gewesen. Die Schmerzen in ihrem Bauch hatten wieder verstärkt eingesetzt. Es handelte sich nach wie vor um die gleiche Stelle: Es stach entsetzlich in ihrem Unterleib, dort wo Heinrich bei einem für ihn längst vergessenen Streit heftig zugetreten hatte. Nicht nur einmal, sondern immer wieder, um sie zur Raison zu bringen, wie er laut herausschrie. Sie hatte nichts vergessen! Jeder einzelne Nerv erinnerte sie schmerzhaft an die Grausamkeiten, die sie von Seiten ihres Mannes immer häufiger ertragen musste.

Erschöpft ließ sie sich auf das Sofa fallen. In ihrem Unterleib wütete ein jähzorniges, giftiges Tier. Heinrich hatte sich schon morgens von ihr in seiner gewohnt barschen, cholerischen Art auf unbestimmte Zeit verabschiedet. Für Linette hieß das, er ging nach Verlassen seines Büros zu einer seiner Geliebten. Ihr war das nur recht. Sie war dankbar, geradezu befreit, wenn ihr Mann sich nicht in ihrer Nähe aufhielt.

Sich innerlich zur Ruhe rufend, unterdrückte sie weitere abschweifende Gedanken, versuchte den beißenden Druck im Körper zu ignorieren und wandte sich wieder dem Diebesgut zu. Auf den ersten Blick handelte es sich bei dem

Buch um eine ganz normale Büchereiausgabe. Der Stempel der Stadtbücherei stach ihr in einem Tiefblau aus Stempeltusche entgegen. Im Inneren des hinteren Deckblattes klebte die Liste, in die Angestellte der Bibliothek entsprechende Ausleihdaten eintrugen. Doch nur ein einziger ihr unbekannter Name war hier aufgeführt. „Buchmann" stand in deutscher Schrift, die heute keiner mehr schrieb, in der Tabelle, die die Ausleiher benannte. Auf den zweiten Blick allerdings erkannte Linette, sie hielt ein wirklich betagtes Buch in ihren Händen. Die Blätter waren zwar nicht so extrem vergilbt, wie man es sich von einem etwa hundert Jahre alten oder sogar noch älteren Schinken vorstellen konnte. Aber die Schriftzeichen, die außergewöhnliche Druckkunst, führte sie zu der Ahnung hin, etwas Besonderes vor sich zu haben. Wie konnte es sein, dass Ludwig Maisel dort aus dem Einband in ihr Gesicht starrte? Sie fühlte seine Augen durch das Packpapier hindurch, die sie genau taxierten und wusste gleichzeitig: Es konnte nicht sein! Ähnelte er dem Mistkerl einfach nur? Anspannende Neugierde, die befriedigt werden wollte, ließ ihre körperliche Schwäche weiter in den Hintergrund treten.

Sie entschloss sich, das Werk zu nehmen, das Arbeitszimmer zu verlassen und sich in ihr eigenes Zimmer zurückzuziehen. Schon seit Langem teilte sie sich das Schlafzimmer nicht mehr mit ihrem Mann. Rasch zog sie sich aus, wusch sich gründlich im Bad und huschte in ihren Hausanzug. Dann verschwand sie endgültig in ihrem Raum und verbarrikadierte sorgfältig die Tür. Das geschah mit dem Wissen, dass Heinrich, wenn er in seinem Überzorn tobte, dieses Holzbrett in keinster Weise als Hindernis ansah, wenn er sich Einlass verschaffen wollte. Doch ihr gab es in diesem Augenblick ein wenig das Gefühl, von dem Monster abgeschottet zu sein. Wie auch immer, noch war er ja nicht daheim. Sie aber war zu einer Diebin geworden und sie hatte einiges riskiert. Die Zeit war reif, sich um den Band in ihrer Hand zu kümmern, statt sich noch weiter mit quälenden, unnützen Gedanken abzugeben. Heinrich vergnügte sich anderswo und ließ sie vorerst in Ruhe. Alles war gut. Davon ging sie aus!

Also schlug sie aufgeregt und zappelig die erste Seite auf.

Ludger Rosenau / Das Mysterium

Traumwelt

Er hatte die wahre Liebe gespürt.
Fühlte sich glücklich in den Himmel verführt.
Sie hatten einander alles zu geben,
wollten sich binden für ein ganzes Leben.

Er hielt sie stets fest und ließ sie nicht los,
empfand ihre Nähe in seinem Schoß.
Rein, unverdorben, sie liebten sich frei
und der helle Schein der Wonne war immer dabei.

Doch nicht weit entfernt, da wartet bereits
die Dunkelheit und versucht ihrerseits,
aus dem Glück zweier Menschen ihren Vorteil zu
ziehen.
Sie sahen es nicht und konnten nicht mehr entfliehen.

Nur die Welt der Träume würde auf Dauer die ihre sein.
Hier sind sie zusammen und nicht mehr allein.
Jedoch das Erwachen tut jedes Mal weh.
Tränen der Trauer füllen den See.

Aber so sollte die wahre Liebe nicht zu Ende gehen.
Er wollte sie wieder in seinen Armen sehen.
Um sie zu holen, ergab er sich böser Macht,
ruhelos streift er durchs Leben in finsterer Nacht.

So viele Augenblicke schon will er sich rächen.
Der Hass sitzt tief, droht ihn zu zerbrechen.
Verändert die Seelen, derer, die ihm begegnen,
lässt ihre Tränen seine inneren Flüsse beregnen.

Ich weiß nicht mehr, wer ich bin. Du hast mich verlassen, meine Schöne, meine Geliebte. Mein Leben gleicht einer einzigen Träne. In ihr sehe ich mich eingeschlossen. Ich schwimme in ihr, wie in einer Blase aus unendlicher Trauer. Zwar fühle ich mich geschützt in ihrer Umhüllung, sie lässt die mitleidigen Blicke der Menschen in meiner Umgebung nicht an mich heran. Jedoch bin ich allein. Gefangen in den eigenen Gefühlen. Sie erlauben mir nicht, offen und ehrlich um dich zu trauern, meine Sonne.

Der Hass frisst mich auf. Er nagt an jeder Faser meines Herzens, welches einst nur für dich und unsere Liebe schlug. Nun ist es ein grober Klumpen aus heißem Lavagestein. Brennend und feuerspeiend, um der Gewalt, die dir zugefügt wurde, gerecht zu werden. So sehr hatte ich gehofft, dich und die Frucht unseres Glückes aus den grausamen Händen des Monsters retten zu können. Nun seid ihr beide nicht mehr. Du, meine Süße, folgtest unserem ungeborenen Kind, welches dem brutalen Gebaren eines erbarmungslosen Despoten zum Opfer fiel. Ich kann nicht einmal zu euch gelangen. Mein Leben ohne euch hat an Wert verloren. Meine Abscheu vor dem barbarischen Mörder der Menschen, die ich mehr als alles andere auf der Welt geliebt habe, ist grenzenlos. Der Tod schenkt mir gewiss keine Erlösung. Der Zorn, der in mir wütet, wie ein wildes Tier, wird mich auch im Jenseits nicht zur Ruhe kommen lassen. Wir drei sind um unser gemeinsames Leben betrogen worden. Eine Existenz in der Ewigkeit, vereinigt mit euch, gibt es für mich nicht. Noch nicht!

Mit dieser Seite begann das Buch, das Linette Ströwe hier in ihren Händen hielt. Gespannt, was dem jungen Ludger zugestoßen sein mochte, blätterte sie diese um und fand sich sodann in seiner Welt wieder.

Ludger Rosenau, Sohn von Reinhild und Rutloff

Rosenau, wurde im Jahre 1784 als Sohn reicher Gutsherren geboren, die in der feinen Gesellschaft des Adels verkehren durften. Sie selbst hatten keinen Adelstitel. In ihrem Stammbaum, der sich weit zurückverfolgen ließ, begann ihre Karriere als reiche Gutsbesitzer vor etlichen hundert Jahren in einer winzigen Bauernkate, aus der sie unermessliche Erträge erwirtschafteten. Der prachtvolle Gutshof, der einem Schlösschen ähnelte, stand später an gleicher Stelle, an der sich einst das armselige Häuschen befunden hatte. Nun erlaubte ihnen ihr immenser Reichtum, sich auf den Festen und Treffen der Elite zu tummeln.

Bei einem Bankett lernte Ludger die süße Ariadne kennen. Ariadne von Traumstein, das schönste Mädchen, das er je zu Gesicht bekommen hatte. Er selbst war ein hübscher, ansehnlicher Junge von achtzehn Jahren, der sich kaum vor Angeboten reizender Damen zu retten wusste. Doch war er sich auch bewusst, dass Frauen aus diesen Kreisen nur eine Liaison für ihn bereithalten konnten. Denn, wenn es sich um die Ehe drehte, blieb der Adel unter sich. Niemals heiratete eine Adlige einen Bürgerlichen und umgekehrt. Also ließ er sich auch auf keine Beziehungen ein. Er fand den Umgang mit dieser teils dekadenten, oberflächlichen Brut eher amüsant und lustig, als ihn wirklich ernst zu nehmen.

Ariadne war anders. Ihr konnte er nicht widerstehen. Sie war so wunderschön, so liebreizend anzuschauen mit ihren unschuldigen sechzehn Jahren. Das mit Spitzen besetzte hellgrüne Seidenkleid unterstrich den Glanz und die Intensität ihrer großen, grünen Augen. Sie besaß eine umwerfende Ausstrahlung, mit der sie ihn sofort in ihren Bann schlug. Ehe er sich versah, musste er sich eingestehen: Er, Ludger Rosenau, war bis über beide Ohren in sie verliebt. Dieser Prozess nahm nur wenige Sekunden in Anspruch, schon brannte sein Herz lichterloh, voller Liebe für die wunderbare Maid.

Ariadne schaute ihn an, flirtend und anmutig. Zaghaft erst aus der Ferne, dann mit einem immer offeneren Blick. Schon bald war ihm klar, auch ihr war er nicht gleichgültig.

Nach diesem Abend, an dem sie sich im Rahmen der damaligen Etikette bewegten und sich, entsprechend der Regeln, eher verhalten näherten, wurde aus den beiden Liebenden dennoch schnell ein Paar. Ariadne verstand es aufs Geschickteste, ihre Anstandsdame loszuwerden, indem sie ihr immer spektakulärere Aufgaben übertrug.

So oft es möglich war, gingen sie im Wald spazieren, der hinter dem Gutshaus der Rosenaus aufragte oder schwammen an warmen Tagen in einem herrlich gelegenen See. Nicht lange und sie kamen sich so nahe, wie Mann und Frau sich nur nahe sein können, wenn sie in Liebe füreinander entflammt sind. Leise geflüsterte Zärtlichkeiten und Liebesschwüre kamen ihnen einfach über die Lippen. Sie waren sich sicher, zusammen zu gehören und niemand würde sie trennen können. Zwei Jahre durchlebten sie, heimlich in ihrem Liebestaumel gefangen, ihre glückselige Welt. Sie schien täglich schöner und glanzvoller zu werden. Dann aber sollte das Unmögliche in ihre Wirklichkeit, in ihr heiles Universum einbrechen.

Baron Alerich von Ströwelow besuchte mit seiner Familie die von Traumsteins auf ihrem Landsitz. Ariadne wurde Karl-Ludwig von Ströwelow, dem einzigen Sohn des Hauses, beim Essen als Tischdame zugewiesen. Er fühlte sich sogleich zu ihr hingezogen. Die Eltern Ariadnes ahnten zwar um die im Verborgenen gelebte Liebe ihrer schönen Tochter zu dem Bürgerlichen Ludger; eine Heirat zwischen den beiden kam für sie allerdings nicht in Betracht. „Eine Jugendschwärmerei", interpretierte Isabell von Traumstein diese Freundschaft. Eine andere Variante ließ sie der Einfachheit halber nicht zu.

Ohne mit Ariadne darüber zu sprechen, billigte Hagen von Traumstein den Antrag Karl-Ludwigs, der seine

Tochter unbedingt zu heiraten wünschte. Beide Adelshäuser waren angesehen und von hohem Rang. Die Blutlinien sollten und konnten so weiterhin reinblütig bleiben. Als Ariadne von dem Bündnis erfuhr, welches ihr Vater mit den von Ströwelows geschlossen hatte, lehnte sie zornig diese bevorstehende Vermählung ab. Sie liebte Ludger und sie erwartete ein Kind von ihm. Die vielen innigen Momente zwischen den beiden trugen wunderbare Früchte. Obwohl sich die Liebesleute der unehrenhaften Situation bewusst waren, freuten sie sich unbändig auf ihr Kind der Liebe.

Über dieses wundervolle Ereignis schwieg Ariadne aber vorläufig. Sie wehrte sich mit allen ihr zur Verfügung stehenden Argumenten, um diesen Beau von Ströwelow nicht ehelichen zu müssen. Aber umsonst! Unnachgiebig forderten ihre Eltern von ihr Gehorsam, um die Absprache, die in ihrer Abwesenheit getroffen worden war, einzuhalten. Schon bald stand der Hochzeitstermin fest. Ariadne und Ludger litten Höllenqualen.

Als Isabell von Traumstein sah, wie ihr Kind mehr und mehr der Traurigkeit zum Opfer fiel, schwenkte sie um. Sie hatte nur diese eine Tochter und wollte sie nicht unglücklich sehen. So redete sie auf ihren Mann ein und bat ihn flehentlich, mit der verbündeten Familie über den geschlossenen Kontrakt zu sprechen. Dieser versuchte tatsächlich, die von Ströwelows zu einem Rückschritt zu bewegen, hatte aber nicht mit deren Hartnäckigkeit gerechnet. Alerich ließ sich auf keinerlei Diskussionen ein. Er drohte dem anderen bei Nichteinhaltung des Vertrages, ihn finanziell zu ruinieren, ihn zu verunglimpfen, um ihn schon zu Lebzeiten, ewiger Verdammnis zuzuführen. Entsetzt gab Hagen von Traumstein auf, denn er kannte die konsequenten, oft unnachsichtigen und harten Handlungen seines Mitstreiters nur zu gut. Er sah keine Chance, jetzt noch etwas für sein Kind zu tun. Also ergab er sich in das Unvermeidliche. Von der Schwangerschaft der entsetzten, unglücklichen Braut ahnte zu diesem Zeitpunkt niemand etwas.

Das Schicksal nahm seinen Lauf. Das Datum der Hochzeit näherte sich mit Riesenschritten. Ludger und Ariadne bekamen sich nicht mehr zu Gesicht, denn ihre Eltern fürchteten, sie könnten eine Dummheit machen und gemeinsam fliehen. Also schlossen sie Ariadne vorsorglich in ihrem Zimmer ein. Die junge Frau, die Vater und Mutter stets als liebenswert und gerecht empfunden hatte, verstand die Welt nicht mehr. Sie zeigten sich ihrer Tochter gegenüber ungerechtfertigt standhaft und hielten eisern an ihren Plänen fest.

Erst am Tag der Hochzeit öffneten sie die Türe, um die junge Frau vor dem großen Ereignis entsprechend zurechtmachen zu lassen. Das Hochzeitskleid wurde ihr übergezogen und die Haare auftoupiert. Das blasse Gesicht, welches von Traurigkeit und Bitterkeit gezeichnet war, wurde aufwendig geschminkt, um Karl-Ludwig seine Braut attraktiv und reizend zu übergeben. Den beiden Zofen, die Ariadne schon von klein auf kannten, zerriss es das Herz. Sie hatten hier keiner glücklichen Braut in das Brautkleid geholfen, sondern einer erstarrten, hölzernen Puppe das weiße Gewand übergestreift.

Das trübselige Mädchen konnte und wollte sich nicht verstellen. Die Eheschließung, die großartig und pompös als Freudenfest aufgezogen wurde, mutierte im Laufe des Tages zu einer Trauerfeier. Es fiel im wahrsten Sinne des Wortes ins Wasser. Immer wieder weinte Ariadne bitterlich, konnte sich nicht beruhigen. Karl-Ludwig erschien den Anwesenden als eine Art Lachnummer. Das Verhalten seiner frisch angetrauten Ehefrau erzürnte den jungen Baron aufs Heftigste. Gegen Abend zischte er ihr heimlich und bedrohlich leise ins Ohr: „Ich schwöre dir, diesen Hochzeitstag werde ich dich büßen lassen, du undankbares Weib, so wahr ich hier sitze! Nie wieder machst du mich vor all unseren Nachbarn derartig zum Narren!"

Nachdem die Brautleute mit viel Aufhebens seitens der Gäste zu ihrem Brautgemach geleitet worden waren, klopfte Ariadnes Herz voller Angst. Panisch sah sie der ersten Nacht mit ihrem ungeliebten Gemahl entgegen. Karl-Ludwig würde erfahren, dass sie keine Jungfrau mehr war und sich sicherlich an ihr rächen wollen.

Es kam schlimmer, als sie sich je vorzustellen wagte. Karl-Ludwig tobte wie ein Berserker. Eine Hure hatte sich sein Erbe erschlichen. Er schlug sie grün und blau und verließ, nachdem er sie mehrfach aufs Brutalste vergewaltigt und sie immerzu eine Dirne geschimpft hatte, das gemeinsame Schlafzimmer, um sich haltlos mit einigen übriggebliebenen Besuchern zu betrinken. Dann kehrte er torkelnd ins Zimmer zurück, riss seine Frau erneut aus dem Bett und prügelte auf sein inzwischen völlig wehrloses Opfer ein. Eine solche Schmach hatte sie ihm beschert, dafür musste sie leiden.

Seine Eltern hörten seine gewaltsamen Ausbrüche, obwohl sie den anderen Flügel des weitläufigen Anwesens bewohnten. Boten aber keinen Einhalt. Sie verstanden die maßlose Enttäuschung, die ihren Sohn ergriffen hatte. Gerne hätten sie die Ehe annullieren lassen, wenn sie nicht fürchten müssten, ihr Gesicht zu verlieren. Sie hatten sich eine Stute andrehen lassen, die bereits längst eingeritten war. Die Dienerschaft und die wenigen Übernachtungsgäste zogen sich die Decken über die Köpfe, um das entsetzliche Gemetzel nicht weiter verfolgen zu müssen. Doch dies war vergebliche Liebesmühe.

Am nächsten Morgen zog der verkaterte, immer noch blindwütige Mann seine Braut an den Haaren aus ihrem gemeinsamen Schlafzimmer und schleppte die verletzte Frau an die Frühstückstafel. Hier behandelte er sie mit liebevoller Aufmerksamkeit und Fürsorge. Den bestürzten Bediensteten gefror das Blut in den Adern. Ihr junger Herr kam ihnen vor, als sei er nach eintägiger Verwandlung geradewegs der Hölle entsprungen. Sein teuflisches Lächeln ließ sie verstummen. Schweigend, möglichst präzise, verrichteten sie ihre Arbeit, damit der Bösewicht bloß nicht auf sie aufmerksam wurde. Die wenigsten der Domestiken mochten ihn wirklich gern, aber, nachdem was sie letzte Nacht mit anhören mussten, entwickelten sie panische Angst vor ihm. Sämtliche Nerven ihrer Körper verfielen in Alarmbereitschaft und das Mitgefühl für ihre neue Herrin wuchs mit jedem Moment, in dem sie sie ansahen.

Ariadne saß wie in Trance am Tisch und ließ sich von Karl-Ludwig wie ein Baby füttern, der Übelkeit nahe. Ihr Innerstes starb Stück für Stück ab und eine lähmende Kälte erfasste großflächig ihren ganzen Körper. Sie zitterte wie von Schüttelfrost befallen. Karl-Ludwig ignorierte die schlechte Konstitution seiner Frau, zerrte sie nach dem Frühstück von ihrem Stuhl und trieb sie vor sich her zurück in ihr gemeinsames Gemach. Dort schmiss er sie auf das Bett, dessen Laken zahllose Blutflecken von den Wunden aufwies, die er ihr nachts zugefügt hatte. Angewidert wandte er sich von ihr ab.

Seine Eltern lernten in diesen Augenblicken, sich vor den grausamen Verhaltensweisen ihres eigenen Kindes zu fürchten. Ein dämonischer Schatten hatte sich über den Charakter des jungen Mannes gelegt und weitete sich gnadenlos über das gesamte Familiensystem aus, auf das sie seit Generationen voller Würde geblickt hatten. Die Herren der von Ströwelow wurden nicht unbedingt geliebt, galten aber als konsequente und gerechte Herrscher hier im Land. Solcher Herrschaft diente man gerne. Diese positive Meinung, die sich das Umfeld über hunderte von Jahren von den ansässigen Familien gebildet hatte, führte Karl-Ludwig innerhalb dieser Tage ad absurdum. Unruhig verließ er Ariadne, zog sich in sein Zimmer zurück, kleidete sich um und ritt hinaus aufs freie Feld, um sich im wilden Galopp von den erduldeten Demütigungen der vergangenen vierundzwanzig Stunden abzureagieren.

Von nun an musste Ariadne von Ströwelow täglich die brutalen Übergriffe ihres grausamen Ehemannes ertragen. Regelmäßig mit blauen Flecken am Hals und im Gesicht übersät saß sie zu den Mahlzeiten am Tisch, doch sie beklagte sich nicht. Sie lebte nur noch für das Kind, welches sie von Ludger unter dem Herzen trug. Die Nächte, in denen Karl-Ludwig abwesend war, entschädigten sie für die Grausamkeiten und die Kälte, die sie tagsüber erlitt. Dann nämlich träumte sie. Träumte von Ludger, von einem winzigen Kind und einer gemeinsamen Zukunft.

Ansonsten war sie für alle ansprechbar, sprach aber von sich aus nie. Sie lächelte nicht, wandelte wie eine Marionette durch das Haus ihrer Schwiegereltern, deren Bewohner sich allen Ernstes fragten, wann endlich ein Erbe die Linie weiter fortsetzen möge.

Elisabeth von Ströwelow empfand wahrlich Mitgefühl mit ihrer Schwiegertochter. Vielleicht konnte ein Stammhalter die brutale Seite Karl-Ludwigs zähmen. Gewisse Anzeichen, dass ein Kind unterwegs sein könnte, glaubte sie schon zu entdecken, traute aber ihrem eigenen Urteil in diesem Falle nicht. Blässe und Übelkeit konnten auch von den zwanghaften Umständen herrühren, die dieses Leben Ariadne zu bescheren wusste. Zu furchtsam und schwach dem eigenen Sohn gegenüber, traute sie sich nicht, der jungen Frau zur Seite zu stehen. Außerdem hätte sich Ariadne vor der Ehe nicht auf eine Liebschaft einlassen dürfen oder hätte es wenigstens gestehen sollen. Dann wäre Karl-Ludwig gar nicht auf die Idee gekommen, dieses Weib zu heiraten, das jetzt solchen Unfrieden stiftete und damit ihr ordentlich geführtes Haus in Misskredit brachte. Selbst Alerich schien sich unter der Wucht der Gräueltaten zu verändern, die in ihrem Heim Einzug gehalten hatten.

Mochte Ariadne sehen, wie sie zurechtkam, dachte Elisabeth bitter.

Ludger litt wie ein Hund. Er vermisste Ariadne in jeder Sekunde seines Daseins. Überall sah und fühlte er sie auf seinem Hof. Sie lebte in dem frischen Geruch des Strohs, in dessen anschmiegsamer, naturbelassener Wärme sie sich das erste Mal geküsst hatten. Zu zweit tummelten sie sich in den nahegelegenen Waldstücken. Jeder Baum, jeder Ast, jeder Grashalm erzählte ihm von ihr. Dennoch existierte sie nur in seiner Phantasie. Sein Herz schmerzte, sein Kopf gaukelte ihm Trugbilder vor. Er glaubte wahrhaftig, verrückt zu werden. Ludger freute sich auf ein Kind, das er wahrscheinlich niemals zu Gesicht bekommen würde. Karl-Ludwig hatte ihm alles genommen, was ihm in seinem jungen Leben wichtig gewesen war.

An einem kühlen Novemberabend saß er in seinem Zimmer vor einem wärmenden Kamin, der gleichzeitig die einzige Lichtquelle bildete. Die lodernden Flammen warfen bizarre zuckende Schatten an die steinernen Wände. Plötzlich klopfte jemand zaghaft an seine Tür.

„Herein!", rief er ein wenig ungehalten. Es war ihm in seiner Niedergeschlagenheit lästig, seine trüben Gedanken unterbrechen und jetzt noch mit jemandem reden zu müssen. Zaghaft glitt die Tür zu seinem Schlafgemach auf. Das Küchenmädchen Rosalia trat auf leisen Sohlen über die Schwelle.

„Verzeihen Sie, Herr Rosenau, aber ich bringe Nachrichten von der jungen Frau Ariadne. Darf ich eintreten, wenn es beliebt?"

Mit einem Male hellwach und in freudiger Erwartung auf die Magd starrend, spürte Ludger, wie jede Nervenfaser seines Körpers zu vibrieren begann. „Natürlich, Rosalia, komm nur herein. Und rede, in Gottes Namen, rede!", voller Ungeduld blickte er der jungen Frau entgegen.

„Ich, ich", stotterte Rosalia, vor Aufregung wurde sie

ganz rot im Gesicht. „Ich bin mit dem Jakob zusammen. Der arbeitet als Diener im Hause von Ströwelow", gestand sie dem Herrn ein. „Und der Jakob sagt, dass die gnädige Frau Ariadne schlimme Schläge und Wunden davonträgt, weil der Herr so grausam zu ihr ist. Bitte Herr Ludger, verraten Sie mich nicht. Ich spreche nur zu Ihnen, weil mein Liebster ein feiner Kerl ist und solche Gewalt furchtbar verabscheut. Helfen Sie der Frau Ariadne! Sie verfällt mehr und mehr. Die Baronin von Ströwelow hat jetzt auch noch entdeckt, dass sie schwanger ist. Auch, wenn das Kind von diesem grauenvollen Menschen stammt, es ist doch ein Leben, was wir nicht einfach verrecken lassen dürfen!"

Durch Gesten Ludgers aufgefordert, erzählte Rosalia von all dem Bösen, welches sich auf dem Grundstück der von Ströwelows zutrug. Auch davon, dass niemand der armen Kreatur zu Hilfe eilen durfte, wenn er nicht aufs Schärfste von Karl-Ludwig bestraft werden wollte. Noch nie zuvor hatte Ludger die fleißige, stille Rosalia so viele Sätze am Stück reden hören. Und schon lange hatte er niemandem mehr so gebannt zugehört.

„Ich danke dir, Rosalia, weil du so offen zu mir warst. Gehe jetzt, ich muss überlegen, was zu tun ist!"

Rosalia knickste demütig und verschwand geschwind aus dem düsteren Gemach ihres Herrn. Dieser saß zusammengesunken in seinem tiefen Ohrensessel, Tränen des Mitleides mit dem elendigen Schicksal seiner Geliebten rannen seine Wangen herunter. Viele Stunden weinte er immer wieder mit kurzen Unterbrechungen, in denen er seufzend vor sich hinstarrte. Er konnte sich nicht beruhigen. Irgendwann fiel sein Kopf auf die Rückenlehne und er döste erschöpft ein.

Mitten in der Nacht wachte er plötzlich auf. Sein Schädel brummte, seine Augen brannten, trotzdem fühlte er sich merkwürdig frisch. Ein Anflug von Tatkraft durchströmte seine Adern und er machte sich daran, seine wirren Gedanken zu ordnen und zu kanalisieren. Er wollte seine Liebe retten, komme, was da wolle! Noch wussten die von Ströwelows nicht, dass Ariadnes Kind von ihm war. Davon hatte Rosalia nichts erwähnt. Er wagte sich nicht auszumalen, wie Karl-Ludwig reagieren würde, wenn er davon Kenntnis bekam. Bevor dies der Fall sein würde, musste er handeln. Ein Plan nahm in seinem Gehirn Gestalt an. Er würde sich die Frau seines Herzens zurückholen, indem er sie aus den Armen des barbarischen Rohlings befreite, als der sich Karl-Ludwig entpuppte. Doch dazu brauchte er Hilfe. Wie diese auszusehen hatte, wusste er noch nicht. Also nutzte er die letzten Nachtstunden, um grübelnd auf seinem Bett zu liegen und wirkungsvolle Optionen zu überdenken.

Als sich am nächsten Morgen die Herbstsonne über den Rand des Horizontes schob, hatte er ein Konzept zur Rettung seines Schatzes parat. Ariadne schwebte in akuter Lebensgefahr, sollte sie weiterhin diesem Dämonen ausgeliefert bleiben. Für ihn ging es jetzt darum, Menschen zu finden, denen er vertrauen konnte und die er unbedingt überreden musste, ihn zu unterstützen.

Erleichtert, endlich handeln zu können, sattelte er sein Pferd, nachdem er, von Sorgen und Übelkeit geplagt, auf ein Frühstück verzichtet hatte. Nervös saß er auf und ritt zu Hagen und Isabell von Traumstein. Sie mussten verdammt noch mal wissen, was mit ihrem Kind geschah. In wilder Hatz jagte er über das Land und stand eine halbe Stunde später vor dem stattlichen Anwesen von Ariadnes Eltern.

Ein ältlicher, distinguierter Diener öffnete ihm nach mehrfachem Anklopfen das Portal und führte ihn in die große, eindrucksvolle Eingangshalle. Ludger bat den freundlichen, aber distanziert auftretenden Lakaien um ein Gespräch mit seiner Herrschaft.

Egon, der von Rheuma geplagte Dienstbote, wackelte

schwerfällig in Richtung des Frühstückszimmers der von Traumsteins, nicht ohne dem jungen Mann zuvor einen Platz auf einem der Stühle aus schwerem Eichenholz offeriert zu haben. Dankbar nahm Ludger dieses Angebot an und ließ sich kraftlos in die weiche Polsterung sinken. Er musste der unruhigen Nacht Tribut zollen. Wenige Augenblicke später weckte eine zarte Hand den Schlafenden auf.

„Was ist geschehen, junger Freund? Warum müsst Ihr zu so früher Stunde mit uns reden?", fragte die aufgeregte, angstvolle Stimme von Isabell von Traumstein. Isabell und Ariadne sahen einander sehr ähnlich und Ludger versetzte ihr Anblick einen scharfen Stich in sein geschundenes Herz.

„Verzeiht, ich wollte Euch nicht stören, doch ist mein Anliegen mehr als dringend. Gestern Nacht suchte mich unsere Dienstmagd Rosalia auf. Sie brachte schlechte Kunde über Eure Tochter. Jakob, Rosas Liebster, ist einer der Stallknechte der von Ströwelows. Er berichtet von schrecklichen Misshandlungen, denen sich Eure Tochter aussetzen muss."

Isabell schlug sich entsetzt die Hand auf den Mund, um einen Schrei zu unterdrücken und auch Hagens Gesicht, der hinter seiner Frau aufgetaucht war, nahm bei Ludgers Worten eine wächserne Farbe an. Ludger berichtete alle furchtbaren Details, über die ihn Rosalia in Kenntnis gesetzt hatte und vergaß auch nicht zu gestehen, dass Ariadne guter Hoffnung sei. Dieses Kind aber stamme aus seinen Lenden und nicht aus denen ihres Ehemannes. Die Schwangerschaft sei bisher weitgehend unentdeckt geblieben, doch es sei sicherlich nur eine Frage der Zeit, wann Karl-Ludwig herausbekäme, dass das Ungeborene unmöglich von ihm sein konnte.

„Ich fürchte um das Leben Eurer Tochter und das meines ungeborenen Kindes. Ich wende mich an Euch, in der Hoffnung auf Eure Hilfe. Ich muss Ariadne befreien, ehe ihr ein weiteres, noch grausameres Leid zustoßen kann."

„Wie aber hat ein Knecht von all dem erfahren können?", fragte Hagen, der sich erschöpft niedersetzen musste.

„Wenn ich Rosalia richtig verstanden habe, unterbricht Ihr feiner Herr Schwiegersohn seine Bestialität nicht einmal in Anwesenheit des Gesindes. Außerdem seien die Wunden und blauen Flecke am Hals, im Gesicht und an den Händen offen zu sehen. Es scheint, als rühme sich Karl-Ludwig damit, auf diese Weise seine Gemahlin unter sein grausames Joch zu zwingen."

Plötzlich hastete der Diener, so schnell es ihm möglich war, herbei und fing seine Herrin gerade noch rechtzeitig auf, bevor sie auf dem steinernen, mit Mosaiken bedeckten Boden aufschlagen konnte. Gemeinsam mit Hagen und Ludger legte er die ohnmächtige Frau auf ein Chaiselongue und fächelte ihr Luft zu. Kurze Zeit danach öffnete die traurige, bestürzte Mutter ihre Augen. Tränen voller Mitgefühl mit ihrem misshandelten Kind rannen ihre kalkweißen Wangen herunter.

„Oh, Hagen, wie haben wir uns nur so versündigen können. Unser einziges Kind haben wir, lediglich aus gesellschaftlichen Überlegungen heraus, diesem boshaften Ungeheuer in die Hände gespielt. Natürlich müssen wir ihr helfen!"

Wieder zu Kräften gekommen, forderte sie den jungen Mann auf, sie in den Salon zu begleiten, um hinter verschlossenen Türen, fern von den Ohren der Dienerschaft, ihr Vorgehen zu organisieren. Trotz der frühen Morgenstunde ließen sie sich von dem alten Butler ein Glas Sherry bringen, um die lähmende Kälte des Schocks ein wenig abzumildern. Sie beratschlagten den ganzen Morgen, wie vorzugehen sei und ehe das Mittagsmahl aufgetragen wurde, waren sie sich einig.

Isabell und Hagen von Traumstein würden sich zuerst

einmal unter einem Vorwand bei den von Ströwelows einladen. Bei dieser Maßnahme ging es darum, sich selbst ein Bild vom Zustand ihrer Tochter zu machen und das feindliche Terrain auszukundschaften. In der Zwischenzeit würde Ludger einen Brief an Ariadne verfassen, den Rosalia ihrem Geliebten Jakob, zur Übergabe an die junge Frau, bringen sollte. In diesem Schreiben bäte Ludger um ein heimliches Treffen mit ihr, an einem der Orte, an dem sie schon früher zusammengefunden hatten. Dort wollte er mit seiner Angebeteten einen Fluchtplan besprechen. Sie kannte mittlerweile die Gewohnheiten ihrer neuen Familienmitglieder und würde wissen, welches der richtige Zeitpunkt für ihr unerlaubtes Verschwinden wäre.

Die Konzepte gingen auf. Jakob und Rosalia stellten dabei eine unverzichtbare Hilfe dar. Ludger sah nach drei Monaten seine Geliebte zum ersten Mal wieder. Kleine Narben, frische, wie alte blaue Flecken, ebenso gelbgrün verfärbte Hautstellen, Wunden und Kratzer übersäten Ariadnes Gesichtspartie. Entsetzt blickte er sie an, erkannte voller Wut das ganze Ausmaß des erlittenen Missbrauchs und versprach der Sonne seines Lebens unter Tränen, ihr auf ewig beizustehen. Sie schmiegte sich an ihn, unendlich dankbar für sein Angebot, ihr Martyrium zu beenden und ihr ihre Würde wiederzugeben. Am liebsten hätte er sie sofort mit sich genommen, aber Ariadne lehnte dieses Angebot vehement ab: „Meine Tagebücher sind noch dort und viele persönliche Gegenstände. Ich möchte dem Schinder nicht meine liebsten Schmuckstücke überlassen, vor allem nicht das kleine Herz, welches du mir einst geschenkt hast. Wir brauchen einen Fluchtplan, der uns Sicherheit gibt und unsere Helfer vor der grausamen Hand Karl-Ludwigs schützt."

Am darauffolgenden Sonntag sollte eine Treibjagd stattfinden, wusste Ariadne ihrem Liebsten zu berichten. Ihr Gemahl nähme gewiss daran teil. Auch Elisabeth und

Alerich ließen sich dieses blutige Ereignis bestimmt nicht entgehen. Etliche Angehörige der häuslichen Dienerschaft verpflichteten sich im Wald als Treiber. Das große Gebäude wäre praktisch für diese Stunden mit einem Minimum an Personal bestückt. Ein perfekter Tag für eine Flucht.

Am nächsten Tag wollten Hagen und Isabell ihr Kind besuchen. Sie hätten von der Vermutung einer möglichen Schwangerschaft gehört, gaben sie an. Eine Magd hielt sie allerdings an der Pforte zurück. Die junge Herrin fühle sich nicht wohl und brauche dringend Ruhe, ließe Elisabeth von Ströwelow ihnen ausrichten. Die von Traumsteins blieben jedoch hart: „Eine Frau in ihrem Zustand ist sicher dankbar, wenn die eigene Mutter ihr ein paar Hilfen mit auf den Weg geben kann, solange sie guter Hoffnung ist. Ich weiß noch, wie sehr ich von Unruhen und Ängsten geplagt war, als ich mit Ariadne schwanger ging. Ich war sehr froh, in dieser Zeit meine liebe Frau Mama um mich zu wissen, die mir raten konnte und mich beruhigte."

Die Magd nickte Isabell resigniert zu und verschwand erneut im Hause. Nach wenigen Minuten kam Elisabeth höchstselbst an die Tür, um die Schwiegereltern ihres Sohnes persönlich einzulassen.

„Oh, wie nett von Ihnen, Ihrer Tochter, unserer lieben Ariadne, Ihre Aufwartung zu machen", flötete sie, obwohl sie die Monate vorher jeglichen Kontakt zu Ariadne bewusst unterbunden hatte. Sie führte die Besucher in eine abgelegene, gemütliche Sitzecke der Halle und bat sie, dort zu warten.

Die Familie von Ströwelow war entsetzt über den plötzlichen Besuch der Eltern, wussten die Zofen kaum noch, ihre Schwiegertochter so zu schminken, dass alle Makel verschwanden, die Karl-Ludwig deren Tochter zugefügt hatte. Aber ihnen blieb nichts anderes übrig, als Hagen und Isabell von Traumstein Einlass zu gewähren, die wie ein undurchdringliches Bollwerk auf den Stufen vor ihrem Portal standen. Es handelte sich um ihr Kind, sie konnten ihnen kaum einen Besuch verwehren.

Ariadne war an diesem Vormittag auf die „fürsorgliche Bitte" von Karl-Ludwig hin von dem Hausarzt der Familie untersucht worden. Der prügelnde, gemeine Despot wollte das Leben eines möglichen Erben nicht in Gefahr bringen. Deshalb schaltete er den Mediziner ein, um in Erfahrung zu bringen, ob mit der Schwangerschaft seiner Gattin alles in Ordnung sei.

Der Heilkundige hatte Ariadne lange untersucht und schon bald festgestellt, diese Frucht im Leibe der jugendlichen Frau war wohl gesund und kräftig, aber sie existierte dort bereits ein wenig länger, als es Karl-Ludwig wähnte. Obwohl er die Wunden und die frischen Vernarbungen sah, traute er sich nicht, Ariadne in Schutz zu nehmen und die skandalösen Ergebnisse seines Befundes zu verschweigen. Ihr selbst vertraute er seine Diagnose nicht an, aus Angst oder Feigheit, sie möge ihn anflehen, ihrem Gemahl nichts von dem fortgeschrittenen Wachstum des Fötus zu berichten. Und ihn damit in einen drohenden Loyalitätskonflikt zu treiben, dem er nicht gewachsen war. Ariadne gegenüber zeigte er sich mit ihrer Konstitution und der des Babys zufrieden. Stattdessen reifte in ihm eine andere Idee. Von Geldgier angestachelt, erhoffte er sich von der Wahrheit ein ordentliches Säcklein voller Goldmünzen, als Belohnung dafür, aufrichtig der Herrschaft gegenüber gehandelt zu haben. Deshalb ließ er den jungen Herrn von Ströwelow nicht im Ungewissen.

Obwohl er von dem Skandal gehört hatte, Ariadne solle nicht rein in die Ehe gegangen sein, äußerte er: „Verehrter Herr von Ströwelow haben sich sicherlich bereits mit Ihrer Dame vergnügt, bevor es zu der Eheschließung kam? Das Kind, welches die junge Baronin unter ihrem Herzen trägt, ist nunmehr sechs Monate alt. Verheiratet seid Ihr erst seit drei Monaten. Ich denke, wenn es Euch beliebt, kann ich die Zeit der Geburt ein wenig herauszögern, damit keine unangenehmen Fragen in Gesellschaftskreisen auftauchen."

Karl-Ludwig, schäumend vor Wut, hörte kaum mehr hin. Er entließ den dienernden Hausarzt mit der Bitte, sich zur weiteren Verfügung zu halten, während in ihm längst ein grausamer Krieg tobte. Was hatte ihm die furchtbare Frau noch alles angetan?

Ariadne aber stand in ihrem Zimmer und blickte sich in ihrem furchteinflößenden Gefängnis um. Sie, die als geliebtes, behütetes Kind aufwachsen durfte und nun diese Form der Hölle erleben musste, konnte trotzdem endlich wieder hoffen. Der Mediziner hatte scheinbar nichts bemerkt und Ludger wartete irgendwo da draußen auf sie. Ein Gefühl der Zuversicht erfüllte ihre erkaltete Seele und taute sie vorsichtig auf.

Geschwind packte sie ihre eigenen Sachen, die sie von ihrem Zuhause mitgebracht hatte. Obwohl sie wusste, ihre Flucht würde erst in ein paar Tagen stattfinden, war sie bereits jetzt reisefertig. Vorsichtshalber verstaute sie ihre Habseligkeiten unter ihrem Bett, als plötzlich ein wütender, über alle Maßen zorniger Karl-Ludwig ihr Gemach betrat. Ohne ein weiteres Wort zu verlieren, schlug er sie nieder und verließ sie in nicht zu zähmender Rage. Soeben hatte er von seiner Mutter vernommen, dass Ariadnes Eltern ihre Aufwartung machten. Just rechtzeitig, um zu verhindern, seiner Gattin das Gesicht zu zerschlagen. Er zwang sich dazu, jede Nervenfaser einzusetzen, die ihm Beherrschung versprach, damit er Ariadne nicht ganz so geschunden der Aufmerksam ihres Vaters überließ.

Isabell und Hagen von Traumstein betraten wenige Minuten nach dem Vorfall zwischen den Eheleuten den Salon und trafen ein innig umschlungenes Ehepaar an. Ariadne war blass, im Gesicht ganz spitz geworden. Obwohl die Schwangerschaft bereits deutlich zu erkennen war, wirkte die junge Frau abgemagert und ausgezehrt.

Isabell schlang zur Begrüßung ihre Arme um ihre Tochter, die sich Schutz suchend an die Schulter der Mutter schmiegte und alsbald zu weinen begann.

Alerich und Elisabeth sahen einander verstört an: „Die Schwangerschaft birgt viele emotionale Momente und sorgt dafür, dass unsere liebe Ariadne immer wieder weinen muss, nicht wahr, mein Kind?", säuselte Elisabeth. Mit einem Blick, der alles beinhaltete, was Ariadne wissen musste, schaute Elisabeth ihre Schwiegertochter an. Zögerlich nickte diese. Sofort war Karl-Ludwig an ihrer Seite, geleitete sie liebevoll zu ihrem Sitzplatz und fing an, in charmanter ganz bezaubernder Art und Weise Konversation zu machen. Die Dienerschaft brachte Tee und etwas Gebäck. Es schien eine wundervolle Teezeremonie zu sein. Kurze Zeit, nachdem die Tassen leer waren, verabschiedeten sich Isabell und Hagen von Traumstein wieder von ihrer Tochter und deren neuer Familie.

„Herzlichen Dank für diesen reizenden Nachmittag. Es war entzückend mit Ihnen zu plaudern", schmeichelte Isabell höflich.

„Die Freude liegt ganz auf unsere Seite. Wir müssen solche Verabredungen öfter treffen", flötete Elisabeth heuchlerisch zurück.

Isabell und Hagen hatten genug gesehen und sich nicht täuschen lassen. Innerlich zerrissen, ihre Tochter in dieser kalten, unmenschlichen Atmosphäre zurücklassen zu müssen, traten die Eltern ihren Heimweg an. Nur der Gedanke, mit Ludgers Unterstützung den unhaltbaren Bedingungen bald Abhilfe schaffen zu können, erlaubte ihnen, weniger sorgenvoll in die Zukunft zu blicken. Sie hatten sich während der „zauberhaften" Teestunde bewusst nichts anmerken lassen, aber ihnen war der furchtbare Zustand ihres einzigen Kindes nicht entgangen. Hagen und Isabell fühlten sich im Hinblick auf Ludger entsetzlich schuldig.

Kaum hatten die von Traumsteins die Räumlichkeiten verlassen, zerrte der eben noch so verliebte Ehemann seine Gemahlin aus dem Salon, um sie über die Hintertreppe in ihr gemeinsames Schlafzimmer zu bringen. Währenddessen saß Isabell völlig entsetzt neben ihrem Mann in der Kutsche, die sich bereits auf dem Heimweg befand.

„Hagen, hast du die Flecken überall auf ihrem Hals gesehen? Sie haben versucht, sie mit viel Puder zu überdecken, doch mir sind sie nicht entgangen. Was haben wir dem armen Kind bloß angetan? Wir hätten auf die ganze dekadente Adelsgesellschaft verzichten sollen. Die schrecklichen Monate, die sie offensichtlich erleiden musste, können wir nun nicht mehr rückgängig machen." Tränen rannen ihre Wangen hinab, tropften auf den hohen, mit Rüschen besetzten Kragen ihres Kleides und versickerten darin.

„Wir müssen auf jeden Fall Ludger zur Seite stehen, das ist mir klar!", Hagens Hände zitterten in unterdrücktem Zorn. „Ich erhielt einen Botschaft von ihm, in der er uns schreibt, er habe mit Ariadne den nächsten Sonntag als den Termin ausgemacht, an dem er sie aus dem schrecklichen Hause holen will. Wir versündigen uns an unserem eigenen Kind, wenn wir ihm nicht helfen."

Glücklich, der Qual ihrer Tochter hoffentlich bald ein Ende zu bereiten, schmiegte sich Isabell nun ein wenig ruhiger an die Schulter ihres Mannes. Die Tage vergingen nur zu langsam, und der Schmerz, der von ihrem Bewusstsein genährt wurde, welche Leiden ihr Kind bis zur verabredeten Rettung wohl noch ertragen musste, zerrte vehement an ihren Nerven.

Doch endlich erwachte für alle Beteiligten der besagte Sonntag. Nach einer kurzen, aber sehr heftigen einseitigen Auseinandersetzung mit seiner Frau, machte sich Karl-Ludwig auf den Weg zu seiner Jagdgesellschaft, die ihn bereits erwartete. Die letzten Tage hatte er der Hure immer wieder, mit kräftigen Ohrfeigen untermauert, Vorwürfe gemacht, weil sie ihm den Bastard eines anderen untergeschoben hatte und sein Zorn war noch längst nicht verraucht. Wenn er zurückkam, würde er andere Saiten aufziehen, das war gewiss. Die Veranstaltung, die bevorstand, würde es ihm ermöglichen, Inspirationen zu erhalten, die ihm zeigten, wie er das verfluchte Weib noch intensiver schinden und foltern konnte.

Wider Erwarten nahm Alerich von Ströwelow an dieser Jagd nicht teil. Er litt mit einem Male unter einer komischen Attacke, die nur die neue Dienerin heilen konnte, die seine Gattin erst kürzlich eingestellt hatte. Er blieb auf dem Anwesen zurück und ließ seine Angetraute und seinen Sohn ziehen, in der glücklichen Lage, bald die wunderbaren Fähigkeiten der drallen Zofe seiner Frau bis ins Detail genießen zu dürfen. Elisabeth war froh, den Despoten eine Weile nicht um sich zu wissen. Flirtete sie doch schon seit langem intensiv mit dem Gutsverwalter, der natürlich, wenn auch verarmt, von adliger Geburt war. Im tiefen Wald gab es bestimmt Gelegenheiten genug, der Jagdgesellschaft für sinnliche Momente zu entfliehen.

Nach inniger Zweisamkeit verließ Jakob am Samstagabend vor der geplanten Entführung seine geliebte Rosalia und ritt zum Schloss seiner Dienstherren zurück. Im Gepäck trug er einen Kuchen bei sich, den sein Schatz ihm gebacken hatte. In ihm aber befand sich auch der Plan, wie sie am morgigen Tag vorzugehen gedachten. Alles war bis ins kleinste Detail durchorganisiert. Hagen von Traumstein hatte einen verlässlichen Diener in der letzten Woche losgeschickt, sein kleines Waldschlösschen aufzusuchen. Dieser erhielt die Anweisung, es mit Hilfe der im Dorf ansässigen Dienerschaft zu reinigen und auf die Ankunft der jungen Frau vorzubereiten. Nur wenige seiner adligen Freunde wussten von seinem zwischen Bäumen verborgenen Besitz in den Bergen, in einem entfernt gelegenen Teil des Landes. Manchmal brauchten er und seine Familie für einige Wochen einen Rückzugsort und legten in der Zeit der Muße großen Wert auf ihre Privatsphäre und auf eine bedeutende Distanz zum Alltag. Hier würde Ariadne vorerst niemand finden. Und Ludger, sowie die Angehörigen konnten in aller Ruhe überlegen, wie es weitergehen sollte.

Isabell hoffte inständig, ihre Tochter würde die Strapazen der weiten Reise unbeschadet überstehen, die sich über mindestens zwei Tage hinziehen würde. Sie hatte vor, jene zusammen mit Rosalia und Hagen zu begleiten, sie wieder aufzupäppeln und ihr das entzückende Lächeln ins Gesicht zurückzuzaubern, welches sie ihren Mitmenschen so freigebig zu schenken verstand.

„Mütter können so etwas!", hatte sie strahlend und hoffnungsfroh zu ihrem Mann gesagt.

Die Nacht war klar, aber finster, da kein Vollmond sein Licht zur Erde warf. Nützliche Voraussetzungen, die geplante Rettung Ariadnes Realität werden zu lassen. Ludger und Jakob trafen sich bei den Ställen, drei Pferde waren gesattelt, die sie nach erfolgreicher Flucht in schnellem Galopp in das nächste Dorf bringen sollten. Von dort ging es mit einer Kutsche weiter, in der bereits sämtliches Gepäck lagerte, das benötigte wurde. Alles war gut vorbereitet.

Leise schlichen Jakob und Ludger in das Gebäude hinein. Eine Handvoll Dienstboten, die zur Stunde noch ihren Dienst versahen und die das Leid der armen Ariadne nicht mehr mit ansehen konnten, verschlossen helfend ihre Augen. Jakob hatte sie eingeweiht und sie versprachen Unterstützung. Die beiden jungen Männer warteten ungeduldig in der Halle, bis Ariadne leichtfüßig die Treppe heruntergerannt kam. Sie flog ihrem Geliebten um den Hals, übergab ihm ihre Habseligkeiten und in schnellem

Lauf ging es hinaus in die kühle Nachtluft.

„Was soll das? Bleibt sofort stehen!", direkt neben ihnen herrschte sie eine angsteinflößende Stimme grob an. Ariadne wurde Ludger, der völlig überrumpelt war und mit einem solchen Übergriff nicht gerechnet hatte, gewaltsam aus dem Arm entrissen. Ariadne schrie verstört und gequält auf: „Nein, lass mich los!"

Ein Gewehrlauf war drohend auf die beiden Männer gerichtet. „Haut ab und zwar schnell, wenn euch euer Leben lieb ist! Ich bringe jetzt meine Herrin wieder auf ihr Zimmer und wehe, ich sehe gleich noch einen von euch hier unten stehen, dann seid ihr tot!"

Hinter dem fauchenden Knecht Egon tauchte die massige Gestalt von Alerich von Ströwelow auf.

„Hatte mir schon so etwas gedacht", nuschelte er sich in den Bart. Er schien getrunken zu haben. Auch er trug eine Waffe bei sich, mit der er auf die beiden Männer zielte. „Macht, dass ihr wegkommt, sonst kann ich mein Gewehr nicht mehr kontrollieren!"

Um seine Worte zu unterstreichen, feuerte er mehrere Schüsse vor die Füße der Retter und johlte dabei glücklich wie ein Kind. Egon, von den weinseligen Kraftakten seines Herrn angespornt, schoss ebenfalls ein paar Salven ab. Jakob und Ludger blickten sich an. Sie selbst verfügten über keine Waffen. Sie mussten rennen, wenn sie am Leben bleiben wollten, und Ariadne für den Moment zurücklassen. Nirgendwo gab es eine Gelegenheit, sich zu verschanzen oder den Angriffen auszuweichen. Alerich feuerte mittlerweile blindwütig auf die Eindringlinge, die regelrechte Haken schlagen mussten, um den Geschossen zu entgehen. Der angetrunkene Baron fand ungeheuren Spaß an der Szenerie. Eine Kugel nach der anderen katapultierte er aus seinem Gewehr, lud nach und drückte ab, lud nach und drückte ab... Begleitet wurde diese Handlung von dem irren Gelächter eines Verrückten.

Währenddessen trug der Bedienstete auch schon die ohnmächtige Frau ins Gebäude zurück.

Dieser ganze Vorfall hatte keine Minute gedauert und ein lange ausgeklügelter Plan war in sechzig Sekunden zunichte gemacht worden. Ludger lief schweißnass und weinend, vollkommen verwirrt zurück zum Kastell. Er konnte es nicht glauben. Die so sorgsam durchdachte Rettungsaktion war schiefgelaufen. Jedes Mal, wenn er sich dem Landsitz der von Ströwelows bis zu einer bestimmten Entfernung näherte, wurde er von einer Kanonade aufpeitschender Patronen zurück erwartet. Immer wieder versuchten er und Jakob, unter Einsatz ihres Lebens, die Situation doch noch zum Positiven zu wenden, jedoch ohne Erfolg. Irgendwann, Mitternacht war längst vorüber, gaben sie auf. Ludger warf sich auf den Boden und weinte hemmungslos. Nie wieder würde er eine Gelegenheit bekommen, seine Schöne aus den Klauen der Bestien dort zu befreien. Die ganze boshafte Familie war nun gewarnt und sie würden Ariadne noch intensiver bewachen lassen und erst recht halten wie eine Gefangene. Sein ungeborenes Kind war für ihn verloren.

Ariadnes Eltern waren wie paralysiert. Sie zogen sich, innerlich erstarrt, in ihren Gutshof zurück. Einst verkauften sie ihr einziges Kind zu einem enorm hohen Preis und hatten sich damit selber die größte Schmach zugefügt. Aber nach einigen Stunden der lähmenden Trauer über die misslungene Fluchthilfe, stand Hagen auf, küsste seine verzweifelte Gattin und setzte sich an seinen Schreibtisch. Er begann Briefe zu formulieren, in denen er Adlige aus anderen ehrenhaften Häusern um Hilfe bat, sein Kind zu retten. Dies gab ihm und seiner Gemahlin erst einmal Kraft, stärkte ihre Hoffnung. Denn die Hoffnung starb doch schließlich wirklich zuletzt!

Karl-Ludwig kehrte in den frühen Morgenstunden von

der Jagd zurück und lauschte zuerst eher amüsiert, als verärgert der Geschichte, die ihm sein Vater lallend zu erzählen wusste. Gab ihm das Fehlverhalten seiner Angetrauten doch wieder das Recht, sie für ihre Dummheiten und mangelnde Treue zu züchtigen. Ihm gefiel die Loyalität seines Dieners Egon, der sich durch sein selbstloses Eingreifen einen großen Beutel Gold verdient hatte. Schließlich hatte er dafür gesorgt, dass seine Gefährtin, die er mittlerweile als sein Spielzeug betrachtete, nicht für ihn und seine krankhaften Vorlieben verloren war. Die hatte sie durch ihre unlauteren Schwächen diesem Ludger Rosenau gegenüber erst in ihm geweckt.

Er hatte seinen Jagdausflug wahrlich genossen. Viel Spaß war Karl-Ludwig geboten worden, was zu seiner momentanen guten Laune noch beitrug. Er entschloss sich, obwohl ihm die ein oder andere Maid im Wald sehr gefällig gewesen war, sich seiner Gemahlin am folgenden Abend auf besondere Weise zu widmen. Er überlegte intensiv, wie er sich ihr gegenüber verhalten sollte, da sie ihn aufs Gemeinste verraten hatte. Mit dem bürgerlichen Dummkopf wollte sie durchbrennen. Elendig und hirnlos kam ihm die ganze Geschichte vor und machte ihm deutlich, welch geistig schwacher Person er sich ehelich genähert hatte. War da jemals Liebe im Spiel? Bei ihm schon. Er war seinen Eltern damals mehr als dankbar gewesen, dass sie ihn unterstützten und die Ehe für ihn arrangierten. Inzwischen jedoch spürte er deutlich, wie Ariadne ihn allein durch ihre Existenz erboste.

Auf dem Weg hin zu ihrem gemeinsamen Schlafgemach spürte er bereits wie die, durch die Jagd geförderte Ausgeglichenheit in beißende Wut umschlug. Mit Genuss machte sie sich in seinem für solche Gefühle offenen Inneren breit. Was dachte sich die dumme Dirne eigentlich, ihn so der Lächerlichkeit preiszugeben. Und wie sie immer jämmerlich wimmerte, wenn er sich gezwungen sah, sie zu züchtigen und zu erziehen. Sie selbst war schließlich jedes Mal an seiner Rage schuld, die ihn stets aufs Neue überfiel, wenn er das leidgeprüfte Antlitz seiner Gattin betrachtete, die ihm bisher mit ihrer Wehmut, schlimmer noch, mit ihrer Verlogenheit, so sehr zugesetzt hatte. Ehe er die Tür erreicht hatte, die in das Schlafzimmer führte, hatte er seinen Zorn bereits dermaßen angefacht und aufgestachelt, dass er geradezu kochte. Er fühlte sich in seinem Element. Nicht eine Sekunde hinterfragte er sein Verhalten. Die Schönheit und Lieblichkeit seiner Gattin hatte vor wenigen Monaten sein Herz erobert. Als er sie zum ersten Mal sah, wusste er, nur sie wollte er zur Frau. Doch all diese Emotionen waren gestorben und Mitleid für die einst bewunderte Frau konnte er nicht mehr entwickeln. Sie hatte ihm den Hass geschenkt, der seinen Geist ausfüllte und ihn zu furchtbaren Taten anreizte.

Schnell betrat er das Ankleidezimmer, nahm erst einmal eine Karaffe Sherry von dem kleinen Beistelltisch und trank einen riesigen Schluck. Er musste sich beruhigen!

Ariadne hockte in sich zusammengesunken auf dem Boden vor dem gemeinsamen Bett, das ihr nach den schrecklichen Erlebnissen vergangener Monate ungeheure Furcht einflößte. In diesem Raum hatte sie die grausamsten und verheerendsten Stunden ihres bisherigen Daseins erleben müssen. Sie weinte still vor sich hin und wiegte ihren Körper hin und her. Die Tränen versiegten und schützende Gedanken befreiten sie aus dem räumlichen Gefängnis. Die Trance, in die sie die gleichmäßigen Schaukelbewegungen geführt hatten, katapultierte sie geradewegs in eine heile Welt mit ihrem geliebten Ludger und dem ungeborenen Kind hinein.

Von der Realität abgespalten, hörte sie nicht, wie Karl-Ludwig die von ihr abgeschlossene Türe eintrat und das Zimmer betrat. Wie ein wild gewordenes Tier prügelte er auf die dort zusammengekauerte Gestalt haltlos ein. Sie aber war bei ihrer wahren Familie und ihrem Geliebten. Niemand konnte sie von diesen Personen trennen.

Stunden später erwachte sie aus ihrem selbstgewählten hypnotischen Zustand und betrat wieder die Realität. Gehetzt blickte sie sich um und wurde von Entsetzen und einer Woge unermesslicher Schmerzen gepackt. Sämtliche Knochen im Leibe taten ihr weh. Ihre Hände und Kleider fühlten sich komischerweise nass und klebrig an. Und dann sah sie mit einem Mal all das Blut aus ihrem Körper rinnen. Die rote Flüssigkeit ummantelte in besorgniserregender Menge eine winzige verkrümmte, verkümmerte Gestalt, die auf den Holzdielen zu vertrocknen schien. Ihr Kind! Ariadne starrte auf das, was vor ihr lag. Registrierte, wie Tropfen der blutigen Brühe sirupartig zwischen den Holzbrettern versickerten. Verletzt und geschwächt erhob sie sich. Das Begreifen, was dieser furchtbare, brutale Mann ihr angetan hatte, suchte sich einen Weg in ihr verwundetes, trauerndes Denken. All dieses Weh konnte sie nicht mehr aushalten und so schrie sie!

Sie brüllte alles aus ihrem geschundenen Körper, aus ihrer zerstörten Seele heraus, was in den letzten Monaten ihr Leben ruiniert, verwüstet und vergiftet hatte. Sie forderte in jedem gellenden Schall dieses Schreis unermessliche Rache!

Das Ausmaß dieser inneren Befreiung durchzog das ganze Land. Im Schloss fuhren die Menschen zusammen. Jeder, der in der Nähe des Anwesens seiner Arbeit nachging, hielt inne und wurde von einer bedrückenden Macht erfüllt. Das Gefühl ging binnen Sekunden wieder vorbei, hinterließ aber in jedem, dessen Seele es berührt hatte, einen deprimierenden Beigeschmack. Bei Ludger allerdings verweilte es dauerhaft und machte später aus dem verzweifelten, nach Vergeltung sinnenden jungen Mann einen Racheengel, wie es auf Erden keinen zweiten geben sollte.

Ein reines Herz

Ein reines Herz hört auf zu schlagen,
durchtrennt ist nun das Erdenband.
Hat Liebe in die Welt getragen,
ruht sich jetzt aus in Gottes Hand.

Ein reines Herz darf nun vergessen,
was leidvoll und auch schmerzhaft war.
Hat Glück und Freude einst besessen,
der Himmel ruft, er ist ganz nah.

Ein reines Herz hat viel gegeben
in dieser kurzen Erdenzeit.
Ein reines Herz darf sich erheben
in des Vaters Herrlichkeit.

Trotz ärztlicher Hilfe, die Karl-Ludwig am gleichen Abend noch herbeirief, er wollte doch sein Spielzeug nicht verlieren, starb Ariadne einige Tage später an den Folgen der barbarischen Misshandlungen durch ihren Ehemann.

Ihren Eltern erlaubte der despotische Alerich keinen weiteren Besuch in seinem Hause mehr. Dadurch erhoffte sich die Herrschaft, die Umstände des frühen Todes der jungen Frau geheimhalten zu können. So ging Ariadne einsam, ohne ihre geliebte Familie, dahin. Nur eine Bedienstete, die während der vergangenen Monate das Martyrium ihrer hübschen Herrin mitansehen musste, kümmerte sich aufopfernd um sie. Mimi wusch ihr das verklebte, verkrustete Blut von den Beinen und aus den unzähligen Wunden, die Karl-Ludwig diesem liebenswerten Geschöpf zugefügt hatte, reinigte selbige gründlich mit desinfizierenden Tinkturen und verband sie.

Ariadne lag in komatösem Fieberschlaf. Die Zofe behandelte sie mit kühlenden Wickeln und strich ihr immer wieder das verschwitzte Haar aus der Stirn. Zwischendurch krampfte der junge Körper unter der Hitze, dann wieder wurde er von Schüttelfrost befallen. Gott sei Dank erlangte Ariadne das Bewusstsein nicht mehr. So musste sie weder ihre schmerzende Physis noch die grausame Wahrheit um den Tod ihres Kindes ertragen. Aber ihre Anima spürte die liebevolle Betreuung der Magd, während sie bereits in einer anderen Sphäre ihren kleinen Sohn in den Armen hielt. Ihr irdisches Herz war gebrochen, sie hatte auf dieser unheilvollen Seite der Erde nichts mehr verloren. Mit dem Mann ihres Lebens durfte sie einst die schönsten Stunden hier verbringen. Jedoch in diesem Kosmos, in dieser Erdenzeit war sie von einer ihr unbekannten Gewalt in diese unbarmherzige, mitleidlose Welt eines kaltblütigen Rohlings geschickt worden. In ihrem schwach schlagenden Herzen schloss sie Frieden mit ihren Eltern. Diese hatten sich den Dogmen des Adels unterworfen, nicht ahnend, in welche Lage sie ihr geliebtes Töchterchen damit brachten. Ihr später Rettungsversuch blieb erfolglos!

Drei Tage, nachdem ihr das ungeborene Kind aus dem Leib gedroschen worden war, erlaubte ihr das Universum, nun die letzte Reise anzutreten, um ihrem kleinen Schatz in die heilende Ewigkeit zu folgen. In dieser neuen Dimension hoffte sie inniglich, eines Tages ihren geliebten Ludger wiederzusehen, um dort mit ihm in der Familie vereint zu sein, die ihr auf Erden verwehrt wurde.

Hagen und Isabell von Traumstein erfuhren durch Mimi von dem einsamen Tod Ariadnes. Vor Trauer wie erstarrt, waren sie zu dem Zeitpunkt nicht einmal fähig, Tränen zu vergießen. Ihre Schuldgefühle sollten sie noch eine Weile begleiten, weit über die Beerdigung hinaus. Die Familie von Ströwelow, jetzt doch erschüttert über die Ereignisse, die sich in ihrem Hause abgespielt hatten, waren einfühlsam genug, auf Isabells Bitten hin, nicht an dem Begräbnis der Schwiegertochter teilzunehmen. Das totgeborene Baby legte man der verstorbenen Mutter in den Arm.

So schrieb Ludger über seine Liebe, die ihn im blühenden Alter von gerade einmal neunzehn Jahren verlassen musste. Weil sich ein wildes, erbarmungsloses Tier in Menschengestalt an ihrem reinen Herzen, ihrem unschuldigen Körper und ihrer liebenden, gottesfürchtigen Seele vergriffen hatte. Er hoffte, seine Sonne möge nun in der Ewigkeit scheinen, in der sie mit Einigkeit und Freiheit beschenkt würde, während sie von dannen wich und für ihn für immer unterging.

Die Eheleute von Ströwelow und ihr emotionsloser, feiner Herr Sohn wurden nie zur Rechenschaft gezogen. Der Adelsstand beschmutzte sein kollektives Nest nicht. Die eine Krähe hackte der anderen kein Auge aus. Darauf konnte sich das ehrenwerte Haus von Ströwelow verlassen.

Die Dienerschaft aber, die die Monate der Pein und Qual

der jungen, schönen Herrin miterleben musste, verließ das Anwesen bis auf einige wenige und suchte sich neue Herrschaft. Unter denen, die blieben, traf man natürlich Egon an, der von Karl-Ludwig für sein Handeln reich belohnt worden war.

Jakob verbarg sich eine Weile in den Wäldern der Umgebung, aus Angst, sein junger Herr könne ihn für das zur Rechenschaft ziehen, was er für Ariadne und ihren Geliebten riskiert hatte. Die Dienerin Mimi, die Hagens und Isabells Tochter bis zum Tode pflegte, bekam eine Anstellung im Hause von Traumstein. Sie konnte bei den von Ströwelows nicht länger tätig sein. Sie bekam die Dankbarkeit ihrer neuen Dienstherren zu spüren und fühlte sich dort sehr wohl. Ariadnes Eltern aber zogen sich nach der Tragödie mehr und mehr zurück und wollten auch von dem übrigen Adelsvolk nichts mehr wissen. Sie glaubten sich mit Recht von der offenbar so stabilen Gemeinschaft verraten und letztlich verlassen.

Wanderer der Nacht

Den Tag kann er nicht leben,
die Sonne nicht mehr sehen.
Wird nach dem Dunklen streben,
im Schatten wird er gehen.

Die Lichter hier in dieser Welt,
sind nur der Mond und Sterne.
Sie leuchten hoch vom Himmelszelt
erhellen ihm die Ferne.

So streift er ruhelos umher,
von Menschen bald verlassen.
Die Seele schmerzt jetzt fast nicht mehr,
hat sie gelernt zu hassen.

Ludger war nach dem Tode der geliebten Frau ein Schatten seiner selbst. Das Herz in seiner Brust glich einem Stein, das nur klopfte, um den Körper am Leben zu erhalten. Dabei rumpelte es unnatürlich dumpf vor sich hin. Sein ungeborenes Kind war ermordet worden und Karl-Ludwig kam mit einem lachenden Gesicht davon. Der Mörder erzählte jedem, der es hören oder auch nicht hören wollte, von der Niedertracht seiner hurenhaften Gemahlin, nicht unschuldig in die Ehe gegangen zu sein. Ihm, dem Ehrenmann versuchte sie einen Bastard unterzuschieben. Skandalös, wie er fand. Ein Skandal für die gesamte Aristokratie. Dass sie durch eine einsetzende Frühgeburt so bald sterben musste, sei einzig und allein gerecht und Gottes Wille.

Der Leichenbestatter, der den Körper der jungen Frau wusch, balsamierte, schminkte und in das weiße Leichenhemd kleidete, sah etwas anderes vor sich. Dieser Leib sprach eine andere Sprache. Dem Körper dieser Person, deren Gesicht so anmutig wirkte, trotz des Leides, welches ihr augenscheinlich widerfahren sein musste, war das Baby eindeutig aus der Gebärmutter geprügelt worden. Sie selbst erlitt bei dem Angriff solch schwere innere, wie äußere Verletzungen, dass sie daran starb, ohne je wirklich das Bewusstsein wiedererlangt zu haben. Mimi, die Zofe bestätigte die Vermutungen des Totengräbers. Aber wie die meisten Menschen in der Umgebung der Familie, hielt auch er die Hand auf und schwieg für einen ledernen Geldbeutel, der ihm vor die Füße geworfen wurde.

Die Jahreszeiten wechselten, doch in Ludgers Herz wollte sich kein Frieden einfinden. Wie besessen arbeitete er auf dem Gut seiner Eltern. Die Gedanken, die ihn geradezu paralysierten, hielten sein Gehirn besetzt und ließen es nicht aus ihren deprimierenden Fängen. Er fühlte sich zu keiner Zeit, an keinem Ort glücklich. Alles erinnerte ihn an seine Liebe. Bald schon musste er erkennen: Die selbst auferlegten Tätigkeiten und die harte Arbeit, nutzten seiner geplagten Seele nicht. In ihm breitete sich eine sengende Qual aus, die zu beherrschen er allein nicht imstande war. Er begann zu trinken, doch es half nichts. Seine Eltern unterstützten ihn in jeder seiner privaten und beruflichen Handlungen, versuchten ihn zu trösten und ihn aufzubauen, aber es half nichts. Ludger fühlte sich ständig erschöpft und schlapp, ohne tatsächlich krank zu sein. Seine Symptome entstammten einer Zwischenwelt, in die er sich gerne verkrochen hätte, aber die sich ihm nur bedingt öffnete. Er wünschte sich nichts sehnlicher, als eines Tages zu erwachen und wieder die Macht über seine Psyche und seine Physis erlangt zu haben.

Ihm fehlte die Kraft. Ohnmächtig vegetierte er dahin, keine Möglichkeit schien ihm gegeben, sich der Situation und den dazugehörigen Konsequenzen zu stellen, die das Schicksal für ihn bereithielt. Seine Tränenkanäle waren bereits wund und leer. Selbst diesem Hilfsmittel der Trauer konnte er sich nicht länger bedienen.

Irgendwann begann er die Tage zu verschlafen und durchwanderte stattdessen die Nacht. Dies bedeutete nicht, dass sein Vater auf seinen fachmännischen Rat verzichten musste. Er stand auch jetzt noch immer an der Seite seiner Eltern und verwaltete mit ihnen das Gut, aber er vertauschte gezwungenermaßen den Tag-Nacht-Rhythmus. Vater und Sohn besprachen die Belange des Hofes in der Morgen- oder Abenddämmerung, bevor entweder Ludger in der hellen Frühe zu Bett ging oder Rutloff sich müde der Schwärze der Nachtruhe hingab.

Ludger konnte den Sonnenschein nicht mehr ertragen, Herbststürme und nebeliges Regenwetter waren ihm verhasst, nicht einmal Eis und Schnee waren ihm gewogen. Egal, wo er sich auch aufhielt, seine Liebe, seine Sonne fehlte ihm. Mit ihr verschwanden Licht und belebende Wärme. Ariadne war tot. Eiseskälte hielt Einzug in seinem

System und die Liebe, die er einst lebte, gefror. Die Erinnerungen an zwei so wundervolle Jahre, Jahre der Hoffnung auf ein gemeinsames Leben, erfüllten ihn vor gar nicht langer Zeit und gaben ihm einst Kraft. All das war nun vorbei. Zerstört von einem Tyrannen, der lächelnd mit einem Fingerstreich zwei wertvolle Leben ausgelöscht hatte.

So entfernte er sich mehr und mehr vom Licht und begab sich ganz bewusst in die Finsternis. Er marschierte in das Zwielicht des Abends hinein und verlief sich in der Nacht. Kam er noch vor dem Morgengrauen zu Hause an, setzte er sich übermüdet, jedoch von einer inneren Stimme angetrieben, an seinen Sekretär und fing an zu schreiben. Die Feder kratzte unablässig über das geduldige Papier und zeichnete alles auf, was sein Herz erlitten hatte. Wenigstens ein paar kurze Momente der Ruhe wurden ihm vergönnt, bevor der verhasste Tag ihn unter sein Joch nahm.

In einer dieser durchwanderten Nächte stellte er plötzlich erleichtert fest, wie sehr er die ummantelnde Dunkelheit mittlerweile schätzte. Sie bot ihm Sicherheit, aber auch die Möglichkeit, in ihrem Schutz zu handeln. Was er damit meinte, wusste er zu dem Zeitpunkt noch nicht. Er spürte nur, wie völlig unbeeindruckt und unberührt er sich fühlte, wenn ihn die wirklichen Schönheiten des Morgenrotes trafen. Natürliche Ereignisse, die die Herzen anderer Menschen mit Freude erfüllten, verachtete er. Er schien einem werdenden Vampir zu gleichen, der das Sonnenlicht eben noch ertragen konnte, es aber dennoch verabscheute und gleichzeitig fürchtete. Ohne seine verlorene Liebe schaffte er sich seine eigene düstere Welt. Dabei agierte er grausam und unerbittlich gegen sich selbst.

Täglich erwartete er sehnsüchtig die Schwärze der Nacht. Mond und Sterne hätten ihm Wegweiser sein können, aber er brauchte sie nicht. Ruhelos durchschritt er die undurchdringliche Finsternis. Immer wieder senkte er seine negativen Emotionen in die umhüllende Dunkelheit, um sich von ihnen nicht mehr so erdrückt zu fühlen.

Eines Nachts tauchte etwas im Nebel der dahinziehenden Dämmerung vor ihm auf und Mächtiges erhob sich vor ihm aus dem Schatten der Bäume. Obwohl opulent und beeindruckend von seiner Statur, empfand Ludger das Wesen nicht als beängstigend in seiner Gestalt. Dieses Geschöpf wandte sich an den Verblüfften und sprach ihn an. Der Mann war vollkommen in Schwarz gekleidet, was ihn gespenstisch aussehen ließ, denn er verschmolz beinahe mit seiner Umgebung. Sein Gesicht, seine Hände, die aus einem wallenden Umhang hervorlugten, waren von einem wächsernen Weiß. Doch darum kümmerte sich Ludger nicht. Gleichgültigkeit und dennoch Neugierde hatte ihn ergriffen.

„Wie heißt du? Wer bist du?", fragte er ihn mit träger, kraftloser Stimme.

„Ich bin wie du auf der Suche nach Vergeltung", war die ausweichende Antwort.

Ludger hatte keine Lust, ihn nochmals nach seinem Namen zu fragen. Ob ihm der Fremde nun Rede und Antwort stand oder nicht, machte keinen Unterschied. Das befreite ihn nicht aus seinem unendlichen Kummer. Also schwieg er und marschierte weiter, dicht gefolgt von dieser merkwürdigen Kreatur. Eine lange Weile liefen die Nachtwesen nebeneinander her.

„Ich bin der, der in der Dunkelheit lebt, sich an ihr nährt und sich nur in ihrer Hülle zu Hause fühlt", kommentierte wie aus dem Nichts der schwarz gekleidete Geck und fuhr fort: „Ich bin ein Vollstrecker. Derjenige, der die Balance in den Leben vieler Menschen und im Universum wieder herzustellen vermag!"

Ludger verstand kein Wort, fühlte sich aber dennoch in besonderer Weise zu der eigenartigen Person hingezogen. Dieser Mensch schaffte es tatsächlich, ihn von seinem immensen Leid abzulenken, ihn mit den wenigen Worten zu fesseln, die er hervorbrachte. Unverständlich, unglaublich und irgendwie so voller Sinn, ein unausgesprochenes Versprechen. Auch, wenn sich ihm noch keine Bedeutung erschloss, fühlte er die Tiefgründigkeit, die von dem Inneren des Mannes ausging. Ohne ein weiteres Wort verschwand dieser, aufgesogen von der Düsternis.

Regelmäßig verließ Ludger von da an Nacht für Nacht sein Elternhaus und wandelte durch die Finsternis. Mied dieselbe, wenn ein voller Mond am Himmel stand und litt in dieser Zeit Höllenqualen, weil er die Geborgenheit, die schützende Ruhe des Lichtmangels in freier Natur, vermisste. Er liebte von jetzt an die Stürme, genoss den Regen, alles Unwetter war ihm vertraut und wurde von ihm geschätzt. Hinter den Wänden des Gutshofes fühlte er sich wie ein eingesperrtes, verlorenes Tier. So existierte er in seinem Universum aus Schwärze und er lebte dort wieder auf, in der Gewissheit, hier verstanden zu sein.

Auf seinen kurzen Touren, die ihn ruhelos umhertrieben und ihm gleichzeitig für wenige Augenblicke inneren Frieden schenkten, traf er erneut den Mann ohne Namen. Selbiger war wieder ganz in Schwarz gekleidet. Diesmal trug er eine Kapuze, die sein Gesicht weitgehend verbarg. Gemeinsam durchschritten sie die bewaldeten Randzonen des Ortes, stets um tiefgründige Unterhaltung bemüht. Ludger erfuhr vieles über die höheren Ziele des Fremden, der sich bald in seinem Herzen als Freund anfühlte und spürte das unbändige Verlangen, sich ihm auf ewig als Gefährte anzuschließen. Der berichtete ihm von sich bietenden, ungeahnten Möglichkeiten, sich einer ganz außergewöhnlichen Form der Rache hinzugeben. Eine Art Vergeltung zu üben, die eine zu bestrafende Familie über Generationen hinweg ins Unglück stürzen konnte.

Ludger malte sich aus, was diese Aussicht für ihn und sein wundes, von Schmerzen gepeinigtes Herz bedeutete.

Bisher unentdeckte Türen öffneten sich seinem verletzten, aber auch verblendeten Gehirn und er schenkte sich dem Wesen der Nacht, das ihn längst, für ihn unbemerkt, vereinnahmt hatte. So erzählte er seinem neuen Kameraden, dem er mittlerweile mehr vertraute, als seinen Eltern oder jedem seiner Freunde aus Kinder- und Jugendzeit, seine vom Unglück zerstörte Liebesgeschichte. Er klagte die Menschen an, die für den Tod seiner Liebe und seines ungeborenen Kindes verantwortlich waren. Und er tobte über die Ungerechtigkeit, dieses Geschehen nicht ahnden zu können, denn: „Wo kein Richter ist, gibt es auch keinen Kläger". Erneut übermannt von der Trauer, mit der er sich seit Wochen und Monaten herumgeschlagen hatte, hörte er dem Namenlosen anschließend atemlos und verwundert zu.

„Ludger, hast du schon einmal von der These gehört: Was du säst, das erntest du?"

„Natürlich, ich bin doch bis vor diesen grausamen Ereignissen ein guter, ein gläubiger Kirchgänger gewesen. Nur nach allem, was geschehen ist, kann ich mich Gott wahrhaftig nicht mehr anvertrauen."

„Das musst du auch gar nicht. Weißt du, der erhabene, der allmächtige Gott hat uns eine ausgleichende Chance gegeben, mit Bösewichten zu agieren, die bereit waren, Leben zu zerstören." Der Fremde, der die Dunkelheit und Schwärze des Alls sein Eigen nannte, erhob seine Stimme und ein nicht zu überhörendes Maß an Zynismus dröhnte klangvoll in die Finsternis: „Wenn laut unseres kosmischen Gesetzes eine begangene Grausamkeit zurück ins Gegenteil verwandelt werden muss, die herkömmliche Form der Justiz oder Selbstjustiz keine Anwendung finden kann, gibt es eine über allem existierende Institution, die euch Menschen hilft, die nötige Balance im Universum wiederherzustellen." Seine leiser werdende Stimme nahm nun einen normalen Tonfall an, als er schmeichelnd hinzufügte: „Ich könnte dir den Weg aus deinem Dilemma weisen. Wir würden gemeinsam in eine Welt schreiten, die dir nicht Kummer und Leid, sondern das Gefühl der wahren Rechtsprechung zeigt, an dem es dir momentan so mangelt."

„Ich weiß nicht genau, was du meinst. Ich hasse Karl-Ludwig von Ströwelow, ich hasse seine Eltern. Das Mädchen, meine Ariadne war so besonders, so liebenswert. Ich liebte sie und liebe sie noch immer mehr als mein eigenes Leben. Nichts, was ich auf Erden tun kann, bringt sie mir zurück! Wie kann ich Frieden finden, wenn in meinem Herzen ein Feuer aus Abscheu und Feindschaft brodelt?"

„Recht so, mein Freund!", unterstützte ihn der andere, „folge mir und du wirst die Erlösung finden, nach der du dich sehnst! Es gibt einiges, was du tun kannst!", sprach er einfach und entfachte Hitze und Leidenschaft in einem von Trauer erkalteten Herzen. Der Finstere, der bisher meist zugehört hatte, redete drängend und unaufhaltsam auf den Empfänglichen ein.

Ludger zeigte sich begeistert von der Möglichkeit, sich einer außergewöhnlichen Form der Rache hinzugeben. Es klang faszinierend, Vergeltung üben zu können, die die zu bestrafende Familie über Generationen hinweg ins Unglück zu stürzen wusste. Er war nun allzu bereit, auf das verführerische, hilfreiche Angebot seines Gegenübers einzugehen. Der Nachtwandler formte die schmalen Lippen zu seinem unergründlichen Lächeln, als sie ihren Handel per Handschlag besiegelten.

Kaum war diese feierlich anmutende Szene vorüber, spürte Ludger eine merkwürdige, erlösende, nicht erklärbare Kälte in sich, die ihm endlich, nach all den Wochen und Monaten des Kummers, wie eine schützende Macht vorkam. Der Raureif diese Frostes kleidete einerseits sein Innerstes aus, denn sein geschundenes Herz pochte von nun an nicht mehr unentwegt gegen seinen Brustkorb, um seinem Zorn Einhalt zu gebieten. Andererseits schien sie ihn zu umhüllen und ihn machtvoll vor der erbarmungslosen Wahrheit der Realität zu bewahren. Nichts war von seinem lieben, ausgeglichenen Wesen geblieben, doch dadurch spürte er auch keine Traurigkeit und keine Sehnsucht mehr. Er fühlte sich endlich frei!

Von diesen Kräften erfüllt, schaute er sein Gegenüber an, das sich laut lachend in eine Wolke aus grauer Materie verwandelte, die sich auf ihn legte, gleich einem dünnen Film aus Staub. Wie aus weiter Ferne nahm Ludger das Lachen wahr, das Triumph und Sieg ausdrückte. Die Siegesfreude eines verhöhnenden Gewinners schlängelte sich aus diesem Jubelruf hervor und vergiftete die Atmosphäre. Doch Ludger empfand nur Ruhe, seit die Trauer ihn verlassen hatte. Längst existierte in ihm kein Gefühl mehr dafür, spottende, bestialische Töne aus diesem Szenario herauszuhören. Ihn beschlich nicht eine Sekunde der Gedanke, vielleicht einen Fehler begangen zu haben. Ganz im Gegenteil. Es ging ihm definitiv besser und ein bedrückendes Kapitel seines jungen Lebens war für ihn in eine neue Dimension gerückt worden. Die Macht, ab jetzt nach seinen Regeln Vergeltung üben zu können, riss ihn aus dem Gefängnis der Ohnmacht und entsendete ihn auf eine Ebene, auf der er die Karten mischte und verteilte.

„Mein Name ist Samiel!", dröhnte die Stimme des Schwarzgekleideten aus dem grauen Schleier heraus, der Ludger immer noch umgab und schien im selben Moment zu entschwinden. Trotzdem fühlte der junge Mann ihn in seinem Kopf, als dränge er sich direkt in sein Gehirn hinein. Alles Wissen, alle Kunst des Bösen, breitete sich in ihm aus und ließ ihn zu dem Rächer werden, der von nun an einen besonderen Weg gehen musste. Verwirrt starrte er auf die Stelle, an der sein nächtlicher Begleiter eben noch gestanden hatte. Dann erwachte er endgültig aus seiner monatelangen Trance.

Durchflutet von einer unglaublichen Welle der Stärke, wurde er sich in diesem Augenblick seiner Härte und Unnachgiebigkeit bewusst, die ihn zukünftig unterstützend begleiten würden, solange, bis sein Rachedurst gestillt war. Mit dieser beginnenden Dynamik erhob sich in ihm eine besonders große Vielfalt einzigartiger Fähigkeiten und Fertigkeiten. Wie bei einem Tier bildeten sich gewisse Sinne stärker aus, die für sein zukünftiges Leben notwendig sein würden. Instinktiv war er plötzlich in der Lage, Gedanken zu erahnen, Menschen telepathisch zu erreichen und sie unbemerkt zu manipulieren. Sein neues Wissen, seine ausgeprägten Talente bestraften schließlich auch nur bestimmte, von ihm auserwählte Personen. Unauffällig für die, die es betraf und auch für die übrige Menschheit, aber ungeheuer wirkungsvoll für ihn und seine neue, erfolgversprechende Bestimmung.

Die Bestie namens Karl-Ludwig bildete das Ziel seiner ersten Mission. In dessen Lebenskreis sah er seine dringlichste Wirkungsstätte. Samiel hatte Ludger mit allen Methoden und Hilfsmitteln ausgestattet, die er für seine Rache brauchen würde. Er hatte ihm erklärt, wie er sich an dem Unglück nähren konnte, welches er selbsttätig und hingebungsvoll zu verbreiten suchte. Über alle Jahrzehnte hinweg könnte er, durch die Wucht seiner Boshaftigkeit und den damit verbundenen seelischen Schmerzen seiner ahnungslosen, manipulierbaren Opfer, notwendige Zeiten überdauern. Denn von ihnen erhielte er seine Energie. Ein Geschenk an die Qual, die er einst erleiden musste. So würde das trügerische Phantom kaum merklich altern, möglich gemacht durch seine nicht zu erkennende Form der Verblendung und damit in der Lage, seine arglistigen Vorgänge vor anderen Menschen zu verschleiern. Mehr und mehr würden sich seine dezenten manipulativen und hypnotisierenden Fertigkeiten ausbilden.

Ferner hatte Samiel den Samen in Ludger gelegt, sich

jenseitiger Mächte bedienen zu können. Die Gewandtheit auf diesem Gebiet gestattete es ihm, in den Köpfen seiner Verfolgten und dessen menschlichen Begleitern, verwirrende und seltsame Bilder zu projizieren. Weiterhin war er fähig, über die Naturelemente zu herrschen. Er konnte über schwere Gewitter und Stürme gebieten, verbunden mit starken, dauerhaften Regenfällen. Mit klugen Schachzügen leitete er seine Gegner in die Irre und übte seine Grausamkeiten generationenübergreifend auch an deren Kindern und Kindeskindern aus. Wie weit und langanhaltend seine Macht in die Nachwelt hineinreichen würde, entzog sich seiner Kenntnis. Dieses Detail blieb im Verborgenen. Der dunkle Mann namens Samiel war und blieb verschwunden und damit wurde Ludger keine weitere informative Hilfe zuteil. Sie lagerten in der Zwischenzone, die Helligkeit und Finsternis voneinander trennte und Wächter der Dimensionen verwehrten ihm konsequent den Zugang in diese Bereiche. Allein auf sich gestellt, wie er glaubte, fühlte er sich zum ersten Mal seit Ariadnes tragischem Tod nicht mehr einsam. In diesem Moment entwickelte sich in ihm ein entsetzlicher, böser Plan.

Doch bevor er diesen in die Wirklichkeit überführte, setzte er sich Abend für Abend im Lichte der Dämmerung hin und schrieb bei Kerzenschein. Er gab alles zu Papier, was seine nunmehr erkaltete Seele bisher zu ertragen hatte. Notierte seine vergangenen, zerstörerischen Gefühle, seine Ängste, seine Trauer. Aber vor allem schürte dieses Schreiben die Glut seines unermüdlichen Hasses. Seine neuerworbenen Fähigkeiten gestatteten es ihm, Visionen vom Leben und Sterben seiner Geliebten zu erhalten und so verewigte er auch diese Erkenntnisse. Er formulierte Sätze über die umhüllende Präsenz seines Mentors, dem er sich längst auf positive Weise abhängig fühlte und dessen Lehren er nun wahrhaftig werden ließ. Hatte er einige Seiten zu Papier gebracht, rief ihn unbändig, voller

Ungeduld die Dunkelheit und es zog ihn hinaus in die Nacht, um sich von beglückender Düsternis umfangen zu lassen. Ungeahnte Kräfte legten sich in sein gestärktes Bewusstsein und ermöglichten ihm, eine Energie zu entwickeln, die er in jedem Fall für seinen neuen, ihn rettenden Feldzug einsetzen konnte.

Samiel, diesen Namen würde er weiterhin existieren lassen. Er brauchte die Namensschwingung, um seinen irrealen Plan in die Realität zu transformieren. Noch als Ludger Rosenau begann er sein Skript, danach erfolgte die endgültige Verwandlung, ausgelöst durch Samiels mysteriöse Unterstützung. In gewisser Weise verlor er den Verstand und wie ein belebendes Krebsgeschwür nahm sich eine grauenvolle Besessenheit seines erkalteten Herzens und seiner verhärmten Seele an.

Buchdrucker Artus Buchmann

Unglaublich

So lange kannten sie einander schon,
waren Freunde, teilten sich des Himmels Lohn.
Er sollte helfen, warum auch nicht,
kannte er nicht des Buches Gewicht.

Es waren Zeilen, wie von Zauberhand,
geschrieben in einem Zauberband.
Vervielfältigten sich um tausendfach
und zeigten Kummer und Ungemach.

Nach Jahren des Ruhens in seinem Haus,
wandert das Geschriebene und geht hinaus.
Den Buchdrucker wundert es, hat Angst fast sogar,
Welch teuflisches Werk er damals gebar.

Wird niemals erfahren, ob es Freude je bringt,
dessen trauriger Inhalt mit dem Leben ringt.
Er hatte es gedruckt für seinen Kameraden
und hoffte nun innig, es möge niemandem schaden.

Angetrieben von einer inneren Kraft brachte Ludger Rosenau sein geschriebenes Werk, das von unendlicher Trübsal handelte, eigenhändig zu einem Freund, seines Zeichens Buchdrucker von hohem Rang und kundig in eben dieser Kunst.

Obwohl erst 29 Jahre alt hatte sich Artus Buchmann in den Kreisen dieses Handwerks einen großen Namen geschaffen. Ihn bat Ludger inständig, aus seiner losen Blättersammlung ein Buch zu gestalten und es zu illustrieren. Artus nahm diese Herausforderung gerne an. Es mangelte zwar nicht an Aufträgen, aber die momentan anfallenden Arbeiten konnten seine fachkundigen, fleißigen Gesellen sehr gut alleine erledigen. In seiner Werkstatt beschäftigte er nur die Elite, die aus allen Teilen des Landes zu ihm kam, denn seine Erfahrung und sein Genie hatten sich überall herumgesprochen. Artus widmete sich freudig dem Auftrag seines Freundes, von dessen schwerer Krise er Kenntnis erlangt hatte. Wenn er helfen konnte, indem er ihm diesen Wunsch erfüllte, wollte er das gerne tun.

„Hier, nimm meine Geldstücke!", sagte Ludger, nachdem sie über die Form und Gestaltung des Lebensromans gesprochen hatten und reichte ihm einen dicken Lederbeutel voller klimpernder Münzen. Ferner bot er ihm seine ganze Barschaft an, denn dort, wo er hinzugehen gedachte, brauchte er sie nicht mehr.

„Ludger, du bist mein Freund", antwortete Artus. „Ich erfülle dir den Wunsch mit Vergnügen. Nicht, weil ich Geld brauche. Wenn du unbedingt ein paar Münzen loswerden willst, so gib mir nur die, die ich für das Papier und vielleicht für Hilfeleistungen meiner Angestellten benötige. Alles andere wäre mir eine Selbstverständlichkeit, es ohne Entgelt für dich durchzuführen."

Doch Ludger ließ nicht mit sich reden: „Ich möchte, dass du alles bekommst, was ich im Laufe meines Lebens verdient habe. Mit dem Drucken des Buches allein, ist es nicht getan. Es werden noch einige Arbeiten folgen und ich muss mich auf deine Hilfe verlassen können. Ich kann jetzt nicht genau darüber sprechen, weil ich mir selbst nicht im Klaren bin, welche anderen Taten noch an diese innere Weisung geknüpft sind, doch bin ich mir sicher, du wirst alles zu meiner Zufriedenheit abwickeln."

„Du kannst mich doch dann bezahlen, wenn weitere Arbeiten anstehen, warum die Eile, mir deine Ersparnisse jetzt geben zu müssen?", fragte Artus erstaunt.

„Dort, lieber Freund, wo ich von nun an hingehe, brauche ich nichts mehr. Ich werde versorgt sein und brauche mich um nichts zu kümmern. Wenn du alles fertig hast, hefte einige Seiten mehr in das Werk, die weiß und unbeschrieben sind. Dann bringe es gut, für niemanden sichtbar, in deiner Werkstatt unter, mehr verlange ich nicht von dir. Hab Dank, mein Kamerad!"

Nach diesen Worten umarmten sich die beiden Männer und Ludger verließ eilig das Gebäude, welches neben der Druckerei auch die Wohnung beherbergte. Artus schüttelte mit dem Kopf und schaute Ludger besorgt hinterher. Nach Ariadnes Unglück schien dieser völlig verändert.

Noch am gleichen Abend begann er mit der Arbeit. Der Vorgang des Druckens benötigte viel Zeit und es dauerte, bis er alle Buchstaben so aneinandergereiht hatte, wie Ludger sie aufgeschrieben hatte. Traurigkeit überkam ihn immer wieder, während er in den handschriftlichen Aufzeichnungen las. Am Ende mancher Tage, an denen er mit seiner Aufgabe beschäftigt war, musste die Familie den unglücklichen Mann trösten, so sehr schnitt das Leid Ludgers in sein Herz. Verstärkt wurden die betrüblichen Empfindungen des Druckers noch, als ihn die schreckliche Nachricht vom Tode seines treuen Freundes erreichte. Aber, wenn Artus mit sich selbst ehrlich war, so musste er zugeben, an dem Tag, an dem ihm Ludger sein Geld aufzudrängen versuchte, hatte er sich im Unbewussten bereits mit dessen Tod befasst. So traf ihn die gramvolle Kunde nicht gänzlich unvorbereitet.

Genau fünf Monate waren ins Land gegangen. Jetzt lag der prachtvolle Band vor ihm auf seinem Schreibtisch. Die innen angebrachten Illustrationen, die sein Freund einst erbeten hatte, hatten sich beinahe wie von selbst gefertigt. Wie abgesprochen stattete Artus das Buch mit zusätzlichen weißen, leeren Seiten aus. Auch der Einband gestaltete sich ganz nach den Vorstellungen des Verstorbenen und unter Artus' erfahrenen Händen entstand ein Bild, welches sogar bei seinem Schöpfer, nämlich ihm selbst, zu schlaflosen Nächten führte. Eine nicht zu ergründende Kraft steuerte ihn, als er sich um die Bebilderung kümmerte, die ihn wohl ängstigte, ihn aber nicht zur Aufgabe seines Versprechens zwang. Verzerrt wie teuflische Katzenaugen starrten rotglühende Kohlen aus den entstellten Gesichtszügen des verstorbenen Autoren, diabolisch und grausam, aber auch verbittert wirkte seine Mimik.

Artus Buchmann nahm das Buch nach seiner Vollendung an sich und durchschritt gemächlich seine Werkstatt Er inspizierte selbige und überlegte, wo er den Band verbergen könnte, so wie es der letzte Wunsch seines Kameraden verlangte. Er wollte Ludgers Erbe mit allen ihm zur Verfügung stehenden Kräften ehren. Das war er seinem Freund und dessen melancholischer, verheerender Geschichte um Macht und Liebe schuldig. In der Zeit, in der er lebte, war es nur allzu notwendig, Dinge zu verstecken, um sie vor politischen oder machthaberischen Gremien zu schützen. Gerade er als Besitzer einer Druckerei wurde immer wieder von Bürgerrechtlern aufgefordert, Material zu drucken, dessen Inhalte als staatsfeindlich gewertet werden mussten. Dementsprechend hatte er sich gezwungenermaßen Geheimfächer in seinen Arbeitsräumen eingerichtet, in denen er verfängliche Flugblätter einfach verschwinden lassen konnte. Diese

Verstecke würden jeder Durchsuchung durch Soldaten standhalten. Hier fand auch Ludgers Buch seinen Platz, mit all seinen furchtbaren Erlebnissen und den schrecklichen Illustrationen auf dem Einband, die selbst Artus erbeben ließen.

Kaum hatte der junge Buchdrucker das Werk wie versprochen verstaut, durchfuhr ihn göttliche Seligkeit. Sein Bekanntheitsgrad nahm zu und er lebte mit seiner Familie weiterhin in Frieden. Mit sich und seiner Kunst im Reinen, verschloss sich sein Gedächtnis mehr und mehr für die Existenz des Buches. Irgendwann hatte er vollkommen vergessen, diese Arbeit je durchgeführt zu haben.

Jahre später allerdings tauchte das Buch wieder in seinem Leben auf. Unvermutet drängte es sich hervor aus den Tiefen seines Schlupfwinkels. Artus' Erfolg wuchs mit jedem Tag und die Werkstatt wurde zu klein für die Aufträge, die es zu bearbeiten gab. Es galt, weitere neue Druckmaschinen anzuschaffen und aufzustellen. Mehr Personal wurde gebraucht, um dem kreativen Mann tatkräftig zur Seite zu stehen. Seine Kunst, die sich nicht nur auf das Schreiben beschränkte, sondern auch auf das Illustrieren interessanter Werke ausweitete, war im ganzen Land mittlerweile in aller Munde.

Seine Firma platzte aus allen Nähten, was bedeutete, die ursprünglichen Gebäudeteile mussten renoviert und neue angebaut werden. Das in Vergessenheit geratene Buch des Ludger Rosenau kämpfte sich mit einem Male vehement an die Oberfläche des Geschehens und forderte die ganze Aufmerksamkeit des Druckers.

An das ursprüngliche Atelier sollte ein weiterer Raum angebaut werden. Ein Durchgang würde den alten mit dem neuen Teil verbinden. Regale und Schränke wurden von der Wand gerückt, denn schon am nächsten Morgen kamen die Handwerker, um das Mauerwerk so weit einzureißen, dass eine passende Schneise gebildet werden konnte, die auch den sperrigen Maschinen Durchlass gewährte. Am Vorabend dieser Aktion inspizierte Artus die Wand nochmals genauer, die durchbrochen werden sollte und war mit den Markierungen zufrieden, die die Stelle des Durchgangs aufzeigten. Dabei entdeckte er den geheimen Ort wieder, an dem er einst das Buch verborgen hatte. Inzwischen ging es bereits auf Mitternacht zu. Er vergewisserte sich, ungestört zu sein, doch im Wohnhaus war alles ruhig. Niemand sollte sehen, was sich hinter der schmalen Tür in der Backsteinwand verschanzte, die nach dem Abrücken eines schweren Schrankes zum Vorschein gekommen war. Mit einem kleinen Schlüssel seines Schlüsselringes, den er stets bei sich trug, öffnete er den einfachen Tresor und schaute hinein. Material aus allen möglichen Epochen seines Schaffens kamen hervor. Allesamt mittlerweile für ihn und seine Kunden keine gefährdenden Unterlagen mehr, da sich in diesen Zeiten die damals aktuellen, politischen Aufregungen weitgehend beruhigt hatten. Wie lange der Zustand anhielt, blieb abzuwarten. Artus räumte das Fach vorsichtshalber aus und verbrannte dessen Inhalt sorgfältig im großen Kamin seiner Firma. Gerade als er sein Geheimfach wieder verschließen wollte, plumpste wie von Zauberhand geführt, ein Buch vor seine Füße.

Voller Wucht traf ihn das Andenken an seinen guten Freund, der unter unglücklichen Umständen verstorben war. Wehmut erfüllte sein Herz und mit einem Male erinnerte er sich. Vor ihm lag das Tagebuch Ludgers, welches er doch tatsächlich über all die Jahre vergessen hatte. Unschuldig blickte seine Rückseite nach oben und forderte ihn geradezu heraus, den Band umzudrehen. Artus bückte sich, hob es auf und erfüllte den Wunsch, den der Anblick von ihm unvermittelt erzwang.

Ein fürchterlicher Schreck durchfuhr seine Glieder und

presste einen Schrei des Entsetzens aus seinen Lungen. Der Einband, den er, nachdem wieder alle Einzelheiten an die früheren Ereignisse in seinem Gedächtnis erwachten, in grausamer Hässlichkeit vor sich sah, hatte sich verändert. Noch grässlicher als je zuvor grinste ihn ein Teufel in Menschengestalt an, der mit dem Gesicht seines einstigen Kameraden beinah nichts mehr gemein hatte. Doch das war nicht das Schlimmste. Obwohl er das Buch so lange nicht in seinen Händen gehalten hatte, war auf dem Deckel von unbekannter Hand ein weiteres Wesen skizziert worden. Schemenhaft, durchscheinend, fast so wie man sich ein Gespenst vorstellte, präsentierte sich das bleiche, jämmerliche Gesicht des Karl-Ludwig von Ströwelow.

Wie Artus von so manchen Kunden erfahren hatte, die einiges an Klatsch und Tratsch in sein Haus trugen, war es noch gar nicht lange her, da war Karl-Ludwig von seinen Eltern verbannt worden. Das ihn verachtende Gesinde erzählte gerne ausführlich davon und schmückte diese Tatsache mit dramatischen und auch triumphierenden Worten aus. Der böse, barbarische junge Herr verstarb bald darauf elendig in der Fremde, kaum, dass sein Sohn Friedrich, der von der leiblichen Mutter und den Großeltern erzogen wurde, neun Jahre alt geworden war. Das Getuschel ging auch an Artus und seiner Familie nicht spurlos vorüber und fand dort Gehör. Die Leute, die über Karl-Ludwig redeten, sprachen von der allgegenwärtigen Gerechtigkeit Gottes. Sie drückten klar aus, wie ausgleichend das Schicksal mit dem jähzornigen, trunksüchtigen Mann umgesprungen war, der seiner ersten Frau viel Leid bis zu ihrem frühen Tode zugefügt hatte. Seiner zweiten Gattin schenkte er ebenfalls keine liebenden, romantischen Augenblicke. Dank der inneren Umkehr der von Ströwelows, die ihrer zweiten Schwiegertochter diesmal helfend zur Seite standen, konnte Elisa vor Schlimmerem bewahrt werden. Für ihren

Sinneswandel zahlten sie jedoch einen hohen Preis. Um deren Leben und das ihres Enkels zu schützen, musste Karl-Ludwig, ihr einziges Kind, der völlig die Kontrolle über sich selbst verlor, das große Haus seiner Ahnen für immer verlassen.

Wie in aller Welt konnte es nur sein, dass sich sein Bildnis hier auf dem Deckblatt des Buches befand? Der gespenstische wirkende Karl-Ludwig schien verzweifelt und ausgelaugt. Er schaute mit angsterfüllten Augen zu dem zum Monster mutierten Ludger auf und legte dabei schützend seine bleichen Hände vor seinen durchsichtigen, nebulösen Körper. Das dämonische Geschöpf allerdings grinste und die Unbarmherzigkeit, die aus jedem der gezeichneten Bewegungen heraus auf den Betrachter einstürmte, ließ Artus' Herz erfrieren. Die Malerei wirkte, als habe ihr eine Zaubermacht Leben eingehaucht. Hastig schmiss er das Buch auf den Boden, angewidert von dem Anblick der abgebildeten Szene. Er wandte sich rasch einem der Waschbecken zu, um seine besudelten Hände zu reinigen, die den Band gerade angefasst hatten. Auch seine eigene Seele schien beschmutzt, in die er dieses Bild ungewollt hineingelassen hatte. In der Drehbewegung hielt er abrupt inne, da das Skript unverhofft, aufgeschlagen vor ihm liegen blieb.

Artus' angeborene Neugierde siegte über den dringenden Wunsch, das Werk zu verbrennen. Achtsam, als könnten ihm die geisterhaften Gestalten des Einbandes etwas antun, ging er in die Hocke. Jederzeit zur Flucht bereit, falls irgendetwas Abstoßendes aus dem leserlichen Inneren des beschriebenen Papiers nach außen springen würde, betrachtete er nervös die leicht vergilbten Seiten.

Er erinnerte sich jetzt wieder gut an die Zeiten, in denen er sich mit den handgeschriebenen Zeilen seines Freundes beschäftigt hatte. Nachdem alles gedruckt und gefertigt war, hatte er die weißen, leeren Blätter hinten in den Band eingefügt, genau wie Ludger es gewünscht hatte. Die letzte Zahl einer Seite, die bedruckt worden war, war damals die 333 gewesen, nun aber leuchtete ihm die Zahl 444 geradezu provokant entgegen.

Also nahm er das Buch erneut in die Hand. Mit aller gebotener Vorsicht blätterte er zurück zur Seite 333. Dann begann er zu lesen. Aus irgendeinem Grund allerdings gelang es ihm nicht, die Buchstaben aneinanderzureihen. Er fand keine Worte, keine Sätze, keinen brauchbaren Inhalt. Immer wieder verschwammen die Schriftzeichen vor seinen Augen. Nach mehreren erfolglosen Versuchen gab er es auf, sich in die zusätzlichen Seiten des Manuskriptes einzuarbeiten und wollte es schon mit einer energischen Geste zuklappen. Bevor er es zusammenschlug, schimmerte im Anhang, so unglaublich es schien, erneut ein Päckchen leerer, weißer Blätter, das auf mysteriöse Weise eingesetzt worden sein musste. Gespannt zählte er die neuen Seiten. Es waren genau 111.

Voller Angst und nach wie vor angeekelt betrachtete Artus nochmals den Deckel. Abstoßend und scheußlich präsentierte sich die Szene, wie sich die Geistergestalt Karl-Ludwigs dem Dämon gegenüber darstellte. Ein Bild, direkt aus der Hölle, offenbarte sich dem rechtschaffenen, gläubigen Künstler. Stark schwitzend, wusste er, er musste dafür sorgen, dass das Werk vor neugierigen Blicken verborgen blieb. Er hatte es seinem Freund versprochen, aus welchen Gründen auch immer. Rasch hob er den Band auf und verbarg ihn unter seiner Kleidung. Artus brachte das Buch zur Sicherheit in sein Haus und versteckte es unter seiner Matratze. Es durfte niemandem in die Hände gelangen.

Damit begann Artus' Martyrium. Seine zukünftigen Nächte formierten sich zu einem einzigen Albtraum. Jeden Abend, wenn er seinen Kopf müde von der Arbeit auf seine Kissen bettete, drangen Geräusche an sein Ohr. Stimmen, die aus seinem Bett zu kommen schienen, gruben sich kichernd und krächzend in sein Gehirn und raubten ihm den wohlverdienten Schlaf. Verzweifelt und von großer Furcht getrieben, sprang er auf und verbrachte fortan die Stunden bis zum Tagesanbruch in einem Sessel neben dem Fenster. Vor hier aus beobachtete er seine Frau, die sich unruhig auf ihrem Lager hin und her warf.

An dem Tag, als der neue Teil seiner Werkstatt fertiggestellt war und alles an seinen Platz geräumt werden sollte, schlich er sich abends nochmals aus dem Wohnhaus von seiner Familie fort und verbarg das mystische Zauberwerk wieder in seinem einfachen Tresor. Keine Sekunde länger sollte es in seinem Heim bleiben. Das Versteck schloss er eigenhändig ab und schob einen massiven Schrank davor, den er höchstpersönlich einräumte. Dieser war, nachdem er seine Arbeit schweißnass beendet hatte, so schwer, dass niemand ihn ohne Hilfe von der Wand schieben konnte. Somit machte er das Werk des Bösen erneut für alle Augen unsichtbar und hoffte auch diesmal, es wieder vergessen zu dürfen. Es handelte sich eindeutig um Teufelswerk, daran musste er nach den letzten magischen Geschehnissen glauben. Den Schlüssel zu seinem Geheimfach trug er fortan an einer Silberkette um seinen Hals. *Silber hat eine reinigende und heilende Wirkung,* dachte er und glaubte so zwischen dem Buch und sich eine positive Brücke gebaut zu haben. Doch diesmal geriet es nicht nochmal in Vergessenheit.

Obwohl sich Artus sicher sein konnte, dass das Geschriebene, welches ihm vor langer Zeit im Entwurf von Ludger Rosenau überreicht worden war, gut aufgehoben war, litt er dennoch nach wie vor unter massiven Albträumen. Er kam nicht zur Ruhe. Nach Wochen der Qual und der unendlichen Nächte unruhigen Schlafes, fühlte er sich nicht einmal mehr seiner selbst gewachsen. Immer wieder musste er sich den mysteriösen, beinahe gruseligen Gesichtern stellen, die ihm der Einband präsentierte und die er niemals so furchteinflößend kreiert hatte. Er fand weder bei Tag noch bei Nacht ausreichende Erholung, fürchtete um die geliebte Familie und entschied sich eines Morgens, das Werk entweder fortzuschaffen oder sogar zu vernichten. Entgegen den Weisungen seines geschätzten Freundes Ludger.

Artus konnte nicht mehr. Er war am Ende! Körperlich machte sich ein extremer Schlafentzug bemerkbar, der ihn auch seelisch vehement in die Enge trieb. Somit sah er sich dazu gezwungen, dieses mysteriöse Objekt, in das nicht nur sein Kamerad Ludger, sondern auch er selbst so viel Herzblut gegeben hatte, schnellstmöglich zu beseitigen. Seine geliebte Frau, die nichts von den eigentlichen Schwierigkeiten ihres Gatten ahnte, interpretierte seine Verfassung anders. Sie betrachtete ihn schon längere Zeit voller Sorge und forderte ihn auf, sich nicht mehr ganz so intensiv in die Tätigkeiten der Druckerei einzubringen.

„Schau, Liebling!", sagte sie eines Tages zu ihm: „Du hast nicht nur deine Werkstatt. Deine Kinder brauchen dich. Lass die Arbeit für einige Zeit ruhen und überlasse das Geschäft den Gesellen. Sie sind allesamt erfahren genug und benötigen deine ständige Aufsicht nicht!"

Doch damit brachte sie sein Dilemma nicht auf den Punkt. Seine Druckerei und die damit verbundenen Aktionen erledigten sich dank seiner herausragenden Mitarbeiter wie von selbst. Darum ging es ganz einfach nicht. Er krankte zunehmend an den Folgen der Existenz des Buches und an den negativen Energien, die es aussandte. Auch, wenn seine Firma auf festem Grund stand, seine Kunst litt unter seiner schlechten Verfassung. Seine mangelnde Fähigkeit, sich zu konzentrieren, schadete seinen Arbeiten, die in die Mittelmäßigkeit abzusinken drohten. Leid und Pein zerstörten ihn, solange der Stein des Anstoßes in seinem näheren Umfeld versteckt blieb. Er hatte seinem verstorbenen Kameraden versprochen, mit niemandem über das Werk zu sprechen. Deshalb konnte er weder seine geliebte Frau, noch sonst jemanden in die Geschichte einweihen und nicht über die Probleme reden, die besonders nach dem Umbau seiner Werkstatt aufgetreten waren. In Wahrheit konnte keiner erkennen, unter welchem enormen Druck er tatsächlich stand.

Das hässliche, verzerrte Gesicht, das sich nachträglich noch auf dem Einband gezeigt hatte, die vielen Seiten, die plötzlich, wie von Geisterhand beschrieben waren, lösten eine unendliche Furcht in ihm aus. Wesenheiten, die zu solchen Taten fähig waren, schafften es auch, ihn und vielleicht seine ganze Familie mit Flüchen zu belegen oder sie ganz und gar auszulöschen. Er zermarterte sich sein Gehirn, um die unmöglichen, unglaublichen Vorfälle zu verstehen und nachvollziehen zu können und gönnte sich kaum mehr erholsame Stunden. Dennoch brachten die Worte seiner Frau in Artus eine Seite zum Klingen, die ihn zum Handeln zwang. Hinzu kam, dass sich die Ereignisse überstürzten.

Wie an jedem Abend legte er den Schlüssel unter sein Kopfkissen und schlief völlig ermattet ein. Nachts erwachte er wieder einmal ganz plötzlich aus seinem unruhigen Schlaf. Draußen tobte ein fürchterlicher Sturm, der Bäume ächzen, Fensterläden und Türen stöhnen ließ. Regen prasselte hernieder, der immer wieder unregelmäßig von extremen Windböen gegen die Fensterscheiben geschlagen wurde. Eine ungemütliche, feuchte Atmosphäre lugte aus gespenstischer Dunkelheit zu ihm herein. Dennoch zitterte weder sein Körper, noch war seine Seele bang. Etwas war eindeutig anders als sonst. In seinem verwundeten Innersten breitete sich ein tiefer Frieden aus, den er seit Langem nicht mehr spüren durfte. Reichte allein sein Vorhaben aus, den Störenfried alsbald loszuwerden und an einen anderen Ort zu schaffen, um ihn genesen zu lassen? Tat er wohl das

Richtige?

Vorsichtig krabbelte er aus seinem Bett, zog sich seine Hose und ein Hemd über und verließ leise, um seine Gattin nicht zu wecken, das gemeinsame Schlafzimmer. Ehe er sich versah, war er auch schon durch den Regen hin zu seiner Werkstatt geeilt und kam triefnass dort an. Flink leerte er den Schrank, den er vor sein Geheimfach geschoben hatte und zog ihn dann, als er leicht genug für den kräftigen Mann war, von der Wand. So gelangte er an das Fach, in dem er noch vor gar nicht allzu langer Zeit Ludgers Erbe zum zweiten Mal verborgen hatte. Mit bebenden Händen zog er den Schlüssel aus der Hosentasche und wollte gerade das Türchen öffnen. Noch bevor er den Schlüssel ins Schloss stecken konnte, sprang es von selbst auf. Erschrocken zuckte er zurück, beugte sich achtsam ein wenig nach vorn und blickte in die Schwärze der Aussparung hinein. Nichts war zu sehen. Finstere Leere schaute ihn an.

Was geschah denn hier? Von ungeahnter Kraft, aber auch von Freude durchflutet, suchte er sicherheitshalber das gesamte Innere noch einmal ab, doch seine tastenden Hände fühlten nicht das Geringste. Das Buch war weg! Und damit auch seine Verpflichtung, ein Versprechen einem Freund gegenüber einzuhalten. Das Werk schien ganz offenkundig gestohlen worden zu sein. Deshalb hatte er gerade Frieden verspüren dürfen. Zu der Erleichterung, den Gegenstand nun nicht mehr verwalten zu müssen, mischte sich auch das Empfinden, versagt zu haben. Sich selbst zurechtweisend dachte Artus: *An mir liegt es nicht!* Er hatte alles getan, um seinem Kameraden mit der Einhaltung einer gegebenen Zusage zu dienen.

„Hallo Artus!", dröhnte eine Beklemmungen auslösende Stimme gewaltig in seinem Kopf, während sich der Buchdrucker aus der Position erhob, in der er unbequem vor dem Schlupfwinkel gehockt hatte. Als wäre er geschubst worden, flog er plötzlich ein Stück weit nach hinten. Langsam, nichts Gutes ahnend, drehte er sich um. Artus prallte erneut zurück.

Mit einem süffisanten Lächeln auf den Lippen lehnte Ludger leger an der rückwärtigen Wand der Werkstatt, halb hinter einem stützenden Pfeiler verborgen. Nicht der Freund, den er von klein auf kannte, nein! Hier stand ein imposanter, furchteinflößender Mann vor ihm, anstelle des liebenswerten Sohnes von Gutsbesitzern, mit dem er einst gespielt hatte. Ludgers Antlitz schien von wächserner Blässe zu sein, doch dieser Eindruck konnte sich durch den von schwachem Licht erhellten Raum eingeschlichen haben.

„Ich habe mir erlaubt, mein Werk deiner Obhut zu entziehen. Ich, lieber Freund, spüre deinen bedrückenden Schmerz, fühle, wie du fühlst und mir ist klar, jetzt die Bürde von dir nehmen zu müssen, die ich dir grausamer Weise auferlegt habe. Habe Dank, mein Kamerad, mein Weggefährte aus früherer Zeit, für deine aufopfernde Hilfe. Deine Kraft und Intuition haben es geschafft, aus meinem Tagebuch das zu machen, wozu es ausersehen ist."

Ludger trat auf Artus zu, der sich erschrocken in die hinterste Ecke seiner Werkstatt verkriechen wollte. Aber er hatte keine Chance. Ludger bewegte sich schneller als der Schall. Er nahm den angsterfüllten Mann in seine Arme und gönnte ihm in diesen wenigen Sekunden einen Moment unendlicher Ruhe. Diese innere Stille hatte Artus nicht mehr erlebt, seit diese unselige Rohfassung eines Buches ihm erneut in die Hände gelangt war. Körperliche Schwäche und Rastlosigkeit fielen von ihm ab und er ließ sich erschöpft in den Augenblick der Erlösung fallen, den Ludger ihm schenkte. Auch wenn diese Handlung nur Sekunden im allumfassenden Kosmos andauerte, für Artus lenkte sie den Schritt zurück in sein Leben als fleißiger Buchdrucker, liebevoller Ehemann und Vater. Die dubiose, zerstörerische Last war von ihm genommen.

Ludger löste die Umarmung und zog sich ein Stück von Artus zurück. Sein Gesicht wirkte weich, mit einem Male weniger grausam, als noch eben zuvor. Eine Welle der Zuneigung durchflutete Artus, bevor er sich bestürzt die Frage stellte, wie sein verstorbener Freund, bei dessen Beisetzung er damals anwesend war, plötzlich lebendig vor ihm stehen konnte.

„Lieber Artus, die Zeit ist nun gekommen, das Buch in andere Hände zu legen!"

Nochmals bedankte er sich bei dem verblüfften Mann und verschwand ebenso schnell wie er erschienen war. Hin und hergerissen zwischen einem Grausen, das sich selbst seiner Eingeweide zu bemächtigen schien und gleichzeitig der Freude, dass Ludger offensichtlich noch lebte, räumte Artus die Werkstatt gründlich auf. Nichts erinnerte mehr an die nächtlichen Ereignisse. Dann kehrte er in sein Wohnhaus zurück und betrat die Küche. Hier gönnte er sich erst einmal ein großes Glas Wein, um den inneren Aufruhr zu besänftigen. Lange Zeit saß er bei Kerzenschein am Küchentisch und grübelte vor sich hin, versuchte die Ereignisse zu verstehen, die sich gerade abgespielt hatten und kam dennoch zu keinem Ergebnis. Als er sich entspannter fühlte, überkam ihn schlagartig eine bleierne Müdigkeit, die ihn die Treppe hin zu seinem Schlafgemach nach oben trieb. Völlig ausgelaugt ließ er sich neben seine Frau fallen und versank augenblicklich in tiefsten Schlaf.

Erfrischt erwachte er am hellen Morgen, hörte in der Küche seine Gattin bereits rumoren und die Kinder toben. Ein feiner Kaffeeduft kitzelte seine Nase. Nachdem er sich gewaschen und angezogen hatte, stieg er hinunter zu seiner Familie. Lachend riss er seine Liebste in die Arme und küsste sie. Die schob erstaunt die Augenbrauen in die Höhe. So hatte sie ihren Artus schon ewig nicht mehr erlebt.

Er blieb glücklich bis an sein Lebensende und war

erfolgreicher denn je. Ludger, den er als junger Mann zum Freund hatte, existierte weiterhin in seinem Gedächtnis. Doch der Kamerad, der ihn ein Buch hatte gestalten und drucken lassen, der ihn in eben dieser Nacht besucht hatte, entwich auf Dauer seinem Bewusstsein und blieb in seinem Herzen der verstorbene, vordem liebe Freund seiner Jugend.

Das Werk war fort. Kein Mensch konnte wissen, wann das Buch das nächste Mal auftauchen würde!

Amadeus aber, der sich Artus in der Nacht noch einmal als Ludger präsentiert hatte, wandelte sich erneut, um seiner zukünftigen, wahren Bestimmung Folge zu leisten, der er sich Jahre zuvor bereits unterworfen hatte. Den Kameraden Artus jedoch würde er stets in liebender Erinnerung behalten, tief versteckt in einem Teil einer Seele, die Ludger allein gehörte.

Ludger, einige Jahre vorher

Verdammnis

Der Himmel brennt, doch keine Funken sprühen empor,
von unten drängt etwas hervor.
Es lässt die Herzen rasen.

Der Hass, er lebt, die Rache sucht den Weg ins Freie,
auf dass sie wachse und gedeihe.
Die Furcht wird immer größer.

Die Liebe geht, sie hat den Hass aufs Grausamste geboren,
hat Seelen einfach eingefroren.
Der Kummer lässt die Welt nicht los.

Der Geck, er rast in wilder Lust dahin in bösem Spiel,
Schmerz senden ist sein einzig Ziel.
Die Tränen fließen heiß ins All.

Nachdem Ludger sein aus losen Blättern bestehendes Tagebuch bei Artus mit allen ihm wichtigen Instruktionen abgegeben hatte, kehrte er in der Nacht nach Hause zurück. Er hatte viele Stunden vorher eine Entscheidung getroffen, die es nun galt, in die Realität umzusetzen. Leise schlich er sich die große Freitreppe hinauf. Hier oben befanden sich die Schlaf- und Gästezimmer im Gutshof der Rosenaus. Im flackernden Licht der herunterbrennenden Kerzen, die in bestimmten Abständen in ihren reich verzierten Halterungen an mit feinstem Brokat geschmückten Wänden angebracht waren, schritt er auf das gemeinsame Zimmer seiner Mutter und seines Vaters zu. Ein stechender Schmerz durchfuhr sein Innerstes, denn sein Herz war zerrissen. Er stand einen Moment auf dem Flur und schaute auf die Bilder seiner Vorfahren, die ihn aus hölzernen, mit zartem Blattgold veredelten Rahmen anstarrten. Egal, wohin er sich auch wandte, die Augen folgten ihm nach. Ludger konnte nicht genau sagen, wie er dies empfand. Blickten sie ihn vorwurfsvoll an oder verstanden sie seinen Entschluss, sich von dem jetzigen Leben abzuwenden und in eine neue Ära, eine völlig unbekannte Dimension einzutreten?

Er löste sich in bestimmender Geste sowohl von den Bildern, als auch von seinen inneren Zweifeln und betrat sachte das Gemach seiner schlafenden Eltern. Kummer würde er ihnen bereiten. Das war gewiss! Aber er musste fort von hier, musste seinem eigenen, quälenden Gewissen nachgeben. Eine Existenz unter den gegebenen Umständen käme für ihn einem Siechtum gleich. Nicht umsonst war ihm Samiel auf seinen nächtlichen Streifzügen begegnet. Es machte Sinn, sich dem dunklen Wesen anzuschließen, um endlich Frieden in sein von Hass zerfressenes Herz zu bringen.

Rutloff und Reinhild Rosenau lagen eng umschlungen in ihrem riesigen, von Intarsien verzierten Teakholzbett. Die Schlafstätte hätte für die beiden, sich in ihrem Alter offenbar noch innig liebenden Menschen, weniger als halb so breit sein müssen, bemerkte Ludger leicht amüsiert, dennoch gleichzeitig voller Melancholie. Er beugte sich über seine Mutter und hauchte ihr sanft einen Kuss auf ihre ihm zugewandte Wange. Seinem Vater streichelte er liebevoll übers Haar. Die Schlafenden konnten ihn nicht hören, dennoch sprach er: „Ich weiß nicht, ob es richtig ist, was ich vorhabe, aber glaubt mir, ich kann nicht anders! Ich bin dem Tode geweiht, so oder so. Also wähle ich ein Leben, von dem ich mir Frieden erhoffe, wann auch immer. Ich liebte euch immer und liebe euch auf ewig!", flüsterte er mit tränenerstickter Stimme. Dann wandte er sich ab, verließ rasch den Raum, bevor die Gefühle ihn völlig übermannten und hetzte aus dem Hof hinaus in die ihn umfangende Nacht.

Kaum hatte er diese intensive, emotionale Begegnung hinter sich, spürte er erneut seelische Kälte in sich aufsteigen und alles zerfressenden, nicht zu besänftigenden Hass. Es galt, einem Feind ein Gefecht zu liefern, der ihm alles genommen hatte, was ihm je wichtig war. In dieser Nacht, in der nicht der kleinste Schimmer Mondlicht am Firmament zu sehen war, die Schwärze ihn umarmte wie einen Freund, war der Zeitpunkt gekommen, seinen neuen Weg konsequent zu beschreiten. Und Ludger war bereit!

Linette

Qual

Grausam zu fühlen und zu erleben,
welch unnütze Qual das Leben kann geben.
Im Herzen der Güte, die Liebe entbrennt,
für den Armen, den man nicht kennt.

Einschließen in die Seele, ins liebende Herz,
erlösen aus Trauer, Kummer und Schmerz.
Doch zu spät ist die Handlung, ist solche Tat,
denn die helfende Seele bald nicht mehr wart'.

Linette Ströwe rieb sich die müden Augen. Stundenlang hatte sie die ergreifende Leidensgeschichte des jungen Ludger verfolgt. Es wäre ein wundervoller Liebesroman geworden, hätte sich zum richtigen Zeitpunkt, an richtiger Stelle etwas ereignet, dass die beiden jungen Menschen, Ludger und Ariadne, wieder vereinigt hätte. Doch ein entsetzliches, unmenschliches Zusammenwirken mehrerer unnachgiebiger Personen hatte den Liebenden keine reelle Chance gelassen, einander zu gehören.

Ein bestialischer Schmerz durchfuhr Linettes Unterleib und zwang sie, ihre Lektüre zu unterbrechen. Wieder die gleiche Stelle wie gestern. Vielleicht musste sie doch mal einen Arzt aufsuchen. Stöhnend erhob sie sich und holte sich aus der Hausapotheke im Badezimmer etwas von dem schmerzlindernden Pulver, das Heinrich sich immer in großen Mengen gönnte, wenn er mal wieder zu tief ins Glas geschaut hatte. Auf diesem Weg guckte sie schnell in Olivers Zimmer hinein. Der kleine Mann schlief wie ein Engel. Noch während sie die Türe seines Kinderzimmers ganz behutsam verschloss, um den Jungen nicht zu wecken, stellte sie erleichtert fest, dass die bohrenden Stiche bereits etwas nachließen. Froh, die Pein, die einer schweren Kolik glich, erst einmal überwunden zu haben, kehrte sie in ihren Raum zurück und legte sich aufs Bett. Ihr ganzer Körper war von einer Schicht kalten, klebrigen Schweißes überzogen. Sie fror plötzlich erbärmlich. Um diesem Unwohlsein entgehen zu können, zog sie sich die Bettdecke über ihren schlotternden Leib und versuchte, ganz ruhig und gleichmäßig durchzuatmen. Jedes Mal, wenn sie die Luft tief in ihre Lungen sog, flammte eine furchtbare Schmerzwelle erneut auf und raste in die Gegend unterhalb ihres Bauchnabels. Erschreckt hielt sie inne und versuchte nun, den lebenserhaltenden Atemfluss zu stoppen. Hechelnd wie ein Hund respirierte sie, damit die Qual nicht schlimmer wurde. Sanft legte sie eine Hand auf den

Bereich, der ihr so sehr zu schaffen machte, spürte im Moment heilende Wärme und wartete schwitzend, bis der übelste Druck vorüber war.

Dann erhob sie sich, ging ein bisschen wacklig auf den Beinen ins Badezimmer und machte sich für die Nacht zurecht. Heinrich erwartete sie sobald nicht zurück. Gott sei Dank! Sie stieg in die Duschtasse, griff zur Brause und ließ heißes, wohltuendes Wasser auf ihren Körper hernieder prasseln. Dabei wurde ihr Blick auf den Boden gelenkt. Eine von der Normalität ihres Abendrituals abweichende Tatsache ließ sie stutzen. Etwas stimmte hier nicht! Statt auf die weiße, glänzende Emailleschicht blickte sie auf eine rot verschmierte Fläche herab. Starr vor Schreck fuhr sie zusammen. Mit Wasser verdünntes Blut floss in Strömen in den Ausguss hinein. Du liebe Güte! Sie hatte doch gerade erst ihre Periode hinter sich. *Vielleicht eine Nachblutung,* beruhigte sie sich. Dies schien auch der Auslöser für ihre unbändigen Schmerzzustände gewesen zu sein.

Von leichter Mattigkeit geplagt, reinigte sie die Dusche gründlich und kümmerte sich um die mit blassen, hellroten Spritzern verschmutzten Wände der Duschkabine, nachdem sie sich eine Binde in den Schlüpfer gelegt hatte und sich selbst wieder frisch und sauber fühlte. Zufrieden und beruhigt, einen Grund für ihre körperliche Schwäche gefunden zu haben, kuschelte sie sich müde in ihre Kissen. Der furchtbare Schmerz war wie weggeblasen und ein Zustand, der beinahe ein wenig körperlichem Wohlbehagen glich, breitete sich in ihr aus.

Linette dachte wehmütig an Ludger, an die grauenhaften Ereignisse, mit denen er sich herumschlagen musste. Die Lektüre des heutigen Abends hatte sie begreifen lassen, warum der verbitterte, junge Mensch glaubte, einen Weg der Verwüstung und der boshaften Handlungen gehen zu müssen. Er verstand sich als jemand, der sich durch die damaligen schrecklichen Umstände gezwungen sah,

Selbstjustiz zu betreiben. Teuflische Selbstjustiz auf angeblich göttlicher Ebene. Wie hatte Samiel zu ihm gesagt? „Was du säst, das erntest du!"

Eine eindeutige Aufforderung für eine verwundete, verletzte Seele, den Widersachern seiner Liebsten und seines Kindes zur Ernte ihrer Untaten zu verhelfen. Auf seine Weise verschaffte er den Verursachern seiner Tragödien ihre wahre Strafe, indem er sich an die Bibel hielt.

Stand nicht im zweiten Buch Mose geschrieben: „Ich, der Herr, bin ein eifriger Gott, der heimsucht die Missetaten der Väter an den Kindern bis in das dritte und vierte Glied,"?

Nichts anderes führte Ludger, der sich während seiner Leid bringenden Mission inzwischen Amadeus Mielas nannte, offensichtlich aus. Ihm war großer Kummer zugefügt worden. Voller Dankbarkeit für die Option, die sich ihm eröffnete, wandte er sich dem diabolischen Samiel zu, der sein Verständnis für Rache und Gerechtigkeit nur allzu frei auslegte. In den Worten des Gecken sah sich Ludgers Herzenswunsch absolut aufgehoben und unterstützt. Samiel insistierte rücksichtslos und erfolgreich: Seinen Rachedurst zu stillen sei das Normalste von der Welt und vor allem gottgefällig. Der verstörte junge Mann glaubte diesen Sprüchen und erhoffte sich Hilfe für sein verzweifeltes Herz. Wie oft wünschte sich Linette, etwas mehr Biss zu haben, um sich Heinrich gegenüber zur Wehr setzen zu können und ihm all die hässlichen Attacken gegen ihre Person heimzuzahlen. Doch dafür war es inzwischen zu spät. Sie konnte nur noch versuchen, ihren süßen Oliver vor dem Schlimmsten zu bewahren und ihn glücklich ins Leben zu schicken. Alles andere interessierte ihre eigene gequälte Seele nicht mehr.

Ludger selbst tat ihr furchtbar Leid. Mit einem Male durchfuhr sie ein schrecklicher Gedanke. Ein wahnwitziger

Verdacht nahm in ihrem Kopf Gestalt an. Sie hatte das Buch noch nicht beendet. Konnte es möglich sein, dass in ihrer Jetztzeit in Ludwig Maisel die verwandelte Person Ludger Rosenaus zu erkennen war? Möglicherweise hatte sich der Racheengel in diesem Leben an ihren Heinrich gehängt, um sein grausames Werk an ihr und ihrem Sohn ein weiteres Mal zu vollenden.

„Papperlerpapp!", schimpfte sie sich selbst.

Aber dennoch, die Ähnlichkeiten der Gestalt Ludgers, mit der Ludwigs auf dem Bildband waren verblüffend, wie auch die Namensähnlichkeiten. Warum war ihr das nicht schon direkt beim Lesen aufgefallen? Mielas = Maisel. Innerlich hatte sie es bereits längst gewusst. Was hatte sie nur davon abgehalten, sich dessen so sicher zu sein? Offensichtlich war sie eine Meisterin der Ignoranz und des Verdrängens. Dabei hätte sie das spezielle Buch niemals gestohlen, wenn ihr nicht das Gesicht auf dem Einband so wahnsinnig bekannt vorgekommen wäre.

Doch, wie sollte das gehen? Einhundertsechzig Jahre lagen zwischen dem dramatischen Ereignis und ihrer Gegenwart. Hier stimmte wahrhaftig etwas ganz und gar nicht. So lange konnte kein Mensch leben und dabei so extrem jung und attraktiv aussehen. Unter all den Grübeleien, die ihr so schwerfielen und die sich ihres Geistes bemächtigten, kehrte mit einem Male die tributfordernde Schwäche zu Linette zurück.

Der Schweiß, den sie eben noch wacker bekämpft hatte, überzog sie erneut. Er breitete sich auf ihrem gesamten Körper aus. Sie spürte Rinnsale, die unter dem Oberbett ihren Bauch herabliefen, bevor sie von dem Stoff verschluckt wurden. Und sie merkte, wie sich das Wasser unter ihren Brüsten und in der Busenspalte sammelte. Fühlte die Feuchtigkeit, die ihre Kopfhaut und die Haare benetzte und ihren empfindlichen Nacken zum Jucken brachte. Vor allem aber empfand sie seelisch eine schreckliche Bedrängnis.

Ihr Hals schnürte sich zu, Angst quoll aus ihrem Körper heraus wie klebriger Sirup, dessen Fluss sie nicht stoppen konnte. Die Luft in ihren Lungen wurde knapp, obwohl sie sich anstrengte, sie fließen zu lassen. Linette verlor die Kontrolle über sich. Sie wehrte sich und musste erfahren, wie sich ihr Zustand verschlechterte, je mehr sie ihn zu beachten und zu bekämpfen suchte. Also gab sie den Kampf auf. Hilflos, ohnmächtig und erschöpft gönnte sie dieser anstrengenden, leidgeprüften Form ihres Lebens seine Daseinsberechtigung und schloss erleichtert die Augen. Tiefstes Mitleid für den Ludger, der identisch mit Amadeus und allen anderen in dem Buch vorkommenden Rächern schien, durchflutete sie, bevor sie ausgelaugt in das Ruhe versprechende Land des Schlummers abdriftete. Wie er die Jahrhunderte in seiner Gestalt überdauern konnte? Damit konnte sie sich noch am nächsten Tag beschäftigen.

Ludwig Maisel, alias Samiel aber, der ihr Mitgefühl irgendwo in der Dimension, in der er existierte und die ihre Welt so wundersam berührte, gespürt hatte, gönnte ihr für den Moment die erholsame Nachtruhe. Er liebte sie, weil sie ihm ihre Seele in den himmlischen Sphären schenkte und damit eine von etlichen Erfüllungsgehilfen war, die ihn in einem unausgewogenen Kampf unterstützte, den er doch schon so lange führte.

Heinrich Ströwes Frau Linette schlief und träumte sich in ein Universum der Harmonie, geliehen von dem Bösewicht Samiel, dessen Anima von der Ludgers gespeist wurde, durch unbändigen Hass in ihm genährt. Er hielt an ihr fest, weil sie sich ihm, ohne es zu wissen, auf dieser Ebene zur Verfügung stellte. Trotz aller Qualen, die sie erlitt und die er ihr auferlegte, war sie bereit, den Weg der Rache ein Stück mit ihm gemeinsam zu gehen. Dem

Universum verschworen, den Menschen verpflichtet, bereitete sie sich auf ihr Martyrium vor.

Eine Woge des Glücks durchflutete den mittlerweile schlafenden Geist Linettes und katapultierte ihn hinein in den Kosmos, der ihr eigentlich gehörte. Ein Land, in dem Liebe und Seligkeit regierten. Eigenschaften, die von einem kleinen, wundervollen Jungen gekrönt wurden, der sich Oliver nannte. Bis zu diesem Zeitpunkt ahnte sie schon, dass er im Erwachsenenalter das Schicksal seines Vaters teilen würde. Solange sich dieser Ludwig Maisel in ihrem familiären Umfeld herumtrieb, der sich die Seele des Kindes zuführen würde, wenn die Zeit gekommen war, war Oliver nicht sicher.

An dieser Stelle ihres Traumes angekommen, lockerte Samiel seinen liebevollen Griff und überließ Linette erneut ihrem jämmerlichen Leben. Warum? Warum beendete er sein Handeln nicht?

Wieder Angst, wieder Schweiß. Selbst im tiefsten Schlummer gab es nach Augenblicken der Erholung keinen Frieden. Keine Hoffnung? Sie erriet und erkannte die Hilfestellungen, die das Buch ihr übertrug, um dem Treiben des Gecken Einhalt zu gebieten. Aber sie hatte auch genug Gefühle in sich, um Ludger zu verstehen. Linette hatte keine Kraft mehr! Umfangen von den friedvollen Bildern, die ihr Samiel soeben noch geschenkt hatte, ließ sie sich fallen. Ihr Unterbewusstsein schloss seine Pforten und öffnete langsam, sachte und unerbittlich die Türen, durch die sie in die bewusste Realität gelangte.

„Werde ich verrückt?" Ein letzter Gedanke in einer Traumsequenz.

Sie erwachte am nächsten Morgen. Heinrich war nicht nach Hause gekomen. Das war in Ordnung und kam ihr gerade recht. Ihre Glieder schmerzten, in ihrem Kopf drehte sich ein Riesenrad. Die positiven Momente des Schlafes hatten ihrem Unterbewusstsein für den Augenblick Kraft geschenkt, dennoch: Die Wirrnisse der Nacht hatten ihr ebenso deutlich gezeigt, sie musste sich zum Kampf wappnen, wenn sie das Leben ihres Sohnes retten und in vernünftige Bahnen lenken wollte. Maisel stellte eindeutig eine Gefahr für Oliver dar. Doch bis dahin würde sie erst einmal das Buch weiterlesen müssen, welches geschrieben wurde, um die Jahrzehnte währenden Kapitel der Dramen beenden zu können, die sowohl vergiftend, als auch reinigend gewirkt hatten. Das Verhalten Heinrichs und seiner Vorfahren bedurfte wahrhaftig einer gründlichen Entgiftung, denn ihr Oliver sollte dieses chaotische Karussell nicht besteigen, dafür wollte sie sorgen.

Am Abend dieses Tages verkroch sie sich erneut in ihrem Zimmer. Sie hatte einen wundervollen Nachmittag mit ihrem Jungen verbracht. Nun wollte sie sich, noch von körperlichen Schmerzen frei, mit Ludgers Geschichte auseinandersetzen und zwischen den Zeilen des Romans nach einer Lösung für ihr Problem forschen und nach Befreiung aus der seelischen Gefangenschaft suchen.

„Was du säst, das erntest du!"

Da war er wieder, dieser besondere Satz, der Ludger Rosenaus Text wie ein roter Faden durchzog und in Linette das Gefühl hervorrief, als eine Art Entschuldigung, aber auch als wichtige Erklärung für sein schonungsloses Handeln zu dienen. Er verlieh dem Bibelspruch Ausdruck, indem er das Gesäte, nämlich die Ermordung seiner Geliebten und seines ungeborenen Kindes zur Ernte führte, dem Göttlichen Gesetz folgend. So ließ er dem Mörder und dessen Sohn unermessliche Qualen zukommen und sorgte dafür, dass die Folgegenerationen stets ihre Frauen durch unergründliche Plagen und Geschehnisse verloren. Wie er einst Ariadne und damit seine einzige Liebe zu Grabe tragen musste, durfte Zuneigung in diesen Beziehungen keinen dauerhaften Raum erhalten. Die Gemahlinnen schienen allesamt von zarter Gesundheit gewesen zu sein.

Sie wurden nicht von ihren Partnern durch Mord und Totschlag um ihr junges Leben gebracht, sondern eher durch zermürbende Folter geschwächt. Körperlicher, seelischer und sexueller Missbrauch dienten ihm als Mittel. Darin kannte Linette sich aus. Die Gattinnen, die gleichzeitig Mütter waren wie sie, vegetierten plötzlich dahin, zu kraftlos, sich den Grausamkeiten entgegenzustellen, die sie anfangs wohl unvorbereitet überrumpelten. So starb Marie von Ströwelow in jungen Jahren an Schwindsucht, Bernadette, die Frau von Johann an Leukämie. Keine der Frauen war in der Lage gewesen, sich der vom Teufel geplanten, unvorhersehbaren Tortur zu erwehren. Doch Linette verstand jetzt nur zu gut: Die Söhne mussten erst einmal überleben, die aus den männlichen Lenden der Generationen hervorgingen, die gequält werden sollten. Sonst konnte der eiskalt kalkulierende Rächer nicht weiterexistieren. Egal wie mystisch, wie mysteriös und magisch seine Existenz auch zu bezeichnen war, er folgte seiner verdrehten Version des Spruches aus der Bibel, der besagte, alle Missetaten der Väter würden bis ins dritte und vierte Glied gerächt. Doch wo es kein biblisches Glied gab, konnte auch nichts gerächt werden. Die Ehefrauen allerdings dienten dazu, die Kinder, die „Glieder", bis zu einem bestimmten Alter in liebevollster Weise zu erziehen. Wenn sie dann starben, sahen sich die kleinen, meist neunjährigen Kreaturen einem brutalen Vater ausgesetzt. Nicht in der Lage, den jähen Tod der Mutter richtig und vorbehaltlos einzuschätzen, fühlten sie sich von ihr abgeschnitten und verlassen. Früh begannen sie, diese Frauen, die ihre Buben unendlich und aufrichtig geliebt hatten, zu hassen und der tragische Kreislauf begann von Neuem. Das Muster reifte heran, nach Amadeus, Samiels, Ludgers Plan oder wie er auch sonst heißen mochte und entwickelte sich in dramatischer Art hin zu einem Selbstläufer.

Linette schlief ein und träumte. Im Traum durchlebte sie weitere Facetten des Verhängnisses, mit dem sich die letzten Vorfahren herumgeschlagen hatten. Bilder durchliefen ihr Gehirn und hinterließen einen unheilvollen Eindruck. In dieser Schlafphase, die ihr die Tragweite allen Übels veranschaulicht hatte, lernte sie alles zu verstehen. Sie wusste nun um die Aufgabe, die ihr und ihrem Kind zugedacht war und sie würden sie niemals erfüllen. Ihr Sohn sollte dem Muster nicht folgen müssen. Dafür musste sie sorgen. Dieser mächtige Gedanke grub sich festigend in ihr Gedächtnis, während sie ein umhüllender Schlaf beruhigend einlullte. Für wenige Momente befreite er sie aus ihrer Furcht. Doch leider hatte ihr dieser Schlummer keine Stärkung zu geben.

Linette griff nach dem Buch und verbarg es vor den Augen ihres Mannes, nicht ohne vorher einen letzten Blick hineingeworfen zu haben. Was sie dort sah, erschreckte sie zutiefst. Hinter die bedruckten Seiten, die sie fast ganz durchlesen konnte, hatten sich über Nacht weitere weiße Blätter angeheftet. Sie zählte: Es handelte sich genau um 111.

Miranda

Trügerisch

So jemanden zu beschreiben, ist schwer genug.
Es bringt uns an Grenzen und führt zum Betrug.
Niemand will glauben, was die Wahrheit ist.
Alle denken, sein Verhalten sei Zweck einer List.

Den Blender dagegen erkennt man hier kaum.
In ihm erlebt man einen herrlichen Traum.
Den, dessen Mund voll die Wahrheit spricht,
den sehen, den fühlen wir im Leben nicht.

Doch es existiert wahrhaftig, das ehrliche Wesen,
ist schon auf ewig auf der Erde gewesen.
Traut man den Sinnen voller Segensglück,
sieht man es gleich in dem Augenblick.

Er ist da, in allen Herzen so gedehnt,
der Mensch, nach dem sich die Seele sehnt.
Er hat einen Namen, sie darf ihn spüren.
Ihr Innerstes darf das Seine berühren.

Sie lasen Ludgers Hinterlassenschaft gemeinsam. Sabine und Miranda hatten es sich auf dem Sofa bequem gemacht. Sie kuschelten sich freundschaftlich aneinander und hielten das Buch fest. Die eine nutzte die rechte Hand, um es zu stabilisieren, die andere die linke. So begannen sie, in die verworrene, irre und undurchsichtige Welt des Ludger Rosenau einzutauchen. Wer auch immer die entsprechende Seite als Erstes beendet hatte, fragte die andere: „Fertig?" Bei einem Kopfnicken wurde die Seite umgeblättert. Es galt, das Geschehen intensiv zu studieren und dabei nichts zu übersehen, was wichtig sein könnte.

Plötzlich unterbrach Miranda die Stille, die sich ergab, wenn zwei oder mehrere Personen konzentriert mit einer Aufgabe beschäftigt waren.

„Lass uns noch mal kurz die Schreiben durchgehen, die Linette uns vererbt hat!", bat sie. „Ich möchte versuchen, die Zusammenhänge zu erschließen! Das fällt mir furchtbar schwer, auf Grund der Tatsache, dass wir seit Ende des 17. Jahrhunderts jeweils nur einen Brief zur Verfügung haben, an den wir uns halten können. Es sind in diesem Familienbund unfassbare Dinge geschehen. Das ist mal ganz klar. Aber ich muss wissen, wie sich alles zusammenfügt!"

Sabine nickte: „Du hast recht! Wenn wir auf einen vernünftigen, gleichen Nenner kommen wollen, müssen wir systematisch vorgehen. Wir sollten Ludgers Buch mit den handschriftlichen Überlieferungen von Linette Ströwe in Verbindung bringen. Und natürlich eine Brücke bauen zwischen diesem Material und den Briefen, die wir von den Frauen in der Hand halten, ihren Ahnen, denen ein ähnliches Schicksal widerfahren ist wie Linette."

Sie fühlten sich durcheinander und überfordert. Nicht so gut und präzise organisiert, wie sie es sich eigentlich in dieser Situation wünschen würden. Aber sie agierten weiterhin wie besessen als Detektive in Sachen

Familienforschung, denn nicht nur Miranda, auch Sabine spürte, wie ihre eigenen Kinder unmittelbar von dem Drama der Vergangenheit eingeholt werden könnten. Deshalb mussten sie sich dringend absolute Klarheit darüber verschaffen, auf welche Weise die Schicksale von Sindra und Johannes mit den früheren Ereignissen verknüpft waren. Die arme, bedauernswerte Linette stellte einen Schlüssel zu einem winzigen Pfad des Erkennens dar.

Miranda, die sich endlich von unausgegorenen Ängsten befreien wollte, musste erschreckt feststellen, dass sie sich wieder mehr und mehr in die lähmende Abhängigkeit eben dieses Zustandes der Furcht begab. Sabine war wohl an ihrer Seite und würde sie nie verlassen, aber konnte die Freundin mit ihr zusammen die Mächte bezwingen, mit denen sich letztendlich Miranda auseinanderzusetzen hatte? Es ging längst nicht mehr nur um Frank, es ging in erster Linie um Johannes. Sicherlich gehörte auch Sindra in die Struktur, die das Schema aufzeigte, welches von den Ahnen beschrieben wurde. Wie sahen Sabines Rolle und die des Mädchens in diesem Spiel aus? Ihr Herz begann zu rasen und Schweiß trat unangekündigt auf ihre Stirn. Die Schwäche, die sie überfiel, drückte sie unvorbereitet nieder. Sie fühlte sich außerstande, sich selbst zu schützen. Plötzlich glaubte sie überall um sich herum Schatten zu sehen, Schatten in Menschengestalt. Glaubte ihre Haare, die sich oftmals in Strähnen gelockt in ihr Blickfeld schoben, seien Auslöser für die Bilder, die sich ihr vorgaukelten, während sie um ihren Jungen bangte. Sie schaute sich um. Hier gab es wirklich nichts mysteriöses. Schnell zwinkerte Miranda die unwirklichen Gespenster fort, noch ehe Sabine die aufgekeimte Unruhe ihrer Freundin wahrnehmen konnte.

Kommissar Kräutner

Die Wolkengazelle

Eine Wolkengazelle hoch am Himmelszelt
verschwindet im Nichts vor dem Sonnenschein.
Wurde von der Hitze aufgesogen.
Das Zelt ist nun frei, ist blau und klar.

Schlechte Gedanken hoch im Gehirn
verschwinden im Nichts vor der Liebe.
Wurden von der Vergebung aufgesogen.
Der Kopf ist nun frei, rein und klar.

Ein Chef, dem bisher in seiner beruflichen Laufbahn nichts wichtiger schien, als die exakte Einhaltung von Vorschriften, rückte plötzlich eine Akte heraus, ohne notwendige, rechtliche Sicherheiten oder Quittungen. Vor allem, ohne sich vorher Kopien der Unterlagen machen zu lassen. Kommissar Kräutner verstand die Welt nicht mehr. Er kannte seinen Boss nur als überaus korrekten, ja beinahe extrem pingeligen Pedanten. Welche Macht mochte nur in ihn gefahren sein, die ihm ein solch abstruses Verhalten aufdiktierte? Als Artur Oberkommissar Tomlage daraufhin zur Rede stellte, bekam er zu allem Überfluss auch noch eine blöde Antwort.

„Der Herr Milesa ist ein solch sympathischer Typ, wieso sollte ich ihm die Papiere nicht geben? Er konnte sich ausweisen und hatte die Vollmacht dabei, die es ihm erlaubt, dieses Aktenpaket zu sichten und mitzunehmen. Alles andere interessiert mich jetzt nicht mehr!"

„Darum geht es doch gar nicht. Normalerweise lassen wir uns die Herausgabe wichtiger Unterlagen wenigstens quittieren, wenn Sie sich diese schon nicht kopiert haben", gab ein innerlich aufgewühlter Kräutner äußerlich ruhig zu bedenken.

„Was soll denn der Quatsch?", wischte Tomlage die berechtigte Kritik ungeduldig vom Tisch. „Haben Sie denn nichts anderes zu tun, als mich mit solchem Geschwätz von meiner Arbeit abzuhalten. In diesem Fall kann man die Anordnung wohl mal umgehen. Herr Milesa ist ein feiner Mensch, da muss man sich nicht mit solch bürokratischem Unsinn gegenseitig das Leben schwer machen. Und nun hinaus mit Ihnen, kümmern Sie sich um Ihre dringenderen Angelegenheiten auf Ihrem Schreibtisch, mein lieber Herr Kräutner! Die Akte Trinel ist für uns geschlossen!"

Normalerweise hatte Kommissar Kräutner ein recht ausgeglichenes Verhältnis zu seinem gewöhnlich kulanten Chef. So ein Gebaren war völlig untypisch und abstrus für den sonst eher übertrieben pflichtbewussten, liebenswerten „Korinthenkacker", wie böse Zungen ihn vielleicht nennen würden. Auch so aus der Haut zu fahren, gehörte im Prinzip nicht zu den prägnanten Eigenschaften, die Artur von seinem Vorgesetzten gewohnt war.

Ohne weitere Diskussion verließ er übellaunig die Räume des Chefs und schlug den Weg zu seinem eigenen Büro ein. Auf dem Flur sah er Oberkommissar Milesa mit einigen seiner Kollegen zusammenstehen, die sich über irgendetwas königlich zu amüsieren schienen. Sympathie strahlte dem fremden Kollegen aus jedem einzelnen Gesicht entgegen. Mit einem Male zuckte Milesas Kopf in Kräutners Richtung. Wie eine Schlange, die ihre todbringenden Zähne in die anvisierte Beute rammen will, schoss er nach vorn. Artur blickte dem sich nähernden Mann direkt in die Augen. *Was für ein unangenehmer Zeitgenosse,* dachte er verblüfft und verschwand eilig hinter der Türe seines Büroraumes. Er fühlte sich an Leib und Seele besudelt, als sei er gerade eben einer boshaften, gefährlichen Macht entronnen. Entschlossen griff er zum Telefonhörer. Er musste unbedingt nochmals ein Gespräch mit Peter Schreiber führen, obwohl sie erst am Vormittag miteinander gesprochen hatten. Interessiert an Peters Meinung zu dem Vorfall, wählte er dessen Nummer. Sicherlich würde er die neuesten Entwicklungen äußerst informativ finden.

Warum ihm so an Franks Fall, den Umständen seines Todes und an dessen Familie gelegen war, warum sie ihn so seltsam berührten, konnte er nicht sagen. Eine unbekannte Kraft spielte ihr Spiel mit ihm und ließ ihn immer wieder an diese Menschen denken. Zumal der heutige Zwischenfall mehr als merkwürdig daherkam. Morgens rief Peter Schreiber ihn an und erkundigte sich nach möglichen neuen Erkenntnissen in der Angelegenheit seines Schwagers. Kurz darauf erschien dieses eigentümliche Individuum Eros

Milesa, verdrehte allen in der Dienststelle den Kopf und marschierte triumphierend mit den wichtigsten Dokumenten eines Verbrechens aus dem Haus, das längst noch nicht aufgeklärt worden war. Eigenartigerweise konnte scheinbar niemand außer Artur dem Charme des gruseligen Gecken widerstehen. Nach mehrmaligem Klingeln nahm Peter Schreiber das Gespräch entgegen: „Firma ComTec, Sie sprechen mit Peter Schreiber", tönte es in Arturs Ohren.

„Ach, prima, dass ich Sie erreiche, Herr Schreiber. Ich bin es nochmal, Kommissar Kräutner. Wir hatten ja vorhin schon miteinander telefoniert. Inzwischen sind einige wirklich komische Dinge hier im Kommissariat passiert. Stellen Sie sich doch vor: Ein Oberkommissar, namens Eros Milesa...", immer noch aufgebracht, gab Artur seine Geschichte zum Besten.

„Die Unterlagen über den Mord an ihrem Schwager sind weg!", beendete er seine Ausführungen. „Der Vorgang ist damit aus unserer Abteilung verschwunden, als hätte es ihn nie gegeben. Mein stets auf Ordnung und Korrektheit bedachter Boss und auch die meisten meiner Kollegen sind völlig beeindruckt von Oberkommissar Eros Milesa. Eine schöne, charmante Frau, der man geflissentlich die Tasche hinterher trägt, weil man bei ihr landen will, könnte nicht mehr Aufmerksamkeit im Kriminalamt genießen. Alle agieren auf einmal wie in Trance. Mich jedoch hat der Typ mit seinem übertriebenen, aufgesetzten Lächeln und seinem ebenso sonderbaren Kleidungsstil eher geängstigt."

„Moment mal!", unterbrach Peter Herrn Kräutner. „Was gefiel Ihnen an dem Knaben denn nicht?", fragte er ganz aufgeregt. Dabei konnte er sich insgeheim die Antwort selbst geben. Die Ausführungen seines Gesprächspartners zogen mit den Beobachtungen, die er in seiner Firma mitunter machte, ziemlich gleich. Was die Angelegenheit zudem spannend gestaltete, war: Kaspar Leimas war heute zum wiederholten Male nicht zum Dienst erschienen. Vielleicht hatte diese Tatsache ja mit Kräutners Problem zu tun.

„Zum einen", setzte dieser erneut an, „er ist von Kopf bis Fuß in Schwarz gekleidet. Schwarze Schuhe, Hosen, Hemd, Krawatte, selbst die Haare sind extrem dunkel, was sein Gesicht leichenblass erscheinen lässt. Wenn ich Van Helsing hieße, würde ich meinen, einen Vampir gesehen zu haben. Dabei sorgen wahrscheinlich nur die dunklen Klamotten dafür, dass er eine solche Wirkung hinterlässt. Bei genauem Betrachten ist sein Gesicht tatsächlich sonnengebräunt und gar nicht so bleich, wie es den Anschein hat. Meine Mitarbeiter hängen an seinen Lippen, sie wirken regelrecht abgedreht. Ich persönlich kann dem Menschen nichts abgewinnen. Ich habe den Eindruck, als könne er bei mir diese beeinflussenden, hypnotischen Effekte nicht so erfolgreich anwenden wie bei dem Rest unserer Mannschaft."

Nervös und seinerseits gleichzeitig motiviert, sich weitere Gedanken über die neugewonnenen Erkenntnisse zu machen, ging Peter auf die Äußerungen des Polizisten ein. Er glaube, bei dem Fremden, der dort im Präsidium für ein solches Durcheinander gesorgt habe, könne es sich durchaus um einen Arbeitskollegen von ihm handeln. Dieser erschien ihm in vielerlei Hinsicht ziemlich suspekt, doch besonders in den Angelegenheiten um seinen Schwager Frank käme ihm das Verhalten sehr fragwürdig vor.

„Wenn er es überhaupt ist", gab er zu bedenken. „Aber Ihre Beschreibung von diesem Milesa trifft absolut auf unseren Kaspar Leimas zu. Verblüffend, diese Ähnlichkeit. Ausgerechnet heute ist er nicht zur Arbeit erschienen..." Nun war es an Peter, dem Kommissar seine Eindrücke, Kaspar Leimas betreffend, detailliert zu schildern. „Meine Beschwerden im Bezug auf Kaspars Fehlstunden und seine

Inkompetenz stoßen bei unserem Direktor und den meisten Kollegen auf taube Ohren. Ich komme mir manchmal wie ein richtiger Vollidiot vor."

„Wahrhaftig, das hört sich nach Milesa oder einem Zwilling von ihm an. Es sieht ganz danach aus, als würde sich ihr guter Kaspar Leimas unter falschem Namen an die Papiere herangemacht haben. Bleibt die Frage: Warum?"

Eine Weile spekulierten die beiden Männer noch über Franks Fall. Dann verabschiedeten sie sich herzlich voneinander.

Nachdenklich blieb Artur Kräutner an seinem Schreibtisch sitzen und grübelte über die eben erlangten Informationen nach. In dieser Angelegenheit war er vollkommen auf sich allein gestellt. Mit seinem kollegialen Umfeld konnte er nicht rechnen. Das hatte er gerade sehr deutlich erkennen müssen, als er an diesem Eros und den anderen Polizisten vorbeigegangen war. Die betörende Aura, die diesen Milesa umfing, konnte ihm offensichtlich nichts anhaben, aber seinen Kollegen machte sie schwer zu schaffen. Wie verhext waren sie zu einer neutralen, objektiven Stellungnahme nicht mehr mächtig. Blieb ihm nur die Möglichkeit, auf eigene Faust Forschungen anzustellen, um den Ungereimtheiten auf den Grund zu gehen. Hier im Kommissariat konnte er niemandem mehr vertrauen!

Ludger / Linette

Vergangene Zeiten

Er lag einsam in der Dunkelheit,
sie war bei ihm und war doch weit.
Fort aus seiner eigenen Welt,
in der Finsternis herrschte unterm Himmelszelt.

Ein großes Geheimnis, das er barg,
während er frierend im Dunkeln lag.
Sie hatte ihn bereichert in seinem Leben,
hatte ihm viel Glück und Freude gegeben.

Die wahre Liebe war ihm wahrhaftig begegnet,
hatte sein Dasein mit Schönem gesegnet.
Hat ihn erhoben, geborgen gehalten
und ihn befreit von den bösen Gewalten.

Er hatte der Einsamkeit frech ins Gesicht gelacht,
hatte gewonnen an Stärke und Macht.
Voll Unabhängigkeit konnte er Wege gehen
und die Lichter der Hoffnung am Himmel sehen.

Nun lag er wieder, gepeinigt von Sorgen.
Die Schwärze hielt die Liebe verborgen.
Hat ihm genommen den eigenen Willen.
Die Trauer begann, er weinte im Stillen.

Ludger, so wie die Menschen ihn kannten, starb in dieser Nacht. Linette hielt erneut das Buch in ihren Händen, die wieder einmal vom Schweiße nass, klebrig und feucht die Buchhülle umkrampften. Von Trauer ergriffen, las sie von seinem entsetzlichen Ende.

Zwischendurch hatte eine Welle des Schmerzes zum wiederholten Mal ihren Unterleib durchströmt, der sich wund und krank anfühlte. Damit sah sie sich des Vertrauens und der Hoffnung beraubt, eine Besserung erwarten zu können. Heinrich hatte sie systematisch kaputt gemacht und doch, dies war nicht das Schlimmste. Sie erkannte in diesen Minuten, es gab einen Grund, warum sie zu dieser Art des Leids verdammt war. Durch ihre Ehe mit Heinrich hatte sie das uralte, 160 Jahre währende Unrecht aufzuarbeiten, welches durch die Schuld von Heinrichs Vorfahren entstanden war. Aus welchen Gründen auch immer! Warum schützte sie ihre eigene Herkunft nicht vor dem Werdegang, den diese dramatische Geschichte unaufhaltsam nahm? Hatte auch ihre Generation Schlechtigkeiten verübt, die geahndet werden mussten? War sie deshalb Ludwig Maisel als die geeignetste Kandidatin erschienen? Oder war sie einfach nur in einem falschen Film gelandet, zur falschen Zeit am falschen Ort? Nichtsdestotrotz, kaum war an diesem Abend ihr Liebling Oliver fest eingeschlafen, nahm sie die Seiten des Ludger Rosenau in ihre Hände, um zu verstehen, zu begreifen, um was es hier weiterhin ging. Vor allem wollte sie unbedingt ihren Sohn retten. Diese Motivation bestimmte von nun an vorrangig ihr Leben.

Tapfer ignorierte sie ihre körperliche Schwäche und nahm Kuli und Papier zur Hand, um sich möglicherweise hilfreiche Notizen zu machen. So las sie, was dort geschrieben stand:

„Ich, Ludger Rosenau, verändere mich, verwandle mich in die Kreatur, die ich fortan sein will. Kein erlittener

Schmerz wird je vergessen sein, kein erstickender Kummer aufgehoben. Mit jedem noch so kleinen Windhauch trage ich den Hass in die Welt und fordere die Menschen zu einem Kampf heraus, die mir das Liebste, das Teuerste nahmen. Ich rufe sie auf zu einem Krieg, den sie nie gewinnen können. Denn sie wissen nichts von meiner Macht, haben keine Erkenntnis über die Fähigkeiten, die mir jetzt und immerdar zustehen. Meine Arena ist das Universum. Mir gehorchen die Kräfte aller Dimensionen, in denen ich mich jetzt zu Hause fühle. Ich bin der Feind! Doch Ihr erkennt mich nicht. Ihr werdet mich erst sehen, wenn es zu spät ist, Euch selbst zu retten. Dann lache ich und danke den Richtern, kommend aus der Dunkelheit der Welt, für ihre Gnade, Euch in den Sumpf, den Morast führen zu dürfen, in den Ihr mich einst schicktet.

Es liest sich wie ein Gelübde, dachte Linette schockiert. In ihren Augen formten sich die Worte und bildeten eine Rechtfertigung für ein Handeln, dessen Konsequenzen sich Ludger gar nicht richtig bewusst war. Er war von seiner Wut verblendet. Ihr war es gestattet, die neu hinzugefügten Seiten zu lesen und sich ein Bild der verworrenen Ereignisse zu machen.

Ich bin die Erste von all den Müttern, die versteht, um welch außergewöhnliche Verstrickungen es hier geht. Ich kann der Schmach ein Ende setzen! Linettes Gedanken, die sie selbst verblüfften, formten sich und eröffneten ihr einen Einblick in die Sphäre, die Ludger betrat, um seine Liebste und sich selbst zu rächen. „Wenn ich jetzt nicht handele, verliere ich meinen Oliver!", argumentierte Linette laut vor sich hin und wandte sich wieder der Geschichte zu.

Der Zorn der Verdammnis, den Ludger der Familie Ströwelow entgegenbrachte, überlappte alle seine Gefühle. Sie zwangen ihm auf, niederträchtige Handlungen zu begehen, um sich selbst aus der Ohnmacht zu befreien, in die er durch den Mord an Ariadne und seinem Kind gestürzt worden war. *Und*, überlegte Linette, tiefstes Mitgefühl für den Akteur empfindend, *wenn irgendjemand meinem Oliver etwas Gemeines antun würde, wie würde ich dann reagieren? Ich könnte den Bösewicht schlagen, obwohl diese Empfindungen normalerweise nicht in mir sind. Aber es ginge um meinen Sohn, für sein Leben könnte ich töten! So grenzenlos wäre mein innerer Aufruhr und mein Zorn. Wie erst musste Ludger sich fühlen, dem nicht nur das ungeborene Kind, sondern auch die Liebe seines Lebens genommen wurde?*

Ludgers seelische Diskrepanzen legten sich in diesem Moment auf Linettes Körper. Schmerzen über Schmerzen, keine Ruhe vor dem lauten Getrappel in ihren wunden Eingeweiden. Linette schrieb dennoch auf, was in ihr vorging. Diese erniedrigte, entmutigte und doch über alle Maßen mutige Frau wollte ihre elementaren Erkenntnisse der Nachwelt erhalten, um ihrem einzigen Sohn eine Chance zu geben, glücklich zu werden. Eine ungeheure Gewissheit traf sie mit einem Schlag: Ihre Tage waren gezählt! Auf Grund ihrer momentanen körperlichen Situation würde sie keine Gelegenheit mehr bekommen, ihr Kind zu schützen. Vielleicht schaffte es jemand anderes, Oliver zu retten. Ihn nicht in den Schlund herabfahren zu lassen, den Ludger für die Nachfahren des Karl-Ludwig von Ströwelow vorgesehen hatte.

Tränen der Hilflosigkeit und der Angst um ihren einzigen Sohn traten unversehens in ihre Augen. Oliver musste unbedingt erfahren, dass das Spiel des Schicksals mit einem Mann, namens Amadeus Mielas begann, der die unglaubliche Fähigkeit besaß, Generationen zu überdauern. Menschen dieser Blutlinie, aus der auch Oliver stammte, wurden durch ihn wirkungsvoll beeinflusst, damals wie heute. Vergangenheit, Gegenwart und Zukunft schienen in seinen manipulativen Händen zu liegen. Dieses Wesen veränderte die Charaktere seiner Opfer und zerstörte ihre Lebensqualität auf dramatische, irreparable Weise. Und in jedem neu entstandenen Familienverbund tauchte er offenbar unter anderem Namen auf. Dies niederzuschreiben war ihre letzte Pflicht.

Ludger tat ihr leid. So sehr sie sich um ihr Kind sorgte, genauso groß war die innere Bereitschaft, Ludger Rosenau, der sich laut ihren Recherchen jetzt Ludwig Maisel nannte, zu verzeihen. Sie war gewillt, ihn in ihr eigenes trauriges Herz zu schließen und ihn innerlich zu bitten, von seinem Feldzug abzuweichen, um einen neuen Anfang zu starten, der Oliver ein glückliches Dasein bescheren würde.

Mittlerweile hatte sie fast kein Gefühl mehr in ihren Händen. Sie fühlten sich beinahe abgestorben und zu schwach an, um noch lange Skripte zu verfassen. Sie verkrümmten sich plötzlich unter qualvollen Krämpfen. Trotz ihrer Beeinträchtigungen sah sie sich gezwungen, Vorsorge für das Liebste zu treffen, was sie je besessen hatte. So schaffte sie es unter Aufbieten ihrer letzten Kräfte, eine dringende Warnung zu hinterlassen, die sie in diesen bittern Augenblicken ihres Lebens zu Papier brachte. Ein Warnsignal an Olivers zukünftige Frau!

Nachdem sie die ganze Geschichte Ludgers, die gesamten 444 Seiten zu Ende gelesen hatte, sich nochmals über die leeren Blätter wunderte, ordnete sie alle Unterlagen gründlich und verstaute sie in einem geeigneten Karton. Diesen händigte sie alsbald ihrem Sohn aus.

„Liebling, dieses Paket musst du unter allen Umständen aufbewahren. Es ist ganz wichtig, verstehst du? Egal, wohin du auch gehst, wenn du einmal erwachsen bist, vergiss niemals diese Unterlagen mitzunehmen, hast du das verstanden?", eindringlich redete Linette auf Oliver ein.

Dieser neunjährige Junge begriff natürlich nicht, was seine blasse, verstörte und sehr aufgeregte Mutter ihm mitzuteilen versuchte, allerdings schien ihr eine Menge an diesem Wunsch zu liegen und daran, sich auf ihn verlassen zu können. Und ihm bedeutete es ebenso viel, ihr zu zeigen, was für ein großer, verlässlicher Kerl er bereits war. Also nickte er ernsthaft, ließ sich von ihr umarmen und küsste und umarmte sie in inniger Liebe. Sie sollte stolz auf ihn sein. Das schwor er sich im diesem besonderen Moment. Gemeinsam versteckten sie die kleine Kiste mit allen Papieren darin, die Oliver beim Verlassen seines Elternhauses tatsächlich wieder in die Hände fiel. Im Gedenken an die Worte seiner Mutter schleppte er sie von Ort zu Ort, bis sie eines Tages ihren Platz in der Wandnische hinter seinem Bett fand. Wo sie für ihn endgültig in Vergessenheit geriet. Niemals in all den vielen Jahren interessierte er sich für den Inhalt. Oliver wurde lediglich von dem inneren Zwang gesteuert, das Versprechen einzuhalten, das er einst seiner Mutter gab. So blieb der Karton ungeöffnet in dem Hohlraum verborgen, in dem Miranda ihn später finden sollte.

Linette, deren Körper eigentlich Ruhe, besser noch einen Arzt gebraucht hätte, rappelte sich auf und ging am darauffolgenden Tag wie gewohnt mit Oliver zu seinem geliebten Fußballtraining. Sie warf sich einen Cocktail aus verschiedenen Medikamenten ein, der den quälenden Aufruhr in ihrem Bauch in Schach halten sollte. Zum hundertsten Mal nahm sie sich vor, am nächsten Morgen ihren Hausarzt aufzusuchen. Sie hatte große Angst, er könne sie ins Krankenhaus schicken. Aber vielleicht stand es ja doch nicht so schlimm um sie und der Arzt konnte mit ein paar Tabletten helfen. Der Gedanke an einen Klinikaufenthalt, der sie zwang, ihren Sohn bei dem Monster allein zurückzulassen, hatte sie die ganze Nacht wach gehalten. An einen kraftspendenden Schlaf war nicht zu denken gewesen. Die Trainingsstunden ihres Sohnes hatte sie dank ihrer Pillen recht gut überstanden, doch am nächsten Tag erwachte Linette, von fürchterlichem

Beschwerden geplagt. Zu ihrem Doktor zu gehen, schaffte sie nicht mehr, dazu war es inzwischen zu spät. Ihre körperliche Schwäche und die ungeheuren Schmerzen erlaubten ihr nicht, das Bett zu verlassen.

Heinrich sah keinerlei Veranlassung, sich um seine schwerkranke Frau zu kümmern. Wenigstens versorgte er Oliver, nahm ihn auf seinem Weg ins Büro mit und brachte ihn zur Schule. Die Koliken kamen in Wellenbewegungen, wie Wehen bei einer Entbindung. Stöhnend, immer wieder von Schweißausbrüchen gepeinigt, versuchte sie auf ihrem Lager eine Position zu finden, die ihr ein wenig Erholung versprach. Sie sank erschöpft und schweißnass in einen unruhigen Schlummer, hörte ihr eigenes Keuchen nicht mehr, welches in der gleichen Welle aus ihrem Munde drang, wie die Qual, die ihren Körper bedrohte.

Abends saß Heinrich im Wohnzimmer bei einem Feierabendbierchen und einer erotischen Zeitung. Mit jedem Laut seiner Frau, schwoll ihm mehr und mehr der Kamm. Er wütete herum und schrie sie an, sie solle sich verdammt noch mal nicht so anstellen. „Führ' dich nicht auf wie eine Memme, du blöde Heulsuse!", fuhr er sie durch die verschlossene Türe an. „Was soll denn Oliver von seiner Mutter denken, wenn du uns so ein Theater vorspielst?" Gesagt und verschwunden! Das Knallen der Haustüre und das Aufheulen eines Automotors signalisierten Linette: Ihr Ehemann, in guten wie in schlechten Zeiten, war fort. Sein Ehegelübde missachtend, das er einst vor Gottes Altar ernsthaft und glaubwürdig ausgesprochen hatte, ließ er sie allein. Heinrich, das wusste sie, verbrachte die nächsten Tage bei einer seiner Geliebten, verwöhnte diese und ließ sich von ihr verwöhnen.

So war es Linette, die sich schmerzbeladen und am Ende ihrer Kraft in ein Krankenhaus begab, nachdem sie sich tränenreich von ihrem geliebten Sohn Oliver verabschiedet hatte, der zur Schule musste. Mittags kehrte dieser mit dem

Bus nach Hause zurück. Zwanzig Minuten, nachdem er sein Kinderzimmer betreten hatte, schob sich sein Vater zu ihm hinein und informierte seinen Sohn barsch, die Stimme unterlegt mit einer gewissen Häme und Wut: „Deine Mutter ist tot. Sie hat dich alleine gelassen!", greinte er mit kaltem Gesichtsausdruck. „Da kannst du mal sehen, was für eine egoistische Ziege ich geheiratet habe. Verpisst sich einfach und lässt mich mit ihrem verzogenen Balg hier sitzen!"

Linette spürte das nahende Ende. Mit aller verbliebenen Kraft wollte sie die Schwester bitten, nach ihrem Oliver zu schicken. Aber sie konnte sich nicht äußern, ihre Energien kamen in dieser Welt nicht mehr an. Der Leib mit all seinen vertrauten Mitteln gehörte ihr längst nicht mehr.

Als sich das ewige Licht zeigte, um den vor ihr liegenden, zukünftigen Pfad hell zu erleuchten, wurde ihr alles klar. Sie sah und erkannte ... und mit dieser Erkenntnis wuchs die innere Freude, die die weltlichen Schmerzen schmelzen ließen. Sie erhob sich hinauf in die Dimension des Glanzes und indem sie die Erde nun ganz losließ, verzieh sie Ludger, verzieh Kurt Maisel, verzieh Heinrich Ströwe und liebte diesen, so wie sie ihn am Tag ihrer ersten Begegnung geliebt hatte. Sie segnete ihr Kind, dem vieles widerfahren sollte und sandte ihm einen unvergänglichen Gruß.

Erst dann trübte sich auf Erden ihr Blick und verschloss ihr für immer die Sicht in dieses Universum. Andere Aufgaben erwarteten sie.

Ludger / Amadeus / Die Rosenaus

Knecht des Windes

Knecht des Windes, gehe geraden Schrittes voraus.
Halte ein, wenn der Zeitpunkt zu handeln ungünstig erscheint.
Treibe aus deine Triebe im Rausche des Windes,
verlass dich auf die Deckung, die das Flattern dir gibt.

Pirsche dich heran, Knecht des Windes, nimm die Schutzzone wahr.

Lasse die Herzen schlagen, als sei ein Sturm in ihnen.
Greife aus und verharre im Kampf der Giganten.

Verlass dich darauf, dass ein Herz zu zittern beginnt!
Das, Knecht des Windes, ist dein Weg der Leidenschaft,
der niemandem etwas bringt, doch so viele das Grübeln lehrt.

Sage mir, was löst du dir aus allem heraus,
wenn du die Angst säst und die Tränen erntest?

Ludger Rosenau schlief in einem Zimmer, erdrosselt von den Händen Samiels. Hände, die sich um seinen Hals gelegt hatten, ihm die Luft nahmen. Nicht, um ihn zu töten! Sondern, um ihm eine neue Luft zu verschaffen, die ihn veränderte, die ihm eine völlig andere Qualität des Erdendaseins ermöglichte.

Als er am nächsten Morgen in einem Gasthof in der Nähe des elterlichen Gutes erwachte, fragend an sich heruntersah, überkam ihn blitzschnell die Erkenntnis seiner neuen Existenz, geboren aus Hass und Rachedurst. Sie schlug auf ihn ein wie ein Hammer, der eilig einige Nägel im Holz seines Körpers verschwinden lassen musste.

Er erhob sich von dem Bett, ging hinüber zu dem körpergroßen Spiegel und sah hinein. Ein ruhiges, gepflegtes Gesicht blickte ihm entgegen. Die letzten Wochen seines Martyriums schienen an diesen gelösten Gesichtszügen völlig vorbeigegangen zu sein. Ausgelöscht! Ihm gefiel, was er sah. Attraktiver denn je fühlte er sich wohl und vor allem endlich und endgültig frei.

Er lächelte sich selbstgefällig an und ein eiskalter Schauer raste seinen Rücken herunter. Sein eigenes Lächeln bereitete ihm solches Unbehagen, dass er froh war, nicht sein eigener Feind zu sein. Daran musste er arbeiten. Dieser und jener Muskel musste noch sensibilisiert werden, wenn er seine Rache leben wollte, um dem wahren Gegner vertraut fröhlich und gemütvoll seinen grausamen Stempel aufzusetzen. Die Gestaltung seiner Mimik sollte es ihm erlauben, zu einem Freund seines Gegenspielers zu mutieren, obwohl Mordgelüste seinen gedanklichen Kreislauf beherrschten. Seinen wahren Widersacher hatte er über die Verwandlung hinaus natürlich nicht vergessen. Ganz im Gegenteil, die magentafarbene Spur, die sich durch seinen ganzen Organismus zog und Vergeltung als oberstes Gebot forderte, loderte heller auf, als jede Flamme es wohl konnte.

Noch intensiver schaute er in das spiegelnde Glas, das seine Gestalt so perfekt und klar wiederzugeben verstand, motivierte sich auf diese Weise für seinen Plan, der die Jahrzehnte, wohl auch die Jahrhunderte überdauern würde. Noch einmal verzog er seinen blassen Mund zu einem verführerischen Grinsen. So gefiel er sich schon besser. Den Kern der Seelen, den er erreichen wollte, würde er damit sicherlich erwischen. Denn es gelang ihm ganz gut, seine schlängelnden Tentakel auszufahren, die Böses verursachen konnten. Außerdem würde er zuerst einmal im kleinen Rahmen anfangen, sich seiner unheilbringenden Sache zu widmen. Er spürte die Kraft in sich, die ihm die Chance zu geben versprach, auf sein grausames Ziel hinzustreben.

Trugbilder und Mysterien umgarnten die Dimension. Draußen tobte ein heftiger Wind, als sich Amadeus Mielas, der verstorbene Ludger Rosenau, auf den Weg machte, um die erste Aufgabe seiner neuen, ihn seligmachenden Existenz in Augenschein zu nehmen. Er erfreute sich bester Gesundheit. Seine eigene Beerdigung war heute. Die Eheleute Rosenau, die seinen Körper leblos in seinem Zimmer aufgefunden hatten, beweinten seinen frühen Tod, umringt von nahen Verwandten. Bis auf zwei Familien ließ sich das Gros der Aristokratie nicht blicken.

Reinhild Rosenau hatte lange um ihren Sohn gebangt. Die Schicksalsschläge um Ariadne und ihr gemeinsames, ungeborenes Kind hatten ihrem Sohn furchtbar zugesetzt und sie empfand als gläubige Frau eine tiefe Dankbarkeit ihrem Schöpfer gegenüber, dass Ludger sich nicht selbst getötet hatte. Sein Tod war kein Selbstmord, kein Frevel vor Gott. Dennoch, ihr Herz war zerrissen, ihr Leben in dem Moment zerstört, als sie erfahren musste, dass ihr einziges Kind einem grausamen Mord zum Opfer gefallen war. Wie um alles in der Welt sollte die blutende Wunde in ihrem Inneren je wieder heilen. Sie stand vor dem offenen Grab, in das man soeben den Sarg mit dem Leichnam herniedergelassen hatte und weinte. Fast stürzte sie, zwang sich dann jedoch von ihrem Mann gestützt, zu einer geraden, aufrechten Haltung. An ihren geliebten Rutloff gelehnt, blickte sie sich um. So viele Menschen, die Ludger gemocht hatten, waren erschienen und dieser Anblick tröstete sie ein wenig.

Die verabscheuungswürdigen von Ströwelows hatten sich tatsächlich erdreistet, der Beisetzung beizuwohnen. Vor denen zeigte sie keine Schwäche! Natürlich waren auch Ariadnes Eltern anwesend. Diese weinten still in sich hinein. Sie hatten ihre Tochter erst vor Kurzem beerdigt, und schon wieder verloren ein Vater und eine Mutter ihr Kind viel zu früh an die Ewigkeit. Sie selbst hatten große Schuld auf sich geladen, als sie den widerwärtigen Despoten Karl-Ludwig geeigneter als Ehemann für ihre einzige Tochter empfanden, als den Bürger Ludger. Damit hatten sie den Tod höchstpersönlich in ihr Leben geladen. Zwei törichte, aristokratische Familien, große Hoffnungen, ausgewogene Pläne und ein solch tiefer Fall. Ein Fluch, dem sie sich wohl nicht entziehen konnten!

Der Pfarrer beendete seine Predigt mit den Segnungen, mit denen er die Grabstätte des jungen Verstorbenen bedachte und die er den Anwesenden zuteil werden ließ. Rasch verließ er den Platz, an dem sich so viele Menschen versammelt hatten und kehrte in sein Pfarrhaus zurück. Am ganzen Körper eine Gänsehaut, obwohl er alles andere als fror, schloss er sich in seinem spartanisch eingerichteten Zimmer ein und suchte für den Moment nach innerem Frieden. Später dann würde er sich mit den Trauernden im Gasthof treffen, um das Fell zu versaufen oder den Tod zu beweinen, je nach Gusto.

Plötzlich spürte er eine merkwürdige Präsenz in seiner unmittelbaren Nähe, von der er sich beobachtet fühlte. Er entledigte sich gerade der kirchlichen Kleidung, um seinen schwarzen Ausgehanzug überzuziehen, den er auf dem anschließenden Leichenschmaus tragen wollte, da empfand er die seelische Kälte noch intensiver als zuvor. Beinahe panisch blickte es sich hektisch in seinem Raum um, konnte aber nichts entdecken. Nervös schüttelte er das Schaudern einfach ab.

Ludger Rosenau war in seiner Jugend einer seiner besten Messdiener gewesen. Ihm konnte er mehr Aufgaben übertragen als anderen Heranwachsenden, denn Ludger erfreute sich an der Arbeit für die Gemeinde. Ein feiner, gut erzogener Junge, wie der Herr Pfarrer fand. Als Ludger ihn während einer Beichte einweihte, Ariadnes Herz gewonnen zu haben, freute er sich aufrichtig für seinen Schützling und unterstützte ihn in seinem Vorhaben, sich dem hübschen Mädchen zaghaft zu nähern. In angemessenem Rahmen zeitgemäßer Etikette natürlich. Von den Abmachungen unter Adligen, davon verstand er als Pfaffe nichts.

Er hatte in seiner Gemeinde, die aus Menschen jeglicher Herkunft bestand, nie wirklich Zeichen wahrgenommen, die von Klassenunterschieden herrührten. Reiche und Arme verstanden sich in seiner Pfarrei gut miteinander. Nur waren die einen prächtiger gekleidet als die anderen. Die Bauern kamen entweder zu Fuß oder mit einfachen Pferdewagen vorgefahren, die Reicheren mit teuer ausgestatteten Kutschen.

Großer Gott, hatte er unwissentlich ein furchtbares Unrecht begangen? Durch die Liebe Ludgers zu Ariadne kam Gevatter Tod zu den beiden viel zu früh. Er, als ihr kirchlicher Beistand, hatte mit Freuden ihre aufrichtige Zuneigung füreinander geschätzt und hatte sich über Standesdünkel keinerlei Gedanken gemacht. Jetzt musste er im Abstand weniger Monate die jungen Leute vor den Augen ihrer Angehörigen bestatten. Wie konnte er diese Last nur tragen? Der Gemeindepastor kniete vor dem Bild

Jesu nieder und begann zu beten. Er flehte so lange zu Gott, bis das Beben endlich aufhörte, welches inzwischen seinen ganzen Körper ergriffen und aus der Balance gebracht hatte.

Die Familie Rosenau und ihre Dienerschaft traf sich im Dorfgasthof mit vielen Freunden und Nachbarn zum Leichenschmaus. Reinhild hatte die Grenze ihrer seelischen Belastbarkeit längst erreicht. Die letzten Nächte hatte sie stets um ihren Sohn geweint, hatte sich innerlich regelrecht zerfleischt, zerrissen gefühlt. Nur der Glaube an eine höhere Macht sorgte für einen Moment der Ruhe im Chaos ihrer verwirrten Psyche. Sie saß neben Rutloff, der seine Aufmerksamkeit einigen Bekannten widmete, mit denen sie sich eigentlich gar nicht unterhalten wollte. Es handelte sich um ehemalige Freunde aus Ludgers Kinder- und Jugendzeit. Erinnerungen an lebhafte, fröhliche Momente im Leben dieser jungen Menschen drückten ihrer unsagbaren Trauer eine bittere Note auf, zerschmetterten ihr Herz und zerteilten es in feine Streifen, die wohl niemals mehr zusammenheilen würden. Reinhild wollte nur fort von hier. Sie glaubte, ihre brennenden Augen, ihr schreiendes Inneres könnten von nun an nichts mehr ertragen.

Genau in dem Moment trat ein junger, gutaussehender Mann an ihren Tisch. Er sah Ludger sehr ähnlich, doch weder die Eltern noch die anwesenden Trauergäste erkannten in ihm den Verstorbenen. Blendwerk ummantelte sein wahres Gesicht und gaukelte ihnen einen anderes Antlitz vor. Sie erblickten einen attraktiven, vielleicht zwanzigjährigen Mann, der ganz in Schwarz gekleidet, zuvor auf dem Gottesacker dicht hinter dem Sarg hermarschiert war. Obwohl er offensichtlich nicht zur Familie gehörte, nahm niemand Anstoß daran, dass er sich auf dem Friedhof an den nahen Angehörigen vorbeidrängte, um gleich neben den Sargträgern zum Grabe zu schreiten.

Jetzt hier im Dorfkrug beugte er sich zu Reinhild herunter und sagte: „Gnädige Frau, wenn ich mich kurz vorstellen darf? Mein Name ist Amadeus Mielas und ich war ein sehr guter Freund Ihres Sohnes. Sie glauben gar nicht, wie sehr mich sein plötzlicher Tod beschäftigt. Ein Verbrechen, wie ich hörte. Schrecklich! Ich denke, ich kann Ihren Schmerz nachempfinden, einen so wundervollen Menschen wie Ludger gibt es auf Gottes weiter Erde kein zweites Mal."

Reinhild nickte dem Schönling dankbar zu und starrte ihm dabei direkt in die Augen. Jetzt wurde sie noch einen Hauch blasser als zuvor. Etwas in diesem Gesicht ließ sie innerlich erbeben, erschreckt und achtsam innehalten. Es gefiel ihr nicht, wie er aussah, wie er sprach, wie er sich benahm. Sie kannte diesen merkwürdigen Amadeus nicht. Warum tat er so, als wäre er in ihrem Haus ein- und ausgegangen?

„Ich habe Ludger begleitet, in all den Nächten, die er um seine Geliebte Ariadne und um sein ungeborenes Kind getrauert hat", erklärte er ihr, so, als habe sie ihre Frage gerade laut ausgesprochen. „Ich weiß um den Zorn, der ihn zerfressen hat und um die Hoffnung, Vergeltung üben zu dürfen an dem Menschen, der ihm das Wichtigste genommen hat. Dabei sprach er immer so freundlich und liebevoll über Sie, als seine Eltern", schmeichelte er mit sanfter Stimme.

Reinhild konnte ihn nicht anschauen. Sie fürchtete sich entsetzlich vor dem dämonischen Bild, dem er äußerlich nicht zu entsprechen schien und das er dennoch verkörperte. Eine schwingende Aura aus schwarzer Materie waberte um diesen jungen Mann. Sie empfand auf unangenehme Weise eine Art der Anziehung. Aber schlimmer noch, sie verspürte eine unendliche Furcht und Abscheu vor diesem angeblichen Freund ihres ermordeten Sohnes. Ohne es zu bemerken, nahm sie die Hand ihres Ehemannes in die ihre. Einmal mehr brauchte sie dringend

Halt und Unterstützung.

„Ludger hat sich zur Gänze aufgegeben, als Ariadne und das Kind ermordet worden sind. Innerlich flehte er um Rache. Dies obliegt ihm nun nicht mehr", führte der Fremde interpretierend aus. „Ich könnte ihn und seine getötete Familie für Sie rächen, wenn Ihnen daran liegt, Ludgers Wünschen gerecht zu werden. Ich mache mich sofort auf den Weg und leite alle möglichen Taten und Maßnahmen ein, die dazu nötig sind!"

Reinhilds Blick war nach unten gerichtet, als studiere sie intensiv die Maserung des Tisches. Sie konnte sich in den letzten Tagen nicht einmal im Spiegel ansehen, weil sie meinte, dass ihre vom Leid geprägten Gesichtszüge niemanden etwas angingen, keinen Nachbarn, keinen Freund, aber am allerwenigsten sie selbst. Sie wollte nicht in Selbstmitleid verfallen. Nun jedoch schaute sie vorsichtig wieder auf. Von einer plötzlichen Ruhe beseelt, ließ sie die Facetten seines Minenspiels auf sich wirken und ergriff erneut, diesmal fester und bewusster, die Hand ihres Gatten.

Attraktiver kann ein Mann seines Alters kaum sein, dachte sie verwirrt. *Unser Ludger hätte ihm das Wasser reichen können, aber er war nicht so verschlagen. Ich ängstige mich vor diesem Amadeus, wie ich mich im Leben vor niemandem sonst geängstigt habe,* analysierte sie ihre konfusen Gedanken, damit sie sich selbst besser verstehen konnte. Grausam, beinahe boshaft kam dieser junge Mensch daher. Dennoch rührte er sie unerklärlicherweise in ihrem Herzen. Sie nahm wahr, dass Rutloff ihr im Moment keine große Hilfe sein konnte. Er hielt sich aus allem heraus. Mit dieser Tragödie verlor er seinen Stammhalter. Versteinert wirkte er und nicht ansprechbar! Dennoch gab ihr sein schwacher Händedruck eine gewisse Sicherheit, während Amadeus flüsternd begann, ihnen beiden seine Rachepläne aufzulisten, die sie nur zu bejahen hätten und die sie ihm erlauben müssten. Dann könne er sie in die Tat umsetzen. Seine schmeichlerisch gewählten Worte, seine vereinnahmenden Gesten sorgten dafür, dass sowohl Reinhild, als auch Rutloff plötzlich aus ihrer Trauer erwachten.

Ihre Art Trance verlassend, erlebten sich die beiden Rosenaus neu, forschten in ihren eigenen Gesichtern und in dem ihres angeblichen Helfers. Dabei entdeckten sie furchteinflößende, abscheuliche Züge um seinen Mund herum, die denen eines hungrigen Wolfes nicht unähnlich wirkten.

„Wir danken Ihnen für Ihr Mitgefühl", äußerte sich ein wundersam gestärkter Rutloff und ein bestimmtes, nicht zu erfassendes Maß an Ehrlichkeit schwang in seiner Stimme mit: „Nun aber müssen wir Sie freundlicherweise bitten, uns zu verlassen! Wir haben keinerlei Interesse daran, mit Ihnen einen solchen Pakt zu schließen. Unser einziges Kind starb von der Hand eines anderen, geschwächt von einem großen Kummer. Es ist nicht an uns, seinen Eltern, um Vergeltung zu kämpfen. Unser Vater, unser Gott wird sich der Sache annehmen!", mit klarer Stimme und eindeutigen Handbewegungen bedeutete Rutloff Amadeus, sich zu verabschieden. Erschrocken über die maßlose Tücke und Abscheulichkeit, die ihnen daraufhin aus den Augen des Fremden entgegenblickte, drehten sich die trauernden Eltern angewidert von ihm fort.

„Ganz, wie es Ihnen beliebt!", säuselte der junge Mann und erhob sich von seinem Platz. Seine ganze Haltung drückte Wut und Zorn über die Entscheidung der Rosenaus aus, die so gar nicht zu seinem eben schmeichlerisch hervorgebrachten Satz passte. Wie eine Geistergestalt stahl er sich davon, wurde von der Atmosphäre geradezu aufgesogen und ward im nächsten Moment nicht mehr gesehen.

Der Herr Pfarrer kam herein und nahm den Platz des

Gecken ein. Wenige Augenblicke später hatten Rutloff und Reinhild Rosenau den Spuk bereits vergessen, der sie so sehr geängstigt und verwirrt hatte. Das Gespräch, welches sie nun mit dem Pastor führen durften, der selber Zeit gebraucht hatte, um sich zu fangen, gab ihnen Trost und Hoffnung.

Regenschauer

Regen fiel in Bindfäden hernieder,
durchweichte düstere Erden.
Sie erkannten in ihnen die Tränen wieder,
auf das sie nochmals glücklich werden.

Dort, wo ein Faden klatschend trockenen Boden berührte,
entstand eine blühende Welt,
die zu Liebe, Reichtum und Seligkeit führte,
vom strahlenden Himmel behütet wie von schützendem Zelt.

Sie sahen die Zeichen, die Hoffnung erwacht
in einem Leben so voller Leid.
Spürten sie selig, was die Liebe vollbracht.
Ertränkte den Kummer und das Herz ward ganz weit.

Nach den Beerdigungsfeierlichkeiten zogen sich die Rosenaus auf ihren Gutshof zurück. Fortan hielten sie keinen gesellschaftlichen Kontakt mehr zu den adeligen Gruppierungen. Weder nahmen sie Einladungen an, noch sprachen sie welche aus. Nur Rutloff blieb nach wie vor in guter Handelsgemeinschaft mit den Aristokraten. Denn seine erwirtschafteten Produkte verkaufte er geschickt mit ausreichendem Gewinn an sie. Die Reitpferde, die er züchtete, waren im gesamten Umkreis gefragt. Schon deshalb verzichtete der Adel nicht darauf, mit ihm Geschäfte zu machen. Doch privater Boden wurde nicht mehr bestellt. Es war wohl besser, man fischte nicht in fremden Gewässern, sondern bliebe unter seinesgleichen.

Reinhild und Rutloff trafen sich allerdings hin und wieder mit Ariadnes Eltern, um über ihre unglücklichen Kinder zu sprechen. In ihrem weiteren Leben blieben sie ihrem Gott treu, obwohl er ihnen offensichtlich so viel Unglück beschert hatte. Harte Arbeit half ihnen, nicht zu viel zu grübeln und mit dem Verlust erträglich leben zu können. Sie lernten nach einer gewissen Trauerzeit die furchtbare Tragödie zu akzeptieren und nahmen sie als eine von Gott auferlegte Lebensaufgabe an, die es zu bewältigen galt. Mit großem Vertrauen in die göttliche Allmacht gaben sie sich ihrem Dasein hin und verzweifelten nicht. Sie waren sich sicher, alles habe einen Sinn. Auch, wenn er nicht gleich auf den ersten Blick zu erkennen war.

Die Wochen gingen in das Land. Eines schönen Tages aber stand Rosalia vor Reinhild. Das Gesicht vor Scham gerötet, die Augen vom Weinen geschwollen, gestand ihr das Küchenmädchen ein, dass sie von dem Knecht Jakob schwanger geworden sei, der einst in den Stallungen der von Ströwelows gearbeitet hatte.

„Aber, liebe Rosalia, das ist ja eine wundervolle Nachricht", freute sich Reinhild Rosenau aufrichtig.

Doch die Magd brach erneut in bittere Tränen aus.

„Wir wissen ja gar nicht, wie wir ein Kind großziehen sollen. Jakob hat seine Anstellung verloren, bekommt auch nach den Ereignissen um die Fluchthilfe von Ariadne nirgendwo mehr Arbeit, weil die von Ströwelows ihn überall verunglimpfen. Gnädige Frau, ich wende mich an Sie. Ich weiß einfach keinen Ausweg mehr!", schluchzte die junge Frau verstört.

Reinhild erhob sich von ihrem Fensterplatz, an dem sie zu sticken gedachte, trat auf ihre Angestellte zu und nahm sie kurzentschlossen in den Arm. „Setz dich hierher, mein Kind und rühre dich nicht von der Stelle!", befahl sie in klarem, aber liebevollem Ton und drückte Rosalia in einen Sessel hinein. Diese blieb verdattert dort sitzen, während Reinhild im nächsten Augenblick auch schon den Salon verlassen hatte. Sie suchte ihren Ehemann und fand ihn im Stall. Rasch erklärte sie ihm die Sachlage und kehrte bereits nach kurzer Zeit zu dem weinenden Küchenmädchen zurück.

„Rosalia, mach dich auf den Weg zu deinem Jakob und bring ihn flugs hierher! Ich habe mit meinem Gatten gesprochen und wir sind uns einig, euch helfen zu wollen. Nach allem, was ihr für Ludger und Ariadne getan habt, sind wir euch viel mehr als Hilfe schuldig!"

Am Abend dieses Tages saßen die vier Personen lange beisammen und schmiedeten ausgiebig Pläne. Zunächst einmal wurde die Heirat der beiden beschlossen. Jakob bekam eine bezahlte Anstellung in der hauseigenen Hufschmiede, so dass für das Wohl des Paares fürs Erste gesorgt war.

Voller Dankbarkeit und Liebe zu ihrer Herrschaft kümmerte sich Rosalia fortan noch inniger um die Belange der Eheleute Rosenau, denen das Leben so grausam mitgespielt hatte. Die dennoch im Gegensatz zu ihrem Sohn ihren Glauben an das Gute im Menschen nicht verloren hatten. Schon bald leuchteten deren Augen wieder strahlender auf.

Als das Baby geboren wurde, ein süßes Mädchen, dem Jacob und Rosalia den Namen Eliema gaben, öffnete sich eine weitere Pforte im Herzen der beiden alternden Menschen. Ihr Schmerz um Ludger wurde schwächer und die kleine Eliema sorgte dafür, die Gitterstäbe ihrer Gefängnisse, aus Leid und Trauer entstanden, endgültig einzureißen.

Diese fünf Personen wuchsen in den kommenden Jahren zu einer Familie zusammen. Bald schon erfüllten Rutloff und Jakob gemeinsam die Arbeiten auf dem Gut und befehligten auf gradlinige und gerechte Weise das übrige Personal. Reinhild beaufsichtigte Eliema und unterrichtete sie, als sie alt genug war, in den Bereichen des Lesens und Schreibens. Rosalia wurde wie eine Tochter für die Rosenaus und Jakob ihr schmerzlich vermisster Sohn.

Eine glücklichere Zeit hatte nach den dramatischen Ereignissen der Vergangenheit Einzug auf dem Gut der Rosenaus gehalten und sie alle wurden nicht müde, ihrem gerechten Gott für die erhaltenen Gaben zu danken. Ihre spontane Entscheidung, sich Amadeus' Rachefeldzug nicht anzuschließen, war richtig gewesen und sie wurden reich beschenkt für das Vertrauen, welches sie ihrem Gott entgegengebracht hatten. Später adoptierten sie Jakob sogar und übergaben ihm den Gutshof. Diese lieben Menschen standen ihnen näher als alle anderen Verwandten. Sie setzten sich zur Ruhe und genossen so die Jahre, die ihnen noch blieben. Der Verlust ihres Sohnes begleitete und belastete sie stets, doch der spitze Stachel war dem Schmerz genommen.

Im hohen Alter von über achtzig Jahren starb Reinhild, ohne weiterhin verbittert zu sein und wenige Wochen nach ihrem Ableben folgte ihr ihr Gatte in die jenseitige Welt, sein Erbe in sicherer Obhut wissend. Die beiden alten Leutchen waren so viele Jahre des Lebens gemeinsam gegangen. Rutloff wollte seiner geliebten Frau auch im Tode nahe sein. Diese Seelenvereinbarung gönnte ihnen ein rasches, unkompliziertes Wiedersehen in einer anderen Dimension.

Am Tage seines Todes schien die Sonne leuchtend vom wolkenlosen Himmelszelt hernieder. Der Himmel strahlte in seinem intensivsten Blau. Die Bäume grünten um das riesige Gebäude herum und boten allerlei Getier Unterschlupf. So war ein Zwitschern der Vögel in der Luft, Eichhörnchen hangelten sich von Ast zu Ast und übersprangen kleine Abgründe zwischen zwei Eichen. Bunte Schmetterlinge flatterten umher und die Bienen flogen gemächlich von Blüte zu Blüte. Die Luft war rein und klar, so wie auch Rutloff Rosenau ein Mann klaren Gemütes gewesen war.

Sein Adoptivsohn spürte schon seit geraumer Zeit, dass es mit dem Vater zu Ende ging und er verließ dessen Ruhestatt nur, um zu essen und sich zu erleichtern. Er war traurig, doch zeigte er es nicht. Ein Generationswechsel stand bevor, dem er sich stellen musste. Nicht nur Trauer erfüllte ihn, er hatte auch Angst, denn die ganze Verantwortung lastete fortan auf seinen Schultern.

„Jakob, mein Junge", flüsterte der alte Mann. „Rosalia und du, ihr habt uns so viel Freude gemacht. Ich liebe euch und danke euch dafür. Nun aber ist wohl so weit, zu meiner Reinhild zu gehen. Ich kann sie bereits sehen. Aber wo ist Ludger, mein Sohn? Ihn kann ich nicht finden."

Unruhig wälzte sich der alte Mann hin und her. „Auch Reinhild sprach in ihrer letzten Stunde davon, sein Antlitz bliebe ihr verborgen. Ich sagte ihr, sie müsse erst einmal ganz hinübergehen, dort stünde er gewiss. Er ist nicht dort! Ich fühle es. Wo mag er sein?"

Beruhigend nahm Jakob den zitternden Mann in seine Arme. Inzwischen betraten Rosalia und Eliema das Schlafgemach des Sterbenden. Andere friedvolle Präsenzen im Zimmer verschafften sich Raum. Bald würde es mit Rutloff zu Ende gehen. Alle drei umfassten seine Hände und ließen sie nicht eher los, bis sie spürten, wie der Körper des Sterbenden erschlaffte. Seine Gesichtszüge aber waren von einer Unruhe gezeichnet, die der Tod nicht von ihm fortzureißen verstand. Selbst auf dieser jenseitigen Ebene trat die Ruhe nicht ein, die Rutloff zugestanden hätte.

Stunden später, nachdem die Totenstarre längst vorüber war, entdeckten sie endlich erleichtert den Frieden in seinem Gesicht, den er sich so sehr gewünscht hatte. Zu erfahren, ob er Ludger getroffen hatte, wurde den Lebenden nicht zuteil, aber er schien mit den Ereignissen in der anderen Welt im Reinen zu sein. Jakob enttäuschte seinen Vater nie und Liebe und Freude blieb ihnen und den folgenden Generationen stets erhalten.

Karl-Ludwig

Skrupellos

Ganz ohne Reue und schlechtes Gewissen,
gingen die Tage für ihn vorbei.
Fühlte sich sicher, von Freude zerrissen,
Sie war tot und er wieder frei.

Er war so skrupellos und auch so gemein,
folgte dem Teufel mit all seiner Macht.
Trieb viele Menschen in Trauer und Pein,
drehte sich um und hat doch nur gelacht.

Aber nach den Handlungen wirkten grausame Taten,
es würde gerächt, was er einst vollbracht.
Sie kamen zur Ernte, die bösen Saaten,
hätte er dies wohl auch nie so gedacht.

Am Ende blieb nichts, als nur Leid und Kummer.
Das Glück hatte so viele verlassen.
Obwohl ihn traf der endgültige Schlummer,
hörte der Geck niemals mehr auf, ihn zu hassen.

Amadeus durchstreifte ebenso unruhig die Dunkelheit, wie es zuvor schon Ludger getan hatte. Die lähmende Qual, die ihn nach wie vor besetzt hielt, wurde in seinem System eingelagert und kapselte sich mit der Zeit ab. Sie machte ihn nicht länger handlungsfähig. In einer Nacht, die ganz besonders düster und unheimlich schien, wurden seine Schritte wie von Geisterhand geführt in Richtung des Anwesens der Familie von Ströwelow gelenkt. Mit glühenden, funkelnden Augen, die aus blassem Gesicht seine Umgebung taxierten, stand er offenbar unschlüssig, unsicher am Burgtor und grübelte, was sein Begehren sein mochte. Den Kopf leicht zur Seite geneigt, lauschte er in die ihn erfüllende Finsternis hinein. Dann fletschte er plötzlich seine Zähne wie ein angriffslustiger Wolf. Er kehrte um und verschwand. Seine schwarze Kleidung sorgte dafür, ihn vollkommen mit der nebligen Düsterkeit verschmelzen zu lassen. Er wurde eins mit der Nacht und unsichtbar.

Karl-Ludwig nannte schon wenige Wochen nach dem Tod seiner Frau und deren Kind eine holde Maid in seinem Ehegemach sein Eigen. Selbstredend verzichtete er deshalb nicht auf die zahlreichen Damen, die ihm schon zu Ariadnes Zeiten gelegentlich zu Willen waren, wann immer ihn danach gelüstete. Seit Neuestem folgte er einer anderen Liebhaberei, die ihm viel Freude bereitete. Er stattete einem einfachen Wirtshaus einen Besuch ab und brachte sich gern in eine für einen Aristokraten ungewöhnliche, eigentlich unschickliche Lage. Nämlich mit Männern von niederem Stande zu zechen. Lauthals rühmte er sich selbst und stellte seine Jagderfolge heraus. In sowohl der einen als auch der anderen Hinsicht. Denn die Jagd auf Frauen war ihm genau so wichtig geworden, wie die auf Tiere. Bei beiden konnte er seinen unersättlichen Trieben gerecht werden. Seit er die positive körperliche, wie seelische Genugtuung erfahren hatte, die ihm die Macht in Form von Gewalt über eine

Hure wie Ariadne beschert hatte, verlangte sein System fortan nach mehr. An diesem besagten Abend, als Amadeus inoffiziell seinen Raubzug begann, war Karl-Ludwig vom Wein beschwipst und in bester Stimmung.

Eine schwarzgekleidete Gestalt schälte sich durch die Gasthaustür aus eben solch schwarzer Dunkelheit in diese von weißen Kerzen beleuchtete Wärme. Das Gesicht dieses Geschöpfes war ebenmäßig und glatt. Kein Fältchen zerstörte den Eindruck, Perfektion zu betrachten. Dennoch rief es bei den meisten Menschen, die es erblickten, keine Glücksgefühle, sondern bereits im Wachzustand böse Albträume hervor. Die attraktiven Gesichtszüge zeigten eine solche gemeine Skrupellosigkeit, dass so mancher vor Bestürzung sein Glas an die Lippen setzte, um das Entsetzen direkt mit einem beruhigenden Schluck hinunterzuspülen.

Nicht so Karl-Ludwig. Er betrachtete den Fremdling mit offenkundiger Neugierde. Was er da sah, erfüllte ihn mit purer Freude. Dieser Mensch, ein Draufgänger wie er selbst, konnte saufen wie ein Loch. Er mochte ihn auf Anhieb. *Ganz nach meinem Geschmack.* So jemanden musste er näher kennenlernen. Furcht verspürte Karl-Ludwig zu keiner Sekunde. Er soff nicht mit ihm aus Angst, wie die anderen, sondern aus purem Vergnügen. Schon bald sah er in ihm einen Freund, dessen Interessen seinen eigenen entsprachen. Immer häufiger trafen sich die beiden Männer. Alkohol floss in dieser Zeit in Strömen. Karl-Ludwig hatte inzwischen die zierliche und gleichermaßen selbstbewusste Elisa von Braungau geehelicht. Wieder eine Beziehung, die nicht der Himmel, sondern Macht und Geld geschlossen hatten und die ihm leidvoll zuwider war. So betrog er seine neue Gefährtin, hurte sich durch die Nächte, im Schlepp immer seinen hochgeschätzten Kameraden Amadeus Mielas. Dieser war bald überall bekannt und geachtet. Auch die, die ihn anfangs fürchteten, ließen seine

Nähe mehr und mehr zu. Nur einige wenige Menschen ängstigten sich immer noch und schreckten vor ihm zurück. Wagten es aber niemals, dies zu äußern.

Der als grausam und erbarmungslos geltende Karl-Ludwig von Ströwelow entwickelte sich unter der Herrschaft seines Freundes zu einem wahren Monster. Brutal, wie auch schon an seiner ersten Ehefrau, verging er sich nun an seiner neuen Partnerin, aber auch die Dienerschaft war vor seinen sadistischen Attacken nicht gefeit. Dazu kam die Trinkerei, die es ihm inzwischen unmöglich machte, seinen Aufgaben im väterlichen Geschäft nachzukommen. Die Ländereien, die zur Burg gehörten und die ihm sein Vater zur Verwaltung überließ, wirtschaftete er schnell herunter. Seine Fehleinschätzungen in wirtschaftlichen Bereichen wurden bald geradezu sprichwörtlich. Außerdem benötigte er immer mehr Geld, um sich den nötigen Alkohol und die ihn umschwärmenden Weiber überhaupt leisten zu können. Sie würden sich seiner bestimmt nicht mehr voller Hingabe annehmen, wenn die überschwänglichen finanziellen Besonderheiten nicht aus seinen Taschen kämen, die sich in Schmuck und prächtiger Kleidung definierten.

Eine Weile schauten Alerich und Elisabeth von Ströwelow dem exzessiven Treiben ihres Sohnes zu. Dann aber hatten sie genug von dem unmenschlichen und aufreibenden Verhalten dieses Scheusals. Klar war in jedem Fall: Sollte Elisa ein ähnliches Schicksal widerfahren wie Ariadne, dann wären sie im gesamten Adelsstand verpönt. Auch um die zu ihrem Lebensstandard gehörenden so wichtigen geschäftlichen Verbindungen fürchteten sie. Also redeten sie mit Karl-Ludwig, der sich an diesem Tag wie ein Lämmchen gab. Zu keiner Untat fähig und in der Lage, dem Gespräch ohne einen Tropfen Wein zu folgen. Vater und Mutter fühlten sich befreit und waren guter Dinge, die Zukunft ihrer Familie und die des verliebten Paares betreffend. Sie hatten nur diesen einen Sohn und die Hoffnung schien jetzt berechtigt, er könne sich endlich die Hörner der Jugend erfolgreich abgestoßen haben.

Karl-Ludwig benahm sich einige Zeit seiner schönen Elisa gegenüber wirklich ehrbar. Seiner zweiten Frau durfte es an nichts fehlen. Amadeus, der stets einen Schritt hinter ihm stand, beglückwünschte den Freund täglich zu seiner inneren Festigkeit und äußeren Stabilität.

„Ich finde es wunderbar, wie du es erduldest, mit all dem Pack um dich herum, dir deine Fähigkeiten zu erhalten, so bravourös die Contenance bewahren zu können", sagte er eines schönen Tages. Innerlich klopfte Amadeus sich triumphierend auf die Schulter. In Karl-Ludwig riefen die Äußerungen seitens seines Kameraden Kräfte hervor, die ihn mehr und mehr in dessen Hände trieben. Ihm wollte er gerecht werden und niemand anderem auf der Welt. Amadeus nutzte seine Chance.

Ein Vierteljahr wandelte sich Karl-Ludwig unter größter Anstrengung hin zum Besseren. Dann erwachte über Nacht erneut in ihm das unzähmbare Tier. Seine unbändige Wut flammte wieder auf. Er trieb sich schlimmer herum, als je zuvor und schmiss das Geld in vollen Zügen zum Fenster heraus.

Die Dienerschaft floh aus den Räumen, in denen Karl-Ludwig erschien. Der Körper seiner Frau wies überall blaue Flecke auf. Die einst schöne und selbstbewusste Frau wagte es in seiner Nähe nicht aufzuschauen, aus Angst, ihr Blick allein könne ihn verleiten, sie zu verletzen. Sein Verhalten den Eltern gegenüber zeigte sich ungebührlich, frech und von entwürdigender Arroganz. Er schien vom Teufel besessen. Eines Tages war es dann soweit: Alerich hatte genug.

Am frühen Morgen folgte er seinem Sohn, der die Nacht mal wieder außerhalb seines Ehebettes verbracht hatte. Eine Reisetasche war zuvor von der Dienerschaft gepackt worden, in der sich ein paar nutzbare Kleidungsstücke, Waschutensilien und eine größere Summe Geld befanden. An dem maroden Wirtshaus angekommen, in dem sein inzwischen heruntergekommener Filius die Nächte durchzechte, band er den Rappen, nebst Tasche, an einen Pfosten und hinterließ bei dem Wirt eine Nachricht für Karl-Ludwig. Danach nahm er das Reittier, mit dem sein Sohn den Abend zuvor ausgeritten war und begab sich nach Hause. Würde Karl-Ludwig den Geldbetrag, den ihm sein Vater hatte zukommen lassen, geschickt einsetzen, könnte er seinen Kopf noch aus dem selbstgewählten Morast herausziehen. Doch daran glaubten seine Eltern nicht mehr.

Wieder zu Hause wies Alerich von Ströwelow sein Personal an, alle Türen und Tore zu verrammeln, die es Karl-Ludwig ermöglichen könnten, den Besitz noch einmal zu betreten. Um ein Haar hätte dieser das Erbe seiner Vorväter ruiniert. Nur durch sein rigoroses Handeln konnte Alerich Schlimmeres verhindern und damit ihre Existenzgrundlage erhalten. Alerich war ein gebrochener Mann. Nun hatte auch er sein Kind verloren. Elisabeth wirkte verbittert, dennoch konnte sie nicht um ihren Sohn weinen. Im Gegenteil, tiefe Erleichterung breitete sich in ihr aus, diesen Aggressor nicht mehr in ihrer unmittelbaren Nähe zu wissen.

Karl-Ludwig versuchte noch einige Male, sich Einlass in die Hallen seiner Väter zu verschaffen, wurde jedoch mit Waffengewalt davon abgehalten. Die Diener und Knechte, zu denen inzwischen auch Egon gehörte, die er einst so sehr misshandelt hatte, erfreuten sich daran, ihn vom Grund und Boden ihres Herrn fernhalten zu dürfen. Seine erzwungene Distanz gab allen den Frieden zurück, den Karl-Ludwig allzu häufig zu zerstören suchte, schon damals, als er Ariadne so gemein und erniedrigend behandelte.

Alerich und Elisabeth aber fuhren eines Tages zum Anwesen der von Traumsteins und baten die Eltern ihrer verstorbenen Schwiegertochter um Vergebung. Sie hatten die Augen vor den grauenvollen Taten ihres Sohnes verschlossen und damit große, nicht wieder gutzumachende Schuld auf sich geladen. Durch ihre Inkonsequenz und die Duldung der schlimmen Ereignisse mussten sie Karl-Ludwig schon zu Lebzeiten sterben lassen.

Wenige Monate später gebar Elisa von Ströwelow einen Jungen, den sie Friedrich nannte. Dankbar, weil Alerich und Elisabeth stets versucht hatten, sie vor dem bestialischen Verhalten ihres Ehemannes zu beschützen, blieb die junge Frau bei ihnen und zog ihr Kind auf der schwiegerväterlichen Burg groß. Die Großeltern liebten Friedrich über alles. Der kleine Bursche verhalf ihnen emotional dazu, sie von dem erlittenen Trauma zu erlösen, welches Karl-Ludwig ihnen einst auferlegte.

Dieser endete als Randalierer und Säufer auf den Straßen der Ortschaft, nahe den Ländereien gelegen, die 150 Jahre später die Stadt sein sollte, in der Miranda und ihre Freunde lebten. Schon bald schmolz die Zahl seiner Anhänger dahin, wie Schnee im warmen Sonnenschein. Denn nachdem ihm das Geld ausging und er seine Saufkumpane nicht mehr freihalten konnte, sahen sie in ihm das Gleiche wie in sich selbst, einen armen, versoffenen, räudigen Hund. Vollkommen allein starb Karl-Ludwig dreckig, mit filzigem Haar, von Läusen und anderen ekligen Parasiten übersät im Straßengraben, genau an dem Tage, als Friedrich neun Jahre alt wurde.

Sein bester Kumpel Amadeus hatte sich rechtzeitig von dem verkommenen Subjekt distanziert. Er hatte ihn seiner Familie entrissen und ihn dorthin getrieben, wohin ihn seine Rache lenkte. Er glaubte sich durch Karl-Ludwigs Absturz und den darauffolgenden Tod erst einmal befriedigt und gesättigt. Amadeus hatte mit ihm gefeiert, sich den Frauen zugewandt, hatte einen ebenso körperlich negativ aufwendigen Lebenswandel betrieben wie der Aristokrat, doch sah er trotz aller Eskapaden hervorragend aus. Er wirkte um Jahre verjüngt.

Friedrich

Er geht mit dem Wind (2)

Er geht mit dem Wind, rast ganz geschwind.
Pirscht sich heran, lässt die Angst zu und dann,
jagt er auch schon weiter, ein Panikgefreiter,
der lange dich kennt und bei deinem Namen dich nennt.

Er geht mit dem Wind und heult wie ein Kind,
das Trauer trägt und oftmals erwägt,
lieber alleine zu sein, als in ewiger Pein.
Saust das Sturmtief nun weiter, ergreift plötzlich die Leiter,
die in den Himmel ihn führt, hat den Segen gespürt.

Er geht mit dem Wind, rast ganz geschwind,
in das Herz Gottes hinein, hier gibt's keine Pein.
Dort ruhen Frieden und Liebe, erlauben ihm Schübe
vom Glücklichsein, klar und alles wird wahr.

Friedrich wuchs unter der Aufsicht seiner Mutter bei seinen Großeltern auf, die ihn abgöttisch liebten. Elisa, die viel Kummer und Leid selbst in dieser kurzen, gemeinsamen Zeit an der Seite ihres despotischen Ehemannes erfahren musste, wurde von den Schwiegereltern liebevoll wieder zurück in ein normales Leben geführt. Alerich und Elisabeth hofften durch die Hilfe an dieser Frau und dem Kind auf Vergebung für den von ihnen ignorierten Frevel an ihrer ersten Schwiegertochter. Damit versuchten sie sich selbst eine gnadenvolle, von Scham freie Zukunft zu schenken. Der Junge lernte eine besondere Geborgenheit kennen und entwickelte sich zu einem patenten, jungen Mann. Als Kind war er ein fleißiger Schüler, später ein ebenso emsiger Gelehrter, dem die Bibliothek seines Großvaters und die Archive der nahegelegenen Klosterschule zur Verfügung standen. Alerich und Elisabeth von Ströwelow, sowie Elisa empfanden ihn, der inzwischen zu einem gestandenen Mann gereift war, als eine besonderes Gabe. Sie ließen nicht einen Tag aus, ihrem Gott für dieses Geschenk zu danken. Und langsam wandelte sich die Erinnerungen an die Schande, die ihnen die Vergangenheit so schmachvoll präsentierte. Zufriedenheit kehrte in ihr großes Haus ein.

Kaum war der Jugendliche dem Schulalter entwachsen, lernte er die entzückende Marie von Lindfort kennen. Sie war ebenso strebsam wie er und die beiden ergänzten sich hervorragend. Nichts stand einer Heirat im Wege. Die Familien waren sich einig. Die Brautleute liebten einander, also wurde der Zusammenschluss der Sippen freudig geplant. Friedrich sollte Marie ehelichen. Dieser fühlte sich als der glücklichste Mensch unter der Sonne. Auch Marie wähnte sich in eine Sphäre hineingehoben, die ihr nur Licht und Liebe versprach. Alles schien für die Verliebten zu sprechen. Im gesamten Umkreis hatte es in dieser Zeit keine schönere Hochzeit gegeben als diese. Noch lange sprachen die Menschen des Ortes über das Glück des jungen Paares. Ein Jahr nach der Trauung schenkte Marie einem Stammhalter das Leben. Ihre Ehe hatte bisher all ihre Vorstellungen bei Weitem übertroffen und das Kind bedeutete für die Liebenden die emotionalste Krönung ihrer Seligkeit. Der stolze Vater konnte sich nicht sattsehen an dem kleinen, wunderbaren Wesen und vergötterte seinen Johann mit jedem Tag mehr.

Friedrich stand am Fenster seines Arbeitszimmers. Regen trommelte gegen die Scheibe. Irgendwie liebte er die Dämmerung, die ein Regentag hervorbrachte. *Ich kann den diesigen Himmel und den Regen genauso sehr lieben, wie ich den Sonnenschein genieße*, dachte er und lächelte. Vor seinem inneren Auge tauchten seine schöne Frau und sein ebenso hübsches Kind auf und beide fanden gedanklich ihren Weg zu ihm. Gerade überlegte er, ob er nicht Marie und seinen Goldschatz aufsuchen sollte, als er mit einem Male erstarrte. Etwas unnatürliches zog ihn in seinen Bann.

Im Garten seines Anwesens, welches seine Großeltern ihm vor Kurzem erst überschrieben hatten, regte sich etwas Ungewöhnliches. Unter einer alten Eiche, die ihre Zweige und Laubwerk vom Regen schwer nach unten neigte, war eindeutig eine Bewegung auszumachen. Mit einem Male ward ihm beim Spähen in die aufkeimende Dunkelheit ganz komisch zumute. Abrupt hielt er inne in seinen guten Gedanken, hielt inne in seinem Vorhaben, seine Frau und sein Kind aufzusuchen. Irgendetwas stimmte hier nicht! Eine undefinierbare Kraft zog ihn hinaus in die Nässe. Verunsichert entschloss er sich, erst einmal im Garten nach dem Rechten zu sehen. Er durchquerte Korridore und Türen und trat hinaus in die Finsternis.

Wenige Tage später bemerkte Marie zum ersten Mal eine gravierende Veränderung an ihren Mann. Der stets sorgende, liebevolle Ehegatte reagierte unvermittelt äußerst launisch auf die kindlichen Querelen seines Sohnes. Völlig grundlos verhielt er sich geradezu aggressiv und jähzornig.

„Was ist mit dir, Geliebter?", fragte die junge Frau höchst unsicher und verwirrt. Ihr eben noch wundervoller Mann verwandelte sich mit einem Schlag in ein ihr unbekanntes, unberechenbares Wesen. Innerhalb dieser Woche hatte er schon zweimal kurz davor gestanden, sie zu schlagen. Ganz eindeutig distanzierte er sich von Marie, von der er sonst nie seine zärtlichen, beschützenden Hände lassen konnte. Nun jedoch ging er ihr aus dem Weg und machte keinen Hehl daraus, dies absolut bewusst geschehen zu lassen. Ungeduldig und unwirsch wischte er ihre lieb gemeinte Frage vom Tisch.

„Hab' dich nicht so, was soll schon mit mir sein? Ich habe viel zu tun! Habe einen neuen Verwalter eingestellt, den ich einarbeiten muss. Also verschone mich und meine Nerven mit deinem Gejammere. Für das Kind kannst du allein sorgen! Du bist die Mutter und hast genügend Bedienstete, die dir mit dem Balg helfen können. Ich habe Wichtigeres zu tun!"

„Ich brauche dich und deine Liebe so sehr!", wollte sie schreien. Doch stattdessen sagte sie nur: „Johann braucht dich doch auch. Du bist sein Vater und kannst ihn die Dinge lehren, derer ich nicht fähig bin."

„Halt den Mund, Weib und gehe mir aus dem Weg! Ich kann deine Leidensmiene nicht mehr ertragen."

Marie setzte an, erneut zu sprechen, da traf sie die flache Hand ihres Ehemannes mitten ins Gesicht. Von der Wucht des Schlages, mehr noch von der Tat als solche völlig überrascht, schlug sie lang hin. Sie hatte keine Chance, der Heftigkeit auszuweichen. Er aber marschierte hinaus, den Kopf stolz und triumphierend in den Nacken gelegt und war von dieser Stunde an nicht mehr der Mann, den sie einst geheiratet hatte.

Im Ablauf der folgenden Jahre entwirrte sich das

Gespinst um diese geheimnisvollen Freundschaft nicht, die ihr Gatte zu dem neuen Verwalter aufgebaut hatte. Die Eheleute selbst sprachen kaum mehr miteinander und die Dienerschaft empörte sich zu recht. War doch aus dem einst so gerechten und treusorgenden Herren ein böswilliger Despot geworden, dem niemand etwas recht machen konnte. Wie ging das Leben hier weiter? Die meisten hatten Angst vor dem ehemals so guten, verständnisvollen Patriarchen.

Der Gutsverwalter Richard Liesam hatte Friedrich unter seine Fittiche genommen und vollbrachte sein tückisches, ihm dienendes Werk an dem jungen Aristokraten. Er unterhöhlte und zerstörte Stück für Stück dessen bodenständige Existenz. Allerdings nur soweit, dass er die nächste Generation für sich als Hilfsmittel würde nutzen können. Aber er drang dennoch tief genug in das Familiensystem ein, um gravierende Schäden anzurichten, die ihm ein Weiterbestehen ermöglichten.

Die Liebe zu Marie starb in Friedrich, denn er gab sich von nun an mit großer Intensität oberflächlichen Vergnügungen hin, die ihm sein Kamerad Liesam suggerierte. Johann indes gedieh unter der innigen, liebevollen Führung seiner Mutter. Diese erkrankte, als der Junge sieben Jahre alt war an einer gefährlichen Lungenkrankheit, die hinlänglich als Schwindsucht bekannt war. Ihr Körper konnte es offensichtlich nicht ertragen, die mittlerweile verpestete Atemluft dieses Hauses, in dem sie einst so glücklich war, mit ihrem barbarischen Mann zu teilen. Die seelische Kälte, die sich mehr und mehr ausbreitete, tat ihr übriges, den Krankheitsverlauf zu fördern. Atem- und Appetitlosigkeit zeigten sich als Folge dieser unhaltbaren Umstände. Schon bald litt Marie unter erheblichem Gewichtsverlust und magerte extrem ab. Sie verdünnisierte sich regelrecht schleichend aus dem einst so geliebten Leben. Zwei Jahre später verstarb die junge Frau.

Anders schaffte sie es nicht, sich aus den Klauen der teuflischen Existenz zu befreien, die sich in der Person des Richard Liesam in ihr Dasein geschlichen hatte. Er infiltrierte das ehemals gesunde Familiengefüge nur zu dem einen Zweck, es nachhaltig wirkungsvoll zu vergiften. Friedrichs Mutter Elisa konnte ihr nicht helfen, sie erlitt unmittelbar nach der Johanns Geburt einen Schlaganfall, von dessen Nachwirkungen sie sich nicht mehr erholte.

Kurz vor ihrem Tod schrieb Marie einen ausführlichen Brief an ihren Sohn, in dem sie ihn vor der finsteren Gestalt dieses schwarz gekleideten Mannes warnte. Diese Warnung übergab sie auf dem Sterbebett einer zuverlässigen Zofe, die sie fürsorglich gepflegt hatte, mit der dingenden Bitte: Wenn Johann alt genug sei, solle sie das Schreiben an ihn weiterreichen.

In den folgenden Jahren seines hartherzigen Schaffens gelang es Friedrich zwar nicht, sein Erbe in Gänze herunterzuwirtschaften, doch auch er machte sich in recht jungen Jahren auf den Weg ins Jenseits hinein. Verzweifelt, vom Alkohol zerstört, lag er auf seinem Krankenbett, an dessen Ende der Sensenmann bereits wartete, kaum dass Johann achtzehn Lenze zählen konnte. Er rief seinen Sohn zu sich, vom Tode gezeichnet und erkennend, in welch unverständlicher, seelenloser Weise er in der langen Zeit, die hinter ihm lag, ruinös und gnadenlos mit seiner Familie umgegangen war.

„Johann, mein Junge", begann er mit zitternder, ersterbender Stimme zu flüstern. Johann, der längst nichts mehr von seinem Vater hielt, zeigte sich eher angewidert, denn traurig oder gar bereit, dem Geschwächten auch nur eine Minute bewusst zuzuhören. „Ich habe vieles falsch gemacht, meine Zeit ist gekommen und ich will mich dir erklären: Ich habe zu lange nur die zischenden Zungen wahrgenommen und bin ihnen wie in Trance gefolgt. Du solltest auf deinen Instinkt vertrauen. Mache nicht den gleichen Fehler wie ich! Mich hat die Dunkelheit dem Abgrund zugeführt!"

Trotz dieses Eingeständnisses verkrampfte sich Johann dem Sterbenden gegenüber. Friedrich spürte die Aversion seines Sprösslings und konnte es ihm nicht verübeln. Trauer um seine verlorene Liebe, um die Entfremdung zwischen ihm und seinem einzigen Kind erfüllten ihn. Erschöpft sank er in seine Kissen zurück, das Ende voller Sehnsucht, aber auch voller Angst erwartend. Friedrich fürchtete sich vor einem Erwachen im Fegefeuer, wenn er zum letzten Mal auf dieser Welt die müden Augen schließen würde.

Im Tode plötzlich erhob sich vor ihm eine Gestalt, die leuchtender schien als jede Sonne. Sie umschlang seinen Körper, drückte ihn an sich wie ein Vater seinen Sohn. Er empfand bedingungslose Liebe und fühlte sich emporgehoben in ein Reich, welches alles auszulöschen verstand, womit sein Leben ruiniert worden war. Er war frei. Seine Seele wurde in die Gefilde Gottes getragen und geborgen gehalten. Das Fegefeuer blieb in der irdischen Dimension zurück. Friedrich von Ströwelow ging hinauf ins Licht. Das schreckliche Erbe seines grausamen Vaters hatte er angetreten und die damit verbundenen dramatischen Aufgaben erfüllt. Auch diese Familie hatte so unbewusst Abbitte geleistet, Unglück durchlebt, war auf Erden für die große Sache gescheitert und hatte letztendlich gesiegt. Der Fluch der Vergangenheit hatte sie ereilt, der hungrige Drang des Karmas nach Vergeltung durch Ausgleich hatte wieder einmal zu einer Tilgung geführt. Ludger Rosenaus Rache gelang! Gewaltig erhob er sich vor den verzeihenden Mächten und raubte von ihnen die Seele Friedrichs, wie er sich zuvor auch die von Karl-Ludwig genommen hatte. Fortan kettete er sie an seine unsterbliche Hülle, nahm sie gefangen und forderte deren Gunst noch nach ihrem Tode ein.

Fortsetzung folgt

Danksagungen

Ich danke all denen, die mich liebevoll unterstützten, die mir Mut machten, wenn mich Zweifel an meiner wundervollen Arbeit überkamen.

Band I: Schwarze Momente
Band III: Seelenwanderungen

Alle in diesem Buch geschilderten Handlungen und Personen sind frei erfunden. Ähnlichkeiten mit lebenden oder verstorbenen Personen wären rein zufällig und nicht beabsichtigt.